堕落と文学

作家の日常、私の仕事場

曽野綾子

新潮社

堕落と文学　作家の日常、私の仕事場■目次

装幀／新潮社装幀室

堕落と文学

作家の日常、私の仕事場

仕事机の周辺から

今月でこの雑誌（「新潮45」）の編集長が交代になるという。

変わらないことも必要だが、変わることはもっと必要だ。なぜなら、地球の営みそのものも、そのことが望ましいことであれ、変化を厭う状況であれ、変わることが原則だからである。

それを契機に、私も連載を打ち切って、新編集長が新しい革袋に新しい酒を盛る機会を作ることをせめてものお祝いにしようと思ったのだが、私には歯切れの悪い性質もあるので、それではテーマを一つに新しく絞って、今しばらくの間だけそのことを書くのを新旧編集長に許してもらい、二年くらい後に退場する予定を決めた。

私が今日から書こうとしているのは、「作家の日常、私の仕事」のようなものが、私の身の上に半世紀以上どう続いて来たかをまとめることである。私はそのようなことを、もう少し後で書いてもいいと思っていた。若い時と違うのだから、生活が画期的に変化するとは思えない。だからこそだらだら引き延ばしていても、大して違いはないだろう。「明日できることは今日するな」という小悪魔的戒めもあるし、すべてのことは「もっと後」でもいいだろうと思っていたのである。

しかしそれも甘い発想かと最近では思うようになった。私は八十歳に近い今日まで、五十歳の時視力を失いそうになったことと、六十代と七十代の半ばに二度に亘って両方の足首を折っただけで、際立った内臓疾患もなく、外科的な手術以外入院したこともないのである。だからそんなことも思えるのだろうが、体は死ななくても、精神の変化は一朝にして起きることを忘れてはいけなかったのである。私は母が一夜にして、まっすぐ歩くことができなくなり、恐ろしく無口になり、精神的活動の範囲ががっくり減った日を今も記憶している。いつそのような変化が私の身に現れないでもない。

　眼の故障の時には、読み書きが不能になり、しばらく口述以外の方法では仕事ができなくなったが、足の手術の時は、ほとんど仕事を休まずに済んだ。ただ二本の足を両方とも足首で折るという人は珍しいだろうし、ちょうど世間ではマンションの強度偽装事件からあまり時間が経っていない時だったので、私の足は生まれつきの強度偽装だったのだろうと思うと、簡単に説明もつき、納得も行ったものであった。

　しかし、現実の年齢は、決して自分を信用してはならない、ということも私に教えてくれた。私の同級生たち（私には戦争末期に地方に疎開していた時と、幼時からの東京住まいの中でと、二グループの同級生がいる）が、亡くなったり、長い間意識を失ったまま病床にあったり、その他多かれ少なかれ、健康に問題が出るという状況を見ると、こういうテーマをそう長く後回しにしていいものとは思えなくなっていた。

　もちろん基本的にはこんなことは書かなくてもいいことなのである。作家がどんな暮らしをしているか、内情を知りたいなどと思ってくれる人は、ほんの一握りの物好きに過ぎない。創作の最大の光栄は、それが別にこの世になくても済む、という自由を持っていることだ。私はルーブル美術館の大階段の途中にある頭部がなくて大きな羽を広げた「勝利の女神《ニケ》」の像が好きだが、別にあの像がこの世になくても誰かが空腹で死ぬということもない。あれば幸福か、時には不幸のこともあるが、ある感情のざわめきを人の心に与えるものが創作の基本である。いや、ある感情のざわめきを期待しても、ざわめきどころかそれが退屈に結びついて眠りを誘うという皮肉も始終あるのだが、それはそれですばらしいものだ、と私は思っている。なぜなら眠りは、この世で最高の贈り物の一つなのだから。

もう一つ作家の創作の過程など別に明かさなくてもいいと思う理由は、作家にとってはすべては出来上がった作品だけが問題にされるべきだと思っているからである。

世間はけっこう作品の制作過程に起きるエピソードを気にしていて、その作家が自動車事故や自殺で死ぬと、多くの場合その作品の評判は上がるようだが、ほんとうはそんなことは作品の優劣とは関係ない。

作家の作品は、舞台俳優の演技と似たようなものである。その俳優が、私生活において、借金、情事、死に至る病、精神の異常、時には並みはずれた権勢欲などに支配されていようと、舞台がよければそれでいいのである。それと同じように、作家が少数の読者にとってそれなりに納得のできる作品を書いていれば、背後の事情など別に知りたいとは思わない。

だから私は、作家の私信を集めたり、生原稿の書き込みをありがたがったりする空気がわからない。俳優はもともと己が器量をしょっていなければできない職業だろうが、それでも平凡な土台の素顔から、化粧の完成の過程を観客に見せる趣味の俳優はあまり多くはないだろうと思われる。つまり俳優は、ことに女優は、化粧が完成した時から、その人の女優としての存在に到達する。同じように作家も、完成した作品からが作品と言えるのである。誤字、脱字、文脈の乱れを直しつつ書いているその過程をおもしろがってはいけないとは言わないが、かなり悪趣味なものだ。

そういうわけで、私は創作の過程については、明かす必要はない、という主義である。この問題については、つい思い出してしまうことがあるので書いておく。石原慎太郎氏が作家としては珍しく政治の本道に入り込み、初めて運輸大臣に就任したのは、一九八七年だというが、私の記憶では、彼はその時初めて、民間人を入れた審議会などに新聞記者を入れて、いわゆる情報公開を図ろうとしたのだという気がしている。正確にはそうでないかもしれないが……。

情報公開そのものについては、私はかなり興味を持っているのだが、それでも審議会などに軽々しく新聞記者などを立ち入らせるものではない、と言い続けて来た。他の人はどう感じているか知らないが、審議会はいわば、暫定的に集められた人たちの仕事場、ワークショップである。作家が書斎の一部をガラス張りにし、そこは常にファンがいてもいいようにしたとしたら、実に薄気味悪いものだし、霞が関の役人が、仕事場のドアをすべて新聞記者に開け放って執務するなどということもあり得ないだろう。もしあったとすれば、それは個人の仕事場ではなく、既に劇場化した空間であって、その部屋の主は、俳優でない限りほんとうの仕事をしているとは思われない。

話は脇に逸れたが、つまり舞台裏は明かさなくてもいいということだ。むしろ明かさないことが、礼儀とも言える。それにもかかわらず、私が自分の仕事机の周辺の事情を書こうと思うのは、私の世界ではなかった「俗説」が世間では定着している面もあるからで、本来の目的は、たった一言「いろんな人がいるのだなあ」ということが理解してもらえればいい。

私はいつも何かを始める時に、ためらいを感じている。しかし人間は神ではないのだから、思考も判断も不備であるより仕方がない。私が政治家という職業を好きになれないのは、いつが万全の時かを決められる人はいないのにもかかわらず、そしてその決断が実に多くの人の運命を担っているにもかかわらず、そのことへの恐れやためらいが極めて稀薄そうな人がその任に就くからだが、今回は私も、自分が嫌っている愚を犯すことにした。それがこの新しいテーマを始めるいいわけである。

題も触れている通り、私は毎日仕事机に向かって来た。

私の仕事机は若い時からいつも実用一点張りであった。時々作家の日常生活の写真などを見ると、机にも書斎そのものにも、座布団や湯飲みにさえ意識的な美的世界を作っている人が多いが、私はそのようなものには大して凝らなかった。私が深く深く愛し評価したのは、住む家の床とその上に乗せられた机によってできる平面だったのである。

平面というものがいかに重要なものかを知ったのは、車でサハラを縦断した時だった。砂漠の海に乗り出して数日すると、私は自分が使うことができる水平面というものは、私が膝に載せているライティング・ボード以外にないことにひどく疲れるようになった。もちろんその水平面も、水準器によって測ったものではない。丸い軸の鉛筆が転がり落ちない程度の、ざっとした水平面である。

砂漠では求めようもないものは実に多いが、机というものも、平面という偉大な条件を約束してくれるものであった。

私の机は、近年は、もっぱら事務機器を扱う会社の既製品であった。というのも、私は一九八一年頃から、ということは比較的早めにワープロやパソコンで原稿を書くようになったので、印刷機との連動がうまく行くように設計された机の方が使い勝手がよかったからである。私は情緒よりも実際の便利さに重きをおく性格だった。それは終生変わらないような気もする。

私がパソコンのような機械で書けるようになった背後には二つの理由がある。

一つは学生時代から英文タイプを使うことに馴れさせられていたからである。私は聖心女子大学の英文科を卒業したのだが、卒論は自分で英文タイプを使って打たねばならない、という規則であった。この大学はお嬢さま学校という評判とは裏腹に、かなり現実的な生活技術を重要視するところで、卒業生が英文タイプ一つ打てないようでは、卒業後の就職にも差し障る、という判断があった。もちろんタイプはブラインド・タッチで打たねばならないのである。

私は最低限の能力だけは身につけたが、タイプの腕前は決してうまくなかった。始終うちまちがいをしていた。もしこれで就職したとすれば、私は英文タイプはできます、という触れ込みで仕事についた後で、英語の学力もタイプの能力も劣っていることをすぐに見抜かれ、しかし叱られながら辻褄を合わせているうちにどうやら仕事ができるようになるという、ドロナワ方式で暮らしていくだろうと思っていたのである。そして初期のワープロを私は英文タイプとほとんど同じ気分で抵抗なく受け入れた。

もう一つ私がワープロ＝パソコンという筆記の方式に惹かれたのは、私が〇・〇二以下の視力しかない近視で、机に向かって字を書くという作業が、他の仕事より実は向いていなかったからだった。私は生まれつき強度の近視で、小学校一年生の時に、既に黒板の字がよく見えなかった。私は本来は眼を使わない職業……農業とか、ある種の漁業とか、細かい細工仕事ではない職人の仕事のほうが、身体的能力とは合っていたはずである。

それなのに、私は本を読み、書くことしか能がなかった。書けば私は机の平面に顔を平行に近く置こうとして、首をへたりと折ることになる。そのために、私はもの心ついて以来、ずっと頭痛と肩こりに悩まされて五十歳までを生きて来た。その苦痛から解放されるためには機械を使う他はない。ワープロの画面は、机の平面から九十度立ち上がっているから、顔も九十度まっすぐにすることができる。この変化は実に大きかった。

ワープロ以前の私が多少うるさかったのは初期の頃は万年筆、次にボールペン、取材用ノート、パソコンと併用して最後まで使い続けた原稿用紙などであった。

万年筆は、オノトでもウォーターマンでもよかった。私が婚約中に買ってもらった唯一の贈り物は万年筆だが、三浦朱門は「税金が返って来たから買った」と経緯を説明した。

万年筆を買うのは簡単だが、それを使い馴らすのは大変だった。使い初めて二、三カ月は、生き物としか思えない万年筆の訓練期間だった。どうにか書くことは書けるのだが、ペン先がぎこちなくて、自家薬籠中のものにはならなかった。

或る時、私はＮＨＫのラジオに出て、終わると出演料をもらうことになった。当時のギャラはほとんどが手渡しで、銀行振込などない。しかし現金をもらえることがまだ収入の少ない駆け出し作家にとっては嬉しかったものであった。

会計の係の人がお金の入った封筒の上に受け取りの紙を添えて出演者の前に置く。するとめいめいが胸のポケットから万年筆を取って受け取りにサインするのである。私がハンドバッグから万年筆を出して署名していると、隣にいた高橋義孝氏（ドイツ文学者・評論家）が「曽野さん、ちょっとペンを拝借」と言った。私は高橋氏が、今日はペンを持って来るのを忘れたのだろうと思っていた。しかし私の万年筆を借りて悠々と署名し終わると、高橋氏はいささか悪戯っぽい表情を見せて言った。

「僕のペンは大事だから、外には持って出ないんだ」

武士の魂は、失ったら大変だ。だからいつも厳かに仕事机の上に鎮座させておくべきもので、私のように外出の度に持ち歩くような神経が高橋氏には信じられなかったのだろう。

作家の身勝手はすべてその人の本質に深く繋がっているのだから、大切なものだ、と私が感じたのはその時である。私がその時大先輩に向かって、「あなたがそれほどに大切にしていらっしゃるペンです。私も自分のペンに悪い書き癖がつくと困りますから、他人には貸せません」と仮に言ったとしても、それはそれで通用したような気がする。作家の中には、年齢や身分の上下を重視する気風はあまりなかったし、無礼、非常識、などというものは、はじめからついて廻っていると皆が思っているから、大してショックではないはずである。

取材用ノートは、速記者用のものを買いだめしておいていた。ボールペンは、数カ月に一度という感じで文房具屋の売り場に行き、新しい製品を使って見て、その度に数種類を買って帰る。数日使ううちに、これがいいというものに執着した。そして私がこれこそ決定的なボールペンの傑作だと思う製品は、今までに記憶に残るだけで何種類かあったが、そのどれも買いだめをしておいても数年続けばいい方で、間もなく製造しなくなるのであった。

何がなくても、私は仕事をするだろう、ということはわかっていた。このボールペンでなくては、すらすらと思考が思い浮かばないというような程度の思想なら、そんなものは大したものではないのだ、と私は知っていたはずであった。

（二〇〇八・九・五）

シンナーとミルフィーユ

「あなたはなぜ作家になったのですか？」

と、多くの作家が必ず何度かは聞かれているであろう。そして作家の側としては、別にそれに対して韜晦を企む意図はなくても、すべての理由を述べることはとうてい不可能だろうと思う。しかも作家を動かす創作の動機はなんであってもいいのだ。名声や権力を望んでなる人はやや少ないかもしれないが、金を欲しさに原稿を書く人はいくらでもいる。自分が受けた過酷な運命への復讐を理由にする人もいる。すべての理由はそれなりに自然だ。なぜなら、すべての小説は、人間のあらゆる情念をテーマとしているのであって、それに道義的、学問的優劣をつける必要はないからである。俗念こそ、小説を書かせる自然のエネルギーである。

しかしもっと素朴な理由から私は述べたいと思う。

私の場合、小説家になりたいという夢のような希望を抱いたのは、既に小学校の六年生の時からで、私は当時同じような「趣味」を持っていた友人と将来いっしょに小説家になろう、と約束した記憶がある。私はその頃から小さな童話のようなものも書いていて、つまり架空世界に遊ぶことが好きになっていた。

なぜ、そのような性格が作られたか、ということはこれもまた偶然である。何より大きかったのは、私が生まれつきの強度の近視であったからのような気がする。当時の私は裸眼で〇・六以下の視力しかなかった。中年になった頃の視力は裸眼で〇・〇二以下だったが、眼科ではそれ以下の視力は計れないと見て、そう言うのだという。満六歳で出る近視は遺伝性のものだと言われていた。

私はクラスで常に背の高い方だったから、当時は教室の後方の机を与えられる習慣だった。これが黒板の字を見るには不都合だったのである。初め私は隣の子のノートを覗き込んだりしてなんとかしのいでいたのだが、二年生の時には、視力不足を理由に席を前の方に出してもらっていたような気がする。

近視だということは、実は世間の想像以上に人の心理に決定的な影響を与える。形状がよく見えない、人の顔を覚えられない、ということは自分は社会とうまくつながりを持っていけないだろう、という形で自信を失わせる。

私は図画の点が悪かった。「よく見えないのだから描けない」と自分なりにいいわけしていた。ルノワールが強度の近視だったという説を知らなくて幸いだったと言える。体操の点も悪かった。球技は多くの場合、ボールがまだ相手のコートにある間に、こちら側のどこに飛んで来そうか見極める必要がある。しかしそうしたことがよく見えないのだから、私はいつも遅れを取っていた。一番辛かったのは平均台で、私は足元がよく見えないという感覚でふらふらしていた。

数学ができないのは、視力とは関係ない。つまりそれは純粋に私の能力そのものがなかったか、能力の開発の方法にどこかで失敗したかの結果なのである。私は人間には深く興味を持ったが、月とか星とか、アルコールとか硫酸とか、円とか三角形とかをおもしろいと思ったことはなかった。結婚した後で、夫が数学や物理の本を楽しみに読んでいるのを見て私は驚嘆し、自分の人間としての才能の一部が全く欠損していると感じた。しかし身心の欠損があればあるで、人はそのまま生きていくことを容認しなければならないのである。

この性癖は今も治らない。私は有名な寺院、展望台、大学の建物など、人間以外のものにはあまり興味を持たなかった。それらのところには、人間の存在が希薄だからであった。名刹よりも町がいい。大学の建物を見ても仕方がないが、市場なら人に触れられると感じられる。作家が高みから人生を見る必要はないのだから展望台には行かなかった。私は大地にへばりついて地面に生きるものを見ようとした。私が好きな場所は、すべて人間と濃厚に触れられる土地であった。

こうした好みと矛盾するようだが、視力の不足は、私に幼い時から人と個人的に接するのを恐れさせた。英語でいう「retreat（撤退、後退、隠遁、隔絶）」の姿勢を取りたがったのである。その癖私の隠れた心理としては、人につきまとっていたかったような気もする。

近視の人間は、何ごとによらず物を見ようとする時、人より一歩も二歩も対象物に近づかなければならない。その癖がこうじると常に相手の胸の中にいたいということになる。しかしそれはまた相手の迷惑になるということもよく知っていたので、私は後年、誰によらず私が好意をもつ相手にはあまり近づかないことにしなければならない、と用心するようになった。

現実問題として私が学校でたった一つ成績がよかったのは作文だったのだが、こうなった背後には、いささか人工的な理由もある。

私は五歳で、芝白金三光町（現・港区白金）にある聖心女子学院というカトリックの修道院が経営する私立学校の幼稚園に入れられた。

当時の聖心は知る人ぞ知る（ということは、知る人しか知らない）ほとんど無名の学校で、母がどうしてこの学校に私を入れたがったのかよくわからない。父母の結婚生活は幸福ではなかったので、母は不幸に耐える心の拠り所をもつ子供に育てたかったので宗教学校に入れた、と言ったことがあるが、それはかなり正鵠を得た理由だったろう。

或る日私は母に連れられてひろびろとした畑や牛舎のある学校に行き、和服に袴姿の民間人の園長先生に会った。それが面接試験だったのである。「お名前は？」「お年は？」と聞かれ、その二つには立派に答えられた私はその場ですぐに入園を許可された。

結果として私が受けることになったキリスト教の教育は私に大きな影響を与えたのだが、そのことについては今後またしばしば語ることがあるだろう、と思われる。

信仰以外のことで私の記憶に残るのは、一年生の二学期に初めて近所の有栖川公園に「遠足」に行ったことだった。そんな近いところでも遠足だったのである。帰って来ると私たちはすぐに遠足のことを作文に書かされた。しかし私は作文というものには一体何を書いたらいいのかさっぱりわからなかった。その学期末の成績で、私は作文と体操だけが「乙」だった。当時は甲乙丙丁という段階で成績がつけられていたのである。

母は一人娘の私に対して一種の教育ママであった。私はピアノと日本舞踊を習わされていた。家を火宅と感じていた母は、娘の同級生の母親たちと付き合うことになったことが一種の息抜きで、「お宅が踊りをおさせになるなら、うちも……」式のいい加減な気持ちでそれらの稽古ごとを始めさせたのではないかと思う。しかし私はピアノが嫌いだったし、日本舞踊はどうしても才能があるとは思われなかった。踊りのお稽古の結果として今でも私に残っているのは、どこで盆踊りに誘われても、すぐに輪の中に入って踊るという気楽さを養成してくれたことだけである。

しかし私が作文も書けない子だとわかると、母の独自性はにわかに目覚めたようだった。母は当時文理科大学の優秀な学生だった人を探して来て、その人を家庭教師として招き、私に毎週作文教育を始めた。

後年母はその理由を次のように述べている。

第一に、私は年頃になると恋愛をするだろう。その時にいい恋文が書けなければ、自分の思いを相手に伝えられない。第二に、将来私は結婚して、もしかすると怠け者や運の悪い夫に苦しみ、親子が食い詰めて一家心中を図りたいような目に遭うかもしれない。その時、心中する前に、窮状を訴えるいい手紙を書くことで、命が救われるかもしれない。

電話さえ、まだ各家庭にある時代ではなかった。携帯など想像外である。借金を頼むうまい手紙が書けないといけない、という母の考えはたしかにユニークだった。とはいえ、母が変わっていたのはそれだけではなかった。母は私に「食べられなくなって自殺するなら、その前に、盗みなさい」と教えたことがある。「それも見つかってすぐ捕まるような場所で盗めばいいのよ」と言うのである。そうすれば私は警察に突き出され、そこでなんとかご飯をもらえるだろう。そしてその場で捕まれば、私はすぐ盗品を返すことになるから、盗まれた人も被害がなくて済む、というのが理由であった。

考えてみれば私は一種の英才教育として文章作法の基本を教えられたことになる。現在はもちろん、戦前にも戦後にも、私は作文の個人教授を受けた子供というものに会ったことがない。しかし私はまだ小学校一年生だったにもかかわらず、その点だけ与えられた教育を実に十分に吸収したのだから、少し変わった子だったのかもしれない。

私が教えられたのは、作文というものは、書きたいこととその焦点が十分に見えてから書き始めるものだ、ということだった。題を与えられたからと言って、漫然と鉛筆を握って紙の前に座ってはならない。作文は写真のように全部を写すのではなく、もっとも書きたいポイントを明瞭に探り出してから、書き始めなければならない。

ということは、「書くことがないのなら書くな」ということだ、とわかったのはもちろん後年だが、私は今でもその通りにしている。締め切りがどんなに迫っていても、作品の中心や細部が見えないうちは、ふらふら遊んでいる。それは同時に、書くことがない時は作家をやめるのが誠実というものであって、書く事もないのに無理して書いた作品で原稿料をもらうということは、どこかに無理があるということでもあった。その場合には作家以外の職業はいくつでもあるのだから、転職すればいいということである。

私の受けた文章作法の第二のものは「推敲」であった。特別な才能は別として、最初から練れた文章を書ける人などほとんどいない。だから書いた文章からはむだをそぎ落し、膨らみを持たせ、息抜きをし……とそこまで教えられたわけではないが、素朴に書いた文章などそのままでは使い物にならないのだ、と私は六歳の時から叩きこまれたのである。

この作文教育を受けた期間は、多分一年ちょっとだったような気がするが、私の中に文章というものに対する畏敬の念を深く植えつけるには充分であった。表現は、人間の個性を示す重大な要素であり行為であるということを、私は子供ながらに知ったのである。

母は、よほど私に文章の才能がないと思ったのか、毎週日曜日には、午前中に必ず一つ、自由課題の作文を書くことを命じた。これは私にとってもっとも嫌なことだったが、それをまもなく脱したらしいのは、小学校五、六年生になるまでに私は作家になりたいと思うようになっていたのだから、その間にいつのまにか文章を書くことが自由になり、意識もひどく変わっていたのだろう、と推測される。

その間に私はかなり小説を読んだ。昔は娯楽が本以外に何もなかったのだから、当然だった。私が友人の父上の蔵書から、立派な革表紙の装丁の『カラマゾフの兄弟』などを借りて読んでいたのが、昭和二十年の後半だという明瞭な記憶がある。その時私は十四歳だった。

しかし私が文学の世界に引かれた最大の理由は、家庭が穏やかではなかったからである。母と私は、父の暴力に怯えて暮らしていた。酒を飲むでもない。勝負ごとに溺れるでもない。女癖が悪いのでもない。表面は紳士的で気さくにさえ見える都会的な人物の内面が、実は小心で暴力的だということを私は知っていたのである。誰しも自分の不幸だけはこの上なく大きく思いがちだが、当時私の家に始終出入りしていた親友の一人は、私の家庭の実態を見て怯え「地獄のような家だと思った」と後になって正直に話してくれたが、私は地獄よりはましだと思っていたのである。その結果私の精神には二つのいびつな姿勢が生まれたと言えそうである。

一つは現世があまりに辛く思えることがあったので、私は一種の麻薬追求型の精神を肯定するようになった。私が不眠症になった時代の話はいずれ触れることになるだろうと思われるが、私は現世を薄めるものなら、なんでもよかったのである。シンナー遊びのシンナーとは「薄めるもの」という意味だと知った時は、若者たちの本能が手近にある物質をうまく使うものだと感心したが、私が今まで麻薬的なものに決して手を出さなかったのは、それなりに私の分裂した性格のせいであった。私は自分の性格の歪みを知っていたから、世間の筋書き通りの典型的な結末を辿ることもまた好きではなかったのである。

中学生くらいまでは、私は教室で夢想する子供だった。心理学的に、夢想する子供は危険な兆候を示しているとも言う。しかし私はいわば現実に耐えるために、もっとも無難で凡庸な方法として小説の世界に逃避していたのである。

もう一つは、これは父の遺伝的な特性を受けているからだろう。私の中にも始末に悪い激烈な反応というものがあった。それは小心さの結果なのだが、時には直感型の電撃的な外界の把握を可能にした時もあれば、理由もなく自信を失って落ち込む時もあった。ただ私は父の暴力を恐れて暮らしたので、自分が暴力でことを解決しようとはしなかった。私はドア一つ怒りにまかせてバタンと閉めたこともないし、皿一枚投げたこともない。そんなことをするほど私は陽性ではなかったのである。

後年、俗語として「ネクラ（根暗）な性格」とか「ネアカ（根明）な人」とかいう言葉が流行った時、私はこの言葉の感じがすっかり気に入った。私はネクラな人間の性格の始末の悪さも充分に知っていたので、意識的にネアカに振る舞う術を覚えるようになった。その意味では物心つくころから嘘つきだったのだろう。

文章を書く作業は、「ミルフィーユ（千枚の葉）」というお菓子の名前が示すように重層的な構造を持っている。根本のところでは、一重ずつ意識した自己の真実を重ねて行くことが必要だが、表現はただ現実をそのまま述べればいいということではない。表現はそれを効果的に伝えるためにほんとうの意味で充分に技巧的でなければならない。つまり虚構も真実もないまぜということだ。最低限の嘘と底抜けの真実を承認できない人は作家にはなれない。

しかし作家にとって長い年月書き続けるという鈍重な作業を可能にするのは、充分に醸成された私怨だということはできる。ユダヤ人として生きる私怨、障害を持つという私怨、母に捨てられたという私怨、愛した人を奪われた私怨、戦争によって生を脅かされた私怨。なんでもいい。この世に私怨を持たぬ人などないだろう、と私は思う時がある。すべての私怨が、なまの臭気を失うほど充分に熟成した時、初めてそれは継続的な創作のエネルギーになるという素朴な過程が、私の場合にも当てはまるように思うのである。

（二〇〇八・十・六）

堕落と文学

作家の精神上の歪みの一つとして、今でも私が人中に出るのを恐れる性癖に関連して、或る光景が忘れられない。

昭和三十年代の初めだと思われるが、三浦朱門は、遠藤周作氏と、当時「群像」（講談社刊の文芸誌）のこわもて編集長だった大久保房男氏と共に、八王子の近くにいた作家のきだみのる氏を訪ねることになった。この大久保氏のこわもての理由は、氏は評論家よりも怖い批評家だったからである。原稿を受け取った段階ですぐ文章のアラは探す、誤字があれば嫌味を言う。原稿を渡すと私たちはまず大久保編集長の顔色を窺い、大したお叱りがなければ、それだけでほっとしたものだった。昔の作家はこういう人たちによって育てられ、鍛えられて行ったものなのである。

本論に戻る。

きだみのる氏。一八九五年〜一九七五年。小説家、エッセイスト。慶応大学理財科中退。パリ大学でマルセル・モースに師事。『気違い部落周游紀行』（一九四八年）で毎日出版文化賞受賞。東京近郊の村落共同体の持つ日常的な論理を描くことによって、特異な文明批評の観点を確立した、と百科事典は記している。

このきだ氏訪問の計画に私も参加させてもらうことになった。場所は八王子の近くの山の中だったような印象が残っている。当時三浦朱門と私は、中古のフォルクスワーゲンに乗っていたので、三浦が運転してきだ氏の家に行ったのである。

出発の前日、男たちは、「酒はあるから、肉を買ってこいと、きださんが言っている」というような会話を交わしていて、結局大久保氏が肉を用意してくれた。

きだ氏は当時六十歳を少し過ぎていたが、上半身はランニング一枚で、小説家とは思えないほど筋骨隆々としていた。驚いたことにきだ氏邸というのは、実は山中の破れ寺であった。正式に借りたのではなく、きだ氏が勝手に住み込んだ寺だ、と三浦朱門は言った。

私がさらに驚嘆したのは、きだ氏の万年床だった。本堂に続いた黴臭いような部屋だったと記憶するが、文字通り垢の色がつくほど汚れた枕カバーのかかった枕が印象的だった。机が目立たなかったところを見ると、その枕を胸の下に敷いて原稿は寝ながら書いていたようにも見えたが、大先輩に確かめる勇気など、若輩の私にはなかった。

万年床の周囲にはラルースの字引だのフランス語の本だのが乱雑に積み上げてあった。私は大学で第二外国語としてフランス語を取ったのだが、ドーデの『スガンさんの山羊』を読みこなす力さえなかったので、外国語の本に囲まれているきだ氏を見て、畏敬の念を抱いたのである。

その日の宴会の場所は無人のお寺の本堂だった。囲炉裏に火を起こし、持ってきた肉は七輪で焼く。きだ氏は鉈を持って近くの藪に入り、孟宗竹を数本切って来て節を抜き、中に酒を満たした。それを囲炉裏の火の周囲に組んでお燗をするのである。

食事に先立って、私は遠藤氏に一つの用事をいいつかった。きだ氏の枕元においてあった笊の中の食器を、近くの自然な流れに行って洗ってくることであった。遠藤氏ももちろんきだ氏の生活をよく知っていたわけではないから、「きださん。流しはどこですか。そうですか。水道はないんですか。じゃ、どこで茶碗洗うんです？」というような会話の結果、私に仕事を命じてくれたのだろう。

私は言われるままに滑りやすい山肌を降りて行って細い流れに辿り着いた。そこで私は初めて深く困惑したのである。笊の中には、確かに今日の全員が食べられるだけの数の箸や皿や茶碗はあったのだが、そのどれもが、いつ洗ったのかしれないような代物であった。つまりきだ氏は、茶碗も箸も使いっぱなしで洗ったことがなかったとしか思えない。とりわけ箸には乾いた米粒が膠で固めたように堅くこびりつき、簡単にほとびらせれば取れるようなものではなかった。茶碗も同様だった。私は途方にくれて流れに食器を浸し、箸は近くにある小石で叩いて乾いた米粒を取ろうとした。しかしどんなに急いでも箸の材質以上に固い物質に変化したように見える米粒はびくともしなかった。その結果、私は遠藤氏に、「曽野綾子に皿洗いをさせると一時間はかかる」と言われることになったのである。

その日、本堂のご本尊は邪悪な焼き肉の煙を濛々と浴びせられ、囲炉裏では、般若湯を入れた青竹がながながとおおらかに差し伸ばされて向こう側に座る個人の茶碗になみなみと注がれたが、私はまだきだ氏の布団のすぐ傍の一枚の障子のことを考えていた。障子もまた燻されたコーヒー色をしていて、しかもあちこち破れていた。雨戸などなさそうだから、それだけが「寝室」と戸外を隔てていた。

冬の八王子は東京都心より寒い。

原稿をもらいに訪ねてきた編集者は障子の穴から中を覗き込んで、「先生、○○社の××ですが、原稿、終わられたでしょうか」と遠慮がちに聞く。きだ氏が人並みな会話をした人かどうか、私は今でも知らないが、氏がその穴から黙って、書き終えた原稿だけを突き出しても、それが名作なら、編集者は社に帰ってから大喜びをしたはずだ。

小説家は究極のところ、それでいいのであった。誰も作家に、愛想がいいとか、行い正しいとか、清潔好きだとか、金があるとかないとか、派生的な特性を求めていない。吝嗇でも、女好きでも、骨董きちがいでも、妻子を棄てて放浪癖があっても、小説さえほんものなら、後のことはどうでもいいのである。読者は作家の作品に対しては厳しいが、その人の生き方については冷淡なもので、それは正しい態度であろう。

多くの作家は、癖が多く、身勝手で、非常識でも、遠く離れていれば、全く被害を被らない。読者でいる限り、直接の火の粉は浴びなくて済むのだ。しかし愛人になったり同棲したり結婚したりすると、その火の粉をもろに浴びることになる。つまり五メートルより近くには近寄らない方がいいのだ。世間が差別はいけないと言っても、作家に対してだけは差別をして、接近しないという姿勢をとり続けることも賢明である。

きだ氏の生活を見て以来、私は自分の人を避ける性癖を、特にいいことではないが、特に悪いことでもない、と思うようになった。

作家の修業の過程はどのようにして行なわれるのだろうか。私が文学に深く傾倒した十代には、出版の世界にまだ新人賞のようなものはあまりなかった。私の目につく範囲で、河出書房が「全国学生小説コンクール」を主催していたので、私はそれに応募しようとした。応募作品には、筆者が学生であるという証明書を添えねばならない。私は大学の事務室に在学証明をもらいに行った。すると事務のシスターは、証明書を何に使うのか、税金のためなのか、と尋ねた。私が正直に目的を言うと、「そういうことのためには、大学は証明書は出せません」と断られた。

この言葉の背景を正しく推測できる人はもうほとんどいなくなってしまった。それほど当時

「文学をする」ということは堕落した恥多い職業に身を落とすことだったのである。たとえて言えば堅気の家庭の娘が、芸者になるとかミルクホールで働くとかいうような感じだったのだろう。芸者でさえ、今ではきちんとした職業として受け取られ、日本文化の伝統を受け継ぐものとして「就職」する娘もいるが、小説家は心理的ストリッパーになるのと同じだと思われて嫌われたのかもしれない。

しかしその点で、私はむしろ幸運だった。私は割のいい職業に就こうとしたのではない。当時の屈辱、侮蔑、嘲笑、差別などを正面切って受けることを承知で、私はこの道に進んだ。それは私の文学への心の証だった。

どうして一つの職業がそれほど社会的変化の上で大きく違う評価を受けるようになったかといえば、それは一九五五年、石原慎太郎氏が『太陽の季節』でデビューした時に変化したのである。石原氏にはしかも石原裕次郎という有名な弟がいた。裕次郎の人気は言うまでもないが、美男という点でなら、慎太郎氏の方がはるかに上だっただろうと私は思う。とにかく慎太郎氏は一橋大学の出で、ヨットマンで、時代の寵児であった。そういう人のやる仕事、つまり作家なら、悪い職業ではないだろう、と世間は思ったのである。これは一面ではありがたいことでもあったが、一面では、作家の持つ暗い歪んでひねくれた陰影の力を消し去ったという罪は残る。

当時の作家修業は、主に後輩の面倒見のいい大作家のもとに集まり、そのサークル内で自分の作品を発表して批評されることで、文章や表現力を磨いて行くというやり方だった。佐藤春夫、丹羽文雄、長谷川伸、などという作家の元にはたくさんの若い作家志望者が集まっていて、「丹羽部屋」とか「佐藤部屋」とかいう呼び方さえあった。

私の家は、父が中規模企業の経営者で、文学の世界に知己など一人もなかったから、私はこうした部屋の一員にはなっていなかった。母は不幸な結婚生活のせいもあるだろう、中年から和歌を詠むようになり、正規の同人ではなかったと思うが、中河幹子氏の主宰する「をだまき」を手元においていた。もっとも母は自分の才能の限界をよく知っている人で、「をだまき」の会合に出たいとか、自分の歌を歌集にしたいとか言ったことはなかった。

世間には、母が自分がなれなかった故に娘の私に作家の道を歩ませたがった、と思っている人もいたが、逆に母は文学の恐さを知っていたから、そのようなことを私に示唆したことはない。ただ私が小説を書きたいと言えば、母は反対せず、自分の気に入らないことがあると家族の希望を妨げることが一つの情熱になっていた父の目にふれないように、密かに助けてくれただけである。

私が小説を書きたがっていると聞くと、中河幹子氏はご主人の作家の中河与一氏が面倒を見ている「ラマンチャ」という同人雑誌に、私を寄越すように言ってくれた。初めて中河氏の元に行ったのは高校生か大学に入り立ての頃だった。中河氏には『天の夕顔』という名作がある。真の教養人だが、この年代の人たちは、戦争中に、その身の処し方で、いろいろとむずかしい立場を通って来ていた。多くの作家が従軍作家として前線に赴き、そこでルポルタージュを書いた。そのような形で、軍部に協力した人もいれば、一切しない人もいた。今の自衛隊はそのような動員を全くしない。情報公開の時代なら、危険を承知の人だけ、ＰＫＦ（国連平和維持軍）に同行させて、それぞれの目で時代の証言を書かせてもいいのだと思うが……日本の軍部が、作家の言論と思想をうまく操作したそれが最後の時代だったと言える。

私は初めて創作の現場を知った。うまいなあ、と思う人もいたし、お酒とタバコの間に文学論ばかりしていて、実作は一向にしない人もいた。口ばかりで文学的雰囲気に浸る人に、私は軽い嫌悪を覚えた。作家は書いてこそ作家なのだと思った。異性でも文学でも、それを手に入れようとしたら、片手間ではできない。本気でお仕えしなければ、相手はこちらを振り向いてもくれない。

中河氏にも同人たちにも私は優しくしてもらったが、私はもう少し年の近い人たちと文学修業をしたかった。しかし同時に私は小説を書いていることにも虚しさを感じ出していた。何年書いたら、ものになるという保証もない。「石の上にも三年」というが、早くもそろそろ三年くらいは経ちかけている。このまま芽の出ない作家の道を一生追いかけるのも何だかみじめだった。それくらいなら、畑で薯を作ったり、いわゆる平凡なＯＬの道を歩く方がはた迷惑でない。私はお茶をいれるのがひどく下手な癖に、お茶汲みをするのを嫌悪するという気分がなかった。それは多分、キリスト教的なものの見方に馴染んでいたので、神はどのような仕事も等しく評価する、ということが、常に意識のどこかに残存していたからではないかと思う。

或る日、私は遂に、今日限り、文学をやめることにした。夢を追うことがみじめに感じられたのである。当時私は大学の帰りに、必らず夕飯のおかずを買って帰ることにしていた。今にして思うと、母はストレスの多い生活の結果だったのだろうが、不整脈で苦しんでいた。脈が止まって意識を失うこともあったし、そのために何度か入院もした。

私は自分ができる雑事はすべて引き受けていた。買い出し、銀行業務、薪割り……しかし私は少しも嫌だとは思わなかった。父から受ける圧迫を思えば、雑用など何程のこともない。私は毎日、当時は闇市風の小さな店の集まった市場に寄って主に魚を買って帰った。私は魚の鮮度もよく見抜けたし、買えば、どのような料理をするかもう目に見えていた。そして私は当時、友だちのほとんど誰もがこういう所帯臭い生活をしているものと思いこんでいたのだが、後年になって毎日大学の帰りに必ずおかずを買っている人などほとんどいなかったのを知ってびっくりした。

市場にはおもしろい情景もあった。私は安いタラなどをよく買っていたが、背後から「うちの子はタイしか食べないの」という声が聞こえるので振り向いてみると、ピンクのタオルに包まれたスピッツが奥さんの手に抱かれていたこともある。タイしか食べない子というのは、このスピッツだったのである。しかし私はその時、今風に言うと、格差社会を感じて不公平を怒ったりしなかった。私はものごとを社会正義の角度から見たりしなかった。ただ私はこの光景を自分流におもしろく感じた。だから私は作家になれたのだ。

私は市場を出ると、その日も吸い寄せられるように本屋の店先に立ち寄った。作家になるのはやめた。しかし本を見るだけなら、別に立てた誓いを破ることにはならないだろう。雑誌のおいてある台には「文學界」という雑誌があった。私はそれまで文藝春秋新社が出しているその雑誌を手に取ったこともなかった。

私は「同人雑誌評」という欄を開いて見た。すると臼井吉見という評論家が、私の作品を取り上げてくれていた。書いていることを父に知られないために使っていた曽野綾子という私のペンネームが、世間のどこかで印刷されていたのを見たのは、それが初めてだった。

十分後に本屋を出た時、私はもう小説は書かないと決めた誓いを取り消していた。人が自分の歩く道を決めるには、こんな偶然の力が大きいのだと思いながら……。


（二〇〇八・十一・四）

駒込蓬莱町

私が、日本語を書くという基礎的な訓練を受けたのは、東大派の第十五次「新思潮」という雑誌に入れてもらった時である。

私は聖心女子大学という私立大学の学生だったのだから、ほんとうは東大派の同人雑誌などに縁はなかったのである。しかし「文學界」の同人雑誌評欄で、臼井吉見氏が私の作品にほんの数行触れてくださったことがきっかけで、私は臼井氏に手紙を書き、励まされたお礼を述べ、私と近い年齢の人たちが修業をしている同人雑誌をご紹介くださいませんか、と頼んだのである。その時、臼井氏に教えられたのが「新思潮」であった。

臼井氏が「新思潮」のことを思い出したのは、当時少しばかり才能を注目していた三浦朱門の作品を、氏が関係しておられた「展望」という雑誌に転載したばかりの時だったからではないかと思う。三浦朱門は、阪田寛夫、荒本孝一などという人々と「新思潮」を作った直後だった。前にも述べたように、当時は今のように新人賞などという新人作家の登竜門のような制度はほとんどなかったので、小説を書いて世間に認められるためには、どこかの同人雑誌に発表して、いわゆる「業界」の編集者たちに認められるのが一番確実な方法と思われていた。

私は今でも、文学のほんとうの目利きは、編集者だと思っている。昔の編集者たちの中には気骨のある人が多かった。世間で名の通った批評家たちが言うことは、ご無理ごもっともと聞き流しておいて、実は自分がこれと見込んだ若い作家に書かせて、「陰険に」育てていたという感じがある。陰険というのは私がよく使う一種のほめ言葉で、陰険なことも理解しないようでは、とうてい文学の世界など扱うことは不可能であろう。もっとも陰険ほど、成熟した陰険と、愚かしい陰険とが混ざってしまうものもないので、一概には言えない面はある。

後年私は作家と編集者との関係を、猿と猿廻しとの関係にたとえて考えていた。猿が芸をすると喝采を浴びるのは猿のように見える。しかしそうした状況を作るのはもちろん猿廻しなのであって、編集者が陰でその役にあたるのである。私は女だし、一応養ってくれる配偶者もいたので、いわゆる家族に秘密の人間関係を持つこともなく生きて来た。これは作家的な生活からみたら貧しいと言われるのだが、人間の心理は、表に現れた部分と陰の部分があるのだから、そんなに簡単なものでもない。しかし作家が何十年も書き続けて行くうちには、家族、子供、自分自身などの病気や災難、その他さまざまな危機に直面する。「あの女と手を切りたいのだが、原稿料の前借りをさせてもらって、それで、頼む」というような仕事まで、奥さんに隠れてしていた編集者もいたのである。

そんなことでなくても、作家が身心共に落ち込んでだめになりそうなのを助ける役目を、長い間編集者はし続けたものであった。時には目に見えるようなおだて方をし、作家も薄々おだてとは知りつつ、それで心を救った。私にはたくさん怖い編集者がいたが、その中の一人は、私の目の前でざっと作品に目を通すと、

「この、犬が尻を舐めるところなどよく書けてますなあ」

という式の褒め方をする。ということは、それ以外はあまりよいできではないということだ。小説家の方も辛いところで、渡す前から、今度の作品は駄作だったと知りつつも、言葉に出して

「すみません。下手くそな作品を書いてしまいまして……」とは言いにくいから、内心の不安は伏せて詐欺師のような気分でいる。

しかしそもそも小説のビジネスには、商品に関して、納期と量（つまり枚数）の契約だけは口頭であるものの、質に関する契約はないのだ。リンゴならSとかAとか、まず品質の等級に関する契約があり、納期はもちろん単価もほぼわかっている。しかし小説の場合、最初から原稿料が一枚いくらと提示されることはほとんどなかった。最近でこそ、書いて来るところが多くなったが、印税は別として、原稿料の額も支払い時期もわからないのが普通である。昔は原稿料を現金書留で受け取って封を開けてから、喜んだりがっかりしたりしたものであった。

つまり編集者という名の猿廻しこそ猿芸の生かし手なのであり、功績の半分は猿廻しが受けねばならないものであった。

臼井吉見氏は、自分が表に出る批評家であると同時に、雑誌「展望」の編集を手がける立場で、猿廻しのこつも熟知しておられた方だと思う。

昭和二十六年十月、私は満二十歳になったばかりであった。私は新宿駅のホームのごみ箱の傍で三浦朱門に会い、そこから駒込蓬莱町（現・文京区向丘）にあった荒本孝一氏のオンボロ下宿に連れて行かれた。ゴミ箱の傍で会ったのは、二人はまだ顔を知らなかったし、他に目印がなかったからであった。オンボロ下宿は玄関の正面に寄贈者の名前を記した大きな鏡がかかっていて、私は新派の舞台面みたいだと思った。

オンボロというのは決して誇張ではない。二階の荒本氏の部屋に行くには、ガラス戸も閉まらなくなった吹きさらしの廊下伝いである。下宿人の部屋と戸外とは障子一枚で仕切られているだけで、もちろん鍵などかからないのである。廊下には下宿人たちの生活必需品が並んでいた。長靴、七輪、炭俵、火をおこす時に使う破れ団扇などである。その廊下自体がもう腐りかけて根太が緩んでいたので、私は怖くて端の方を選んで歩いていた。

この下宿には当時東大の秀才も集まっていて、後に癌研究の泰斗になった杉村隆氏もおられたはずだが、私はお会いした記憶がない。杉村氏のことは荒本氏も尊敬をもって喋っていた。杉村氏は、大学から弁当箱に病理標本を入れて持ち帰り、下宿でも顕微鏡を覗いて研究をしているそうだ、と言っていた。文学部というのは、理科系の秀才に対して、こういう形の尊敬と偏見を持っていたのだろう。

その日私は「新思潮」創刊の立役者たちに会って、非公式に同人になることを許されたのだが、その日のことを三浦朱門は、侮蔑的に言う。

「何しろきれいな干菓子を持ってきたんだからな」

彼は私のお上品ぶりを嘲笑したのである。私の家は当時人並みに敗戦直後の日本の貧困の中にあったのだから、母がわざわざ高級な干菓子を買って私に持たせたとは考えられない。多分誰かからのもらいものだったのだろう。

たしかにこのオンボロ下宿と干菓子とは、あまり調和のいいものではなかった。私がその日もっともおもしろいと思ったのは、帰りがけに三浦朱門が私に、

「電話番号を書いて行ってくれますか?」

と言った時だった。

「どこへ書いたらいいんですか?」

と私は尋ねた。紙もエンピツも、もちろん番号簿らしいものも差し出されなかったからだった。代わりに荒本氏が指し示したのは壁だった。もう落書きみたいな書き込みがいっぱいあったのだ

が、私は近眼だったので、眼鏡をかけないとそれらの字は読みにくかった。しかし私は言われるままに壁に電話番号を書き、これは画期的な便利なやり方だと感じた。電話の度に番号簿を開けなければならないなんて、何と不自由なことだろう。ちらと壁に眼をやれば番号がわかるというのは、非常に合理的なやり方だった。それに番号を書いた紙をなくしてしまう恐れもない。私は将来、自分で家を建てることがあれば、ぜひこのやり方を採用しようと考えた。こうして従来の醇風美俗に逆らう姿勢に、反抗的な魅力を覚えるという性癖は、後年私がアフリカなどの途上国に行くようになった時、かなりの適応性を見せた結果に繋がるような気もする。私はアフリカ独特の呆気にとられるような解釈や習慣にもすぐに馴れて、それをいつもおもしろがっていた。

私の中で文章を作る骨組みができたのは、この「新思潮」時代である。誰も当時から希代の名文家だと思われる人はいない。どちらかというと名文と見える表現を嫌う傾向はあった。私たちはそこで自分が書いて来た作品（二、三十枚までのものが多かったと思う）を読み上げる。すると完膚ないまでのあら探しをやられるのである。

「この人物、さっきまで台所にいたんだろう。いつ、でかけることになったんだ？」

という調子である。

私たち同人の作品ではなかったが、いまでも私が思い出すのは、全く別のある同人雑誌の作品の一節が話題になった時だった。

「物体に光が投射される時、その背後には陰を生ぜざるをえない」

という文章があったのである。こういう文章に出会うとなぜか阪田寛夫氏も三浦朱門も笑うのであった。阪田寛夫氏はうっすらと慎ましく、三浦朱門は眉をへの字に曲げて笑う。

「光があたると陰ができる、と書きゃいいんだ」

と言ったのはどちらだったか覚えはないのだが、それは私に文章作法の究極の姿勢を教えた。つまり表現というものは、できるだけ簡潔であるべきだった。むずかしいことも、平明に書くべきなのである。ましてや大したことでもないものを、わざとむずかしく書くのは、最低の悪文だ、ということである。

この点について、私は一種の宗教的な視線を感じたこともあった。まず自分を偉そうに見せない、ということである。表現というものは、精いっぱい胸のうちを言うことであるが、その場にも一種のルール、身の構えはなければならない。できるだけ、むだなく、分かりやすいように、ということだ。難解であることが自分を複雑で高邁な人間に見せることだ、と思い、読者としても、難解である作品を知的程度の高さを示すものとしてありがたがるという奇妙なマゾヒズムのあることに「新思潮」の同人たちは決してまどわされていなかったのである。

難解な文章というのは、端的に文章力がない証拠なのである。その上、創作の態度としても思いあがっている。自分の書くものは、非常に優秀なものなのだから難解なのは当然で、読者の方で努力して理解することだ。理解しないのは、つまりそちらが悪いという態度になるからである。どんな複雑な内容でも、平明な表現で、しかも楽々と書いているように見えなければならない。この文章を書くために、苦悩し、力を振り絞って書いている、というような苦渋の出た文章も、つまり悪文なのである。鼻唄混じりに、か、爪楊枝で歯をせせりながら、か、どちらにしても完成した文章には、そんなように楽に書いたと見える「見栄」か「痕跡」かが要る。誰もそう言ったわけではないが、私は「新思潮」にいる間に、そのような自分の好みが定まったのである。

三浦朱門は阪田寛夫氏と旧制高知高校に入った時に知り合った。阪田寛夫氏は関西文化圏のクリスチャンの家に育ち、家にはいつもオルガンで賛美歌が鳴っているような環境だったが、三浦朱門は東京の西はずれの、いわゆる三多摩と言われる土地で学校時代を過ごした。「どこどこの分校の生徒は半分が猿だ」というような笑い話も通った土地らしい。

高知高校時代のエピソードとして、或る日阪田氏は三浦朱門の言葉を聞いていて、「お前なあ、ようそんな岩波書店みたいな言葉で喋れるなあ」と言ったという話が残っている。東京には私の父たちが喋っていたような立派な方言があるのだが、それはNHKの日本語とは全く違うものである。しかし三浦朱門も私ももはやその方言を喋れない。私が東京の八丁堀生まれの父以外の生身の人から、最後に東京方言が語られるのを聞いたのは、後年、文藝春秋の講演旅行に同行した時の、川口松太郎氏と安藤鶴夫氏の二人が交わしていた会話であった。なぜあの二人の会話を文化財として残して置かなかったのかと思う。

阪田氏が言ったのは、人はすべて出自をしっかりと身につけていてこそ思想を述べられるのであって、宙に浮いたような、歯の浮くような言語で心は語れない、ということであったのだろう。ましてや翻訳文体のような日本語では文学にならない、ということでもあったのだろうが、三浦は阪田氏のこの地に足のついた創作の姿勢を、深く尊敬しつつ、語る時はいつも笑い話にしていた。

ことに「新思潮」の人たちが嫌ったのは、ペダンティズムだった。というか私の和製英語で言えば「ハイカラリズム」のようなものだった。どちらも教養をひけらかし、それが完全に浮き上がっているのに当人は気がつかないという手のものである。

当時私が「新思潮」の同人から受け、私の文学の基本を作った条件は、まず語りたいことが私の内部にある、ということだった。無理してお話を絞り出すような操作は、貧しい姿勢であった。語りたいものがあったら、それを平易な日本語で語り得る表現力を身につけることであった。

私の考える文学の車は、二輪車であった。書くものの思想的な内容の力と、それを自由自在に動かしうる表現力との二輪である。そのどちらを軽視しても作品は前進しないどころか、変な方向に曲がって行くであろう。それが二輪車の宿命である。

後年、私はヴァチカンのシスティナ礼拝堂でミケランジェロの天井画や壁画を見た。バルセロナでは、ピカソの美術館で、いわゆる「青の時代」に属する初期の作品に圧倒された。

そのどちらも私の心を打ったのは、こうした巨匠たちが、職人芸とも思えるほどの正確なデッサンができる、ということだった。私も初めは「ピカソといえばゲルニカ」なんだと思っていたのである。しかしピカソがゲルニカに至る前には、驚くほどの写実的な作品を描いていた時代があり、それがまた可能だという力量を身につけていたのである。

作品を書く。それを他者が読んで、内容をくみ取る、という操作には、伝達上の静かな闘いもありそうだった。できれば荒々しくはなく、粗暴でもなく、謙虚な姿勢であることが望ましい。息づかいも乱れていない方がいい。粗製濫造が行間に見えるような文章はもっての外である。

もちろん当時二十代の初めから半ばであった同人たちが、整然と整理した形でこれらのことを口にしていたわけではない。しかし中の数人から私が教わったことを集約すれば、それは文学をする時には、必ず自分を鎮めた後の整えられた静かな息づかいが要る、ということだった。

（二〇〇八・十二・七）

芸術は平等ではない

同人雑誌「新思潮」に加わって、駒込蓬莱町の同人の下宿に出入りしていた頃、私たちは爽やかに貧乏であった。

私の育った家は、いわゆるアッパー・ミドルに属していたと思うのだが、開戦直前に父が直腸癌の手術を受けて、人工肛門になった。

父が聖路加病院に入院した時、私はまだ小学校の低学年生だったが、長引く入院で家計が逼迫していたのを記憶している。母はいつも銀座で昼の食事をしてから病院に行ったのだが、或る日、私と二人で天丼を一人前しか取らなかった。私が「どうして一人前なの？」と聞くと母は、「そんなにお腹が空いてないから」と答えたのだが、ほんとうはお金を倹約していたのである。そろそろ一人前に近く食べるようになっていた私が食べたいだけ食べると、母の分としてはあまり残っていなかったことが、後年まで辛い記憶になって残った。

幸運にも、私たちの住んでいた東京の家は空襲でも焼けずに済んだのだが、父は勤めていた会社が軍需工場に指定されていたこともあって、人工肛門の体ではもう第一線に立つことができなくなっていた。当時は、人工肛門の手当ての方法も確立していず、腹部にソーセージのように出ている腸の末端から、便意のあるなしにかかわらず大便が出るのを始末するのが大変だった。上質の鼻紙と脱脂綿を使って作った一種のリングで腸の先端を囲んで当て紙をし、上から油紙を当てて腹帯で止める。その装置を、私も母を手伝って作るのが日課だった。

その上、戦後は財産税のようなものを納めたり、預貯金は封鎖されていて、月々一定額しか引き出せない時代もあって、父母によれば、戦前に計算していた老後の生活設計は大きく狂っていた。それでもなお、娘を大学に進ませるのを諦めなかったのが、アッパー・ミドルの甘さだと言えばそうなのだが、私の大学進学の費用は、母の兄に当たる伯父が出してくれた。

私はそうした境遇の変化を、厳しく感じる性格だった。大学を出してもらった以上、文学修業にもお金を出してくださいとは言えない。母はほんの少しなら父に隠してへそくりを出してくれたが、当時の私はアルバイトのようなものをしたことがなかった。ハンバーガー屋など日本にはない時代だから、どこで何をすればお金になるのかわからない。

私の同級生で手先の器用な人は、授業中も机の下で注文の手袋を編み続け、その編み賃がアルバイトだった。私にはそういう手先の技術もなかったので、大変羨ましかったことを覚えている。「新思潮」では、私たちは書いた作品を雑誌に印刷してもらえる。三浦朱門は創始者の一人として大きな顔をしていたが、一人いくら費用を出すのか、ということについては少しも綿密に決めてはいなかった。「金銭のことに長い時間、それも厳密に計算してかかわると、小説は悪くなる」と密かに思っているようで、この考えは、今でも私の中に影響を残している。私は税金の申告を専門家にしてもらっているだけで、今まで自分でしたことがないのである。

実際には、私たちは雑誌にかかった費用をざっとページ割にし、自分の作品が占めたページ数をそれに掛けて費用の概算を支出することにしていたのだが、それでも支払いの時に予算が不足することはよくあった。すると誰かがポケットに手を入れて、幾許かの金を出す。「まだ足りない」と三浦朱門が言えば、また皆が少しずつ出すというやり方で不足を補った。しかしそんな時でも、厳密に一人いくらずつ負担するなどということはしたことがない。

三浦朱門の中に厳密平等は少なくとも芸術ではない、という感覚があったようだ。彼は昔（当然戦前）、学校仲間と遊んだゲームの話をしたことがある。記憶は不確かになっているそうだが、四人の仲間が二十銭ずつ出して八十銭を捻出する。ジャンケンで一番勝った人が四十銭でカツライスを食べる。次に勝った人が、三十銭でカレーライス、次が十銭でただの白飯を取り、テーブルの上に出ているウースター・ソースで食べる。そしてドンジリの一人は、何も与えられずに、友だちが食べるのをじっと見ている、というゲームだという。もっとも皆が一口分ずつは分けてくれたらしい。戦後正義の象徴とされた平等の思想は、一つの麗しい概念だが、多くの場合それは現実でもなく、人間の運命を正視した姿でもない。人間は、このような不合理に耐えるから、おもしろいのだ、ということの萌芽が、既に戦前から定着していたということだろう。

「新思潮」の創始者の一人、阪田寛夫氏は、旧制の東大国史学科を出ると大阪の朝日放送に勤めるようになった。第一期の社員ではないかと思う。父上は大手のインキ会社の社長であり、阪田氏自身は、詩も書き、ピアノも弾き、作曲もするという多才な人で、私たちは将来、阪田氏が朝日放送でエラクなるのは間違いないと思っていた。ただし三浦朱門によれば、阪田という男は、旧制高知高校在学中は、町の娘さんにすぐ惚れられるような才気煥発な美男子だったのに、大陸から復員して来た後は、口が重くなり、闘牛場に引き出してもぼさっと立っているだけの役にたたない牛のようになったという。しかし十七歳の時に出会って以来、三浦朱門が阪田寛夫氏の才能に抱いた深い尊敬は、終生変わることはなかった。

その阪田氏が、私たちの経済的な窮状を救ってくれたのである。朝日放送には、その当時「聴取者文芸の時間」というのがあった。まだテレビ以前のラジオ時代だから、聴取者が投稿するエッセイや詩や小説などの中から、いいのを選んで放送する。私は短篇小説で応募していたのだが、一篇は約十枚、採用されれば、賞金というか、原作料を手取りで二千四十円もらえるのである。

もっとも同じ人が何度も投稿するのを採用するわけにはいかないから、私は名前を変えて投稿していた。母の友人にも名前を借りた。阪田さんは情実だけで私たちの作品を通してくれたわけでもないだろうと思う。私たちはまだ玄人ではなかったが、すでに小説はある程度書き込んでいて、半玄人だと言ってよかったと思う。

私は大学から帰って夕飯を食べると、寝るまでの間にこの短篇一本を仕上げた。十枚のうちで起承転結をきちんとつけた物語を作らねばならない。内外の作家の中で、金のために書いた人は多いのだが、その時の私もそうであった。二千円ずつの賞金を四本分くらい溜めれば、自分の作品を「新思潮」に印刷してもらうくらいのお金が溜まる。お金目当てに書きながら、私は短篇小説を書く方法を習得して行った。当時はもちろんワープロもパソコンもない時代で、すべて手で書くのだから、この仕事はなおさらしっかりと身についたのである。その上自分の「道楽」に関して、親からお金を出してもらわなくても済む、というのが私の願いだったから、私は阪田さんにほんとうに救われたのである。

「新思潮」の同人の他に、私に手を差し伸べてくれた人もいた。私が同人雑誌に書いた処女作を褒めて手紙をくれたのは、心理学者の相場均氏で、私は全く会ったこともなかった。

相場氏は早稲田大学の教授でもあり、当時私の周囲では珍しい国際派であった。アメリカから相場さんに惚れたデパートのオーナーの娘さんが日本まで追って来たが、この美女はハンドバッグの中にエヤー・ピストルを入れて税関を通ってしまった。「だから僕は撃たれるかもしれない」と知らされた時には、毎朝新聞の三面記事を見る度に緊張していた。

ドイツの大学時代に知り合ったという女性の学者が来日した話も聞いた。

「その方とは、ドイツ語でお話しになるんでしょう？」

「ええ、まあ」

「よく、あの語尾変化をお使いになれますね」

「まあ、いい加減にごまかして喋ることもあるんですよ」私はそれだけで尊敬していた。

私の幼時は日独伊三国同盟の時代で、私も小学生の時、一、二年だけ遊び半分にドイツ語を習わされたことがあった。その頃のドイツ語の教科書はすべて亀の子文字と言われる古い字体で、ノートに書く時も、ペン先が一文字型の独特のGペン（つまり縦に太く横に細く書ける）を使って文字を書かされた。しかし冠詞も名詞もすべて三つの性によって語尾変化を伴う言語に恐れをなした後遺症はその後も長く残っていて、私のドイツ語はほとんど使い物にならなかった。

氏は後に新劇の女優の高田敏江さんと結婚し、一九七六年、五十一歳の若さで亡くなった。

もう一人、私の支えになってくれたのは、「三田文学」の山川方夫《まさお》氏であった。氏は慶応出の都会派という感じの才気に溢れた洒脱な人物で、氏が主宰していた「三田文学」に私の小説を載せてくれた。私は聖心にはなかった修業の機会を、よその大学の関係者によって与えられたことになる。第一作は一九五三年に「三田文学」十二月号に『鸚哥とクリスマス』が載り、第二作は一九五四年の四月号に発表した『遠来の客たち』であった。この作品が、その年の芥川賞候補になり、それが私の作家としてのスタートになった。

『遠来の客たち』は、進駐軍に接収された箱根のホテルの一夏の物語なのだが、私は高校生の時、当時アメリカの第八軍の将校専用のホテルになっていた箱根富士屋ホテルのインフォメーションの部屋で走り使いをしたことがあって、業務だけはよく知っていたのである。当時富士屋ホテルの社長だった叔父は、私の英語もまだまだ未熟だし、若い時は何でも修業だと思うべきだ、ということで私を無給で働かしてくれたのである。

当時の芥川賞は、地味な企画であった。選考委員会の日も知らなかった。ということは、新聞記者が本命と思われる若い作家の家で待機するなどというお祭り騒ぎは全くなかった。つまり受賞したという知らせがないから、受賞しなかったらしいと思っただけである。

いい時代であった。文学を取り巻く空気は素朴で澄んで静かであった。

その時受賞したのが吉行淳之介氏の『驟雨』である。私はがっかりもしなかった。受賞すればどうなるのかもよくわからないのだから、落選するとどう残念なのかも実態が摑めない。ただ嬉しかったのは数日後に文藝春秋から、私の作品は佳作ということで落選したのだが、作品は本誌に掲載したい。ついては原稿料五万円を払う、という手紙が来たことである。何しろそれまでもらったことのある原稿料は、十枚で二千四十円だったのだから、目がくらむほどの額である。

或る日、私は家に帰って来ると、郵便受けに二通の封筒が入っているのを発見した。一つは「文學界」編集部から、もう一つは「新潮」編集部からで、いずれも短篇を書くように、というわば注文だった。その時代がどんなにいい時代だったかは、この注文の出し方にも現れている。当時、少し名のある作家でも、電話がないうちはざらだったのだ。ましてや新人作家の家に必ず電話があるなどとは思えないので、注文はこうして郵便で来るのが普通だった。

私は躍り上がって喜んでいいはずであった。何しろ今までは、小説を発表しようとすれば、同人雑誌の費用が要ったのである。それが今度はただの上、原稿料まで支払われるという。

しかし私は暗い思いになった。今までこんな形で、小説を書くということに暗澹としたことはなかった。今まではできれば書けばよかったのである。責任がないという軽やかさは、つまり私がアマチュアだったということで、責任を負わされたということは、私がプロになった証拠であった。それは作家志望者のすべてが望んだ境地であったにもかかわらず、私は憂鬱であった。

すべての職業は、それを業《ぎょう》とするようになったとたん、重苦しいものになる。

作家がプロになり、出版社といつまでに何枚書くと約束したら、それをどうしても書かねばならないのである。どうしても、というのは病気で熱があっても、親の看病でほとんど寝ていなくても、書かねばならない、ということだ。それがプロというものだ。それがいやなら、いつまでもアマチュアでいることだ。

作家の頭の中か、ノートの一冊には、必ずテーマ帳のようなものがあるはずである。注文を受けたら、どのテーマならこの雑誌の長さに適当かを考える。三十枚の短篇として適当なテーマを、約一千枚にはなる新聞小説のテーマとしては使えない。反対に百枚は必要とするテーマを、三十枚という枚数に限定のある雑誌に書けば、概要のような作品になってしまう。しばしば、書くものがないのに締め切りが迫り、ひどく苦しむという作家の苦労物語を聞かされることがあるが、それはこの頭の中のテーマ帳の中身が枯渇している場合である。

私は生涯を通じて、流行作家になったことがないので、この苦労をしたことはなかった。初めての注文が来た時も、それが世間で通る作品になるかどうかは別として、書きたいことはあった。

それがうまくいかなくなったのは、三十代の前半、三十一歳から三十七歳くらいまで続いた不眠と鬱的な気分の時である。

三浦朱門はかねがね、若い時に世の中に出た作家は、そのうちに必ず書けなくなる時が来る、と予告していた。私は二十三歳でプロの作家として出発した。その時、世間に一応は受け入れられた若書き風の文体では、まもなく続かなくなって当然だという。三浦朱門の予言は当たったたのである。

（二〇〇九・一・六）

小説の神さまの言葉

私は基本的にはひねくれた性格で、人の言うことをいつも素直に受け入れるというかわいらしさはなかったのだが、小説作法については、長い年月に実に多くのことを教えられ、それをほとんど消化して来たような記憶はある。消化と言う以上、原形は留めないこともあるが、滋養にはしてきたということだ。「新思潮」の仲間からは、短篇小説の作法の基本を習った。彼らは決して押しつけるということはしなかったが、和菓子屋がアンコを煮るにはどうしたらいいかという一応の基本があるように、私にその初歩的な構造を教えてくれた。

短篇には、起承転結がある方が読み手は楽なのであった。もっともそれを敢えて破る破調も一つの美ではあった。しかしいずれにせよ短篇は、思いつきで書いているように見せながら、厳密な計算が要る。ただし、その計算が見えすくような仕上がりになったら、それは最低なのである。自然にお話を書いて行ったら、こうなりました、という感じで仕上るのが最高のできなのであろう。

私が初めて新聞小説を書くことになったのは一九六一年で、京都新聞他、幾つかの地方紙に掲載された。私が世間に出てからまだ八年目である。

そもそも一年近くの間、新聞という公器に、小説を書いて行くという仕事は、普通の神経から見ると、実に恐ろしいことである。途中で書けなくなったらどうするのだ、という恐怖が起きない人は、余程の傑物である。今だったら総理大臣だって途中で辞任できるのだから、大したことはないでしょう、とも言えるが、新人作家にとっては胃が痛くなりそうな緊張である。

そんな思いがあったので、後年私は言うようになった。

「新聞小説の書き手の最低限の義務は、途中で死なないことなんです。できは正直なところどうでもいいんです。駄作を書いたって、知らん顔してりゃいいんですから。でも死ぬとお話が終らないから困るんです」

もちろん死んだってどうということはない。一九五一年に林芙美子さんは『めし』を連載中に亡くなった。私は大学生で、この連載を読んでいたのでびっくりした。しかし筆者の急死ということがあっても、それを掲載していた朝日新聞が潰れるということもなかった。ただ世の中のことは、できるだけ無事にめだたなく過ぎ行くのがいいのだし、新聞小説は一年以上も前から、次に書く人を決めてはいるものの、いきなり死なれると、やはり係の人も、次に書く番の作家も、紙面に穴を開けないために無理をするのである。

私は新聞小説のいろはも知らなかった。題を『海抜〇米』として、一番早いスタートを切るはずの京都新聞に通告するとすぐさま問題が起きた。京都新聞が題を変えてくれ、と言って来たのである。私は理由がわからなかった。するとそれは海抜〇米のようなすぐ水のつくような土地に住んでいるのは、被差別部落の人が多いから、その人たちからの反対が起きると困る、というのであった。

私の反抗的な、非妥協的な性格は、そこで初めて露になった。私は題は変えない、と言い張った。私にすれば、そういう憶測をする方がずっと差別的反応である。

私は東京の海抜〇米地帯の生まれです、と私は言った。私は葛飾区に生れた。まだ都市計画も大下水もなかった当時の葛飾区のことを、母は「三尺掘ると水が出て、湿気がひどくて困ったから、知寿子（私の本名）が数えで四歳の時に、大森区（今の大田区）に引っ越したの」という言い方をしていた。

東京には部落問題はない、と私は断言したかった。お体裁でそう言っているのではない。実際私たちの生活（家庭でも学校でも）に部落問題が会話に乗ることは一年に一度もないのが東京の暮らしなのである。結局この問題は、「執筆者からのひとこと」のような予告の冒頭に私が「私は東京の海抜〇米地帯に生れた」と書くことで決着した。しかしこれが思えば、長い年月作家たちを圧迫した「差別語の使用を禁じる言論統制」の初めだった。

しかし一方で私は、原稿の配給会社であった三友社の創始者から、実に有効なアドバイスを受けた。仮にその人のことを、「小説の神さま」と呼んでおこう。彼が言うには、新聞小説というものは、まずスタートして十日目までに、読者に「食いつかせねばならない」。そして三十日目までに安定した読者を作れなければならない。それに失敗したら、その作品は失敗作なのだという。

原稿は毎日書いても、一日に続けて何日分か書いてもいいが、書き方には一工夫要る。読者は一日ずつ読むのだから、筆者の方も、一日分書いたら必ず筆を中断して席を立ち、できれば他のことをして、頭を一応連載から切って、再度書き始めることが望ましい。そうしないと、自分が筋を知悉しているために、読者もまたストーリーや登場人物を熟知していると思って甘えて書くようになる。毎日、毎日、初めて読む人がそこにいるのだ、と思って書くこと。そのためには、最初の一、二行で、今この場面は誰と誰がどんな関係でいるのかを少しでもわからせるような文言を工夫すること。いきなり会話だけを続けて書くようなことをすると、初めての読者は、この人たちが、時には男なのか女なのか、どういう関係なのか、会話の行なわれている場所はどこなのか、皆目わからないままに、会話を読まされるという不安に耐えねばならない。

文章は思い上がりや過剰な自信にもっとも取りつかれ易いものなのかもしれない。私が教えられたのは、常に丁寧で謙虚で、しかも成熟した仕事をせよ、ということだった。わからないのはそっちが悪いのだ、とは言わずに、どうしたらわかってもらえますかという姿勢に徹せよ、ということだったのである。

現実問題としては、最初の二、三行に、初めて読む人や昨日読み損なった人にも、大体の状況がわかるような導入部を用意することは、新聞小説を後で本にする時、非常に手がかかることになる。つまり毎日最初の二、三行は、多少重複するように書かれているわけだから、その部分を切り取ってきれいに整理しなければならない。

或る時、一人の作家が、自分は新聞小説を本にする時、全く手を入れる必要がない、そのままでもう完全な本になる、ということを書いていた。それは、改めて手を入れなければならないような荒っぽい文章は書いていません、ということのように読めたが、私のやり方ではそうは行かなかった。私は連載が終って本にする時、最低いつも、冒頭の二、三行の整理をしなければならなかったから、それにかなりの時間を費やした。

「小説の神さま」が、私に忠告をしてくれたもう一つのおもしろいことは、約三枚を使う一日分の筋を、読者が全部覚えるとは思うな、ということだった。「もちろんそうですね。そんなことはあるはずがありません」とまだ若かった私は素直だった。その代わり、「読者に強烈な印象を与える一節が、最低一カ所はなければならない」と神さまは言った。つまり読者が、朝自宅で新聞小説を読んで家を出て、一人で国電（現在のＪＲのこと）に乗って会社に向かう時、ふっとその朝の小説の一部を、それも明瞭に思い出すようなシーンか言葉がなければいけない。後の部分は忘れられていいのだ、ということであった。

この神さまの「後は忘れられていいのだ」という言葉は、文学の世界と、それ以外の世界の双方に役立つ知恵のように思えた。

自分の何もかもを知っていてくれ、覚えていてくれ、というのは、幼稚な甘えである。ほんの一カ所、あなたに覚えていていただければ、それだけで光栄です、そこであなたと繋がっています、と言えるだけでも、それは現世でありうべからざるほど貴重な幸福、幸運、光栄なのである。生きる部分（覚えられる部分）の背後には、必ず死ぬべき部分（忘れられる部分）がある。それが人生の理なのである。

この問題は、後でおもしろい会話に繋がる。

私は私の作家としての生活の中で、常に短篇を書くことに執着していた。長篇も好きだったが、短篇を書く魅力を諦めることはできなかった。正確に数えたことはないのだが、恐らく私は既に一万枚を超えて、二万枚に近い短篇を書いているのではないかという気がする。

画家の仕事は、外側から見たことしかないが、長篇は油絵だった。まず下絵を描く。気に入らなかったら、堅くなった古パンで消して描きなおせばいいのだから、何度でも修正は利く。絵の具はこってりと重層的な使い方をし、これも具合が悪ければ剝がして別の色を置きなおすことができる。

しかし短篇は全く違った。短篇は墨絵の一筆描きだった。居合にも似ている。とにかく修正は利かない。作家の心の中で、短篇の細部までが見えるのも一瞬なら、書く場合も大きく訂正する余地がない。多少の文章の乱れや、誤字脱字を直すだけだ。

私は短篇を書くのは好きだったが、荒っぽい言い方をすれば、十篇の短篇を書いて、その中からようやく一篇だけ納得するものができる、という感じだった。私はこのことに恥じるというより苛立っていたので、或る日三浦朱門に、いい短篇だけを書くために、書く数を十分の一に減らしたらいいかと思う、と言った。すると三浦朱門は私を笑った。

「なあに、九本の駄作を書くから、ややましな一篇ができるのさ」

私は新聞小説を書かせてくれた新聞社各社に今でも深く感謝している。私は雑誌でもかなりの数の長篇を書いたが、新聞小説という形態は、テーマの明瞭な長篇を書き易かった。

戦後の日本の信じがたいほどの繁栄のかげで、最大の産業と言われるのは、人工妊娠中絶である。届けられているだけなら、一九四九年から二〇〇六年までの中絶実数は三千六百五十八万件だというが、未届けの中絶も、「公然の秘密として無数に行なわれ」て来たと百科事典は書いている。その数はつとに日本の人口と同数を超えたであろう、と言われていた。スターリンも毛沢東も、これほどの数の人間を粛清はしていない。「一人の人間の命は地球よりも重い」と言い、平和を唱えながら、日本人は一億人の抹殺を女性の権利の名の元に少しも良心に咎めることなく実行した。

一九七九年に朝日新聞に発表された『神の汚れた手』の主人公は、そのような世間の時流に乗って、ほとんど何の痛痒もなく中絶に手を貸して来た、その辺にいくらでもいるような産婦人科医であった。ただ彼は、もし大洪水が今再び起きて、善人だけがノアの方舟に乗り込んで生き延びてもいいと言われた時には、自らその乗船を拒否して、方舟の船出を笑って見送る道を選ぶつもりであった。

『時の止まった赤ん坊』は、一九八三年に毎日新聞で始まった。アフリカのマダガスカルで生きる一人の修道女を描いたものである。私の周囲には、一生を修道院で過ごすことを決意した人たちが、大勢いた。普通の人には体験がないだろうが、同級生で修道生活を選んだ人が何人かいるということは、もしかすると意識下で、現世に対する私の姿勢を少なからず変えていたのではないかと思う。

私は取材のためにマダガスカルに行き、そこで初めてアフリカの貧困の実態に触れた。はるか昔に私はインドの癩《らい》病院にもいたことはあったが、病人の暮らしほど、如実に人間の生活の実態を裏側まで見せるものはないということをその時から知っていた。

ただ私はどこでも無力だった。見るだけであった。エチオピア北部の飢餓の中心地にも私はいたが、母親が死んで乳がないので、この赤ん坊をすぐ持って行ってくれ、そうすれば日本人は金持ちだから何とか生かしてくれるかもしれない、という父親に首を横に振っただけだった。

私たちは常に無力だった。一九六七年のナイジェリアの内戦時の、いわゆるビアフラの飢饉では日に三千人もの餓死者が出た。一人のヨーロッパ人のカメラマンが骨と皮になった餓死寸前の少年を撮影し、その末期の視線は世界中の人々の心を揺さぶった。ただしそのカメラマンに対する非難もすさまじかった。健康で取材活動ができる以上、ビアフラにおいても彼はまともな食事を摂っていたはずだ。彼はなぜ、死んで行く少年を被写体として扱うだけでなく、彼を死から救うために、何らかのするべきことをしなかったのか。

マダガスカルの事情はビアフラとまではいかなかった。しかし新生児用の酸素も粉ミルクもなかった。ミルクだけでなく、薬も、薬包紙も、石鹸も、医療用の手袋もなかった。そして私はアフリカの各地にはこの程度の「ニュース性にさえ見放された悲惨さ」が恒常的に蔓延していることを知った。

昭和天皇のご不例が伝えられた一九八八年十一月、私は毎日新聞に『天上の青』をスタートさせていた。『天上の青』も、私が長い間、自分に書けるだろうかと危ぶみながら十七年間も考え続けていたテーマがやっと日の目を見たというものだった。それは神はどこにいるか、という人間の問いかけに対して、「神は常に、今私たちが相対している人の中にいる」という命題を証明する試みだった。十七年前の一九七一年、大久保清という人物が群馬県下で娘たちを「自分は画家なのでモデルになってくれないか」と言って誘い出し、抵抗した八人を殺して山中に埋めた。私はその大久保のような連続殺人鬼の中にも神がいることを証明しようとしていた。

二〇〇三年には私は毎日新聞に『哀歌』を書き始めた。はっきりと場所は特定しなかったが、これは一九九四年のルワンダの虐殺を舞台にしたものだった。小説は一面では思い切りでスタートしなければならない面がある。私のアフリカに対する理解もそうであった。私はまだアフリカを知っているとは言えない、と常に心にいい聞かせていたのだが、いつの間にか私はアフリカに深入りしていた。虐殺の舞台として有名になったルワンダにもシエラレオーネにも入っていた。ルワンダでは教会に逃げ込んだ女や子供を銃撃や手榴弾の標的にし、それでもまだ息のある人をガソリンで焼き殺した。その惨劇の教会の廃墟には、血に染まって破れた布団や遺体の部分が残っていた。すぐ傍には数百体の遺骨を収容した半地下の構造物もあった。入口のカバーをはずして中へ案内された時、私は強烈な死臭に刺し貫かれた。それは死者たちが最後に残された唯一の、われわれへの語りかけの言葉のように思えた。そしてその時、私はこの小説を書いてもいいのではないか、と思うようになったのだ。

（二〇〇九・二・四）

顔のない自由

誰でも自分の仕事を、自分の性格によってこなして行く他はない。同じ勤め人でも、その歩く道はさまざまなのだから、作家が書いて行く姿勢も十人十色だろう。

私は六十四歳の時に、全く考えてもみなかったような就職をした。日本船舶振興会（現在の日本財団）という組織の会長になったのである。当時年間七百六十五億円の予算を持つ大きな財団だったから、皆も驚いたが、私自身も運命の変転に驚いた。

この就職の経緯については、また触れることになるかもしれないが、私自身が個人的に驚いた理由は、自分が人中に出ることを好まず、組織の中で働けるとは考えてもいなかったからである。ところが世間は私が社交家だと思っていて、家でもいつもパーティーを開いているような生活を好んでいると信じているふしがあった。

私が、多分一年間のピンチヒッターだという了解のもとにその役を引き受けたのは、第一には、私がその財団の理事として長年働いていて内情を知っていたのと、第二には、その当時、財団はほとんど理由のない悪評にまみれていて、経済界、学界、その他どこを見廻しても、会長職を引き受ける人はいなさそうな状態だったからであった。そうした人々は信用、地位、名誉など、失っては困るようなものをたくさん持っていた。一方作家は、無頼でも、非常識でも、極貧でもよく、時には泥棒でも変質者でもそれが資質と見なされることもある。作家は、頭そのものをかち割られて個性を喪失しない限り、もともと失うものがないから何でもできるのである。夫は一言「得にならない仕事ならいいだろう」と言い、私はただ小心さの故に「無給ならお引き受けします」と条件をつけた。裏も表もなく金銭のつながりさえ完全に絶てば、たいていの人間関係は簡単になる。実は私の出した条件は私の無知の結果であった。日本財団には既に寄付行為の第二十四条に、会長は無給であることがうたわれていたのである（当時）。従って前会長の笹川良一氏も無給で働いていたのである。

組織で勤めるという空前の冒険を前に、私は自分の姿勢を決めることにした。私は週のうち四日を小説家の生活に当てると言明した。無給である以上、私は収入が他にあって、従ってヤミ給与のようなものを受けなくてもやって行けるという客観的事実が要った。

それには、仕事の第一を執筆とし、週のうち四日は作家としての生活をする。残りの三日で財団の仕事をこなす、という割り振りである。実際に財団に出勤するのは、一日だけのことも二日のこともあったが、他に二十日に近い長期の外国出張や、国内ででかける日もあったから、この配分は大体守られていたような気がする。

その頃、私が自分の性格とほぼ反対の暮らしをするようになったことを支えていたのは、二つの実験的な意識である。

一つは私は勤めの間だけ、覚悟して自分の性格に合わない生活をすることに決めたのである。つまり誰とでも挨拶し、会うべきとされる人にはすべて会う、という原則を守る。それらのことは、私にとって「らしくない」ことであり、「好きではない」ことでもあったが、引き受けた以上仕事なのだから覚悟を決めたのだ。覚悟というものは、正直ではないが、決めれば楽なものになる。その間だけ私は自分の好みを放棄すればいいので、皇太子妃にもお勧めしたい生き方だ。

私は自分の後頭の髪の中に、人には見えないスイッチがついていると思うことにした。出勤する時、私はそのスイッチを、反対方向に切り換える。オフからオンにすると考えればいい。つまり架空の私を発動させるのだ。

こういう考え方は、キリスト教徒にとっては、一概に虚偽的な心理だと言って否定すべきものでもない。「敵を愛しなさい」などという神の命令に従うことは、現実の自分を考えれば虚偽的になること以外の何ものでもない。それに、と私は考えた。私が私らしくない生き方をすると言っても、せいぜいで朝九時半から夕方五時半くらいまでの八時間だけではないか。もちろんそれより長く職場にいたことはいくらでもあるが、私の周囲には賢く節度を心得た人ばかりだし、私は決して不愉快な思いをしていたわけではない。作家は善人であっても悪人であっても、道徳的であってもそうでなくても、つまりどちらでもいいのだから、私が意識的に自分らしくない時間を生涯で持つという体験をすることも、つまりよくも悪くもなく、してもしなくてもいいことだったのだ。

この後頭の架空のスイッチの感覚はなかなか有効であった。私はスーパーマンのように、もう一人の自分になることもできることを少し無理でもおもしろく思うことにした。

二番目の意識は、私が理由の如何にせよ、財団の仕事を引き受けたということは、神との「契約」だということだった。私は当初は一年間だけ、会長人事の空白を埋めるピンチヒッターを務めると契約したのである。契約した以上、とにかく果たさねばならない。

しかしこうした自分らしくない生活を、約十年近くも過ごしたおかげで、私は自分の生き方の好みをはっきり見極める機会も得た。私はやはり、片隅で静かに暮らす生活が好きだったのである。

こういう感覚の源泉も、やはり若い時の体験に基づいている。先輩の編集者の誰かが私に「作家は写真などあまり世間に出さない方がいいな」と言ったことがあるのである。その言葉は凄まじい真実という穂先で、私の心をぐさりと突いた。

つまり作家には、徹底した自由が要る。いいことも悪いことも、人に知られずできる自由を確保しておくためである。それには、一般に顔など知られてはならないのである。

私の生活には一九五〇年代の半ばまで、テレビは入っていなかった。グラビア雑誌なども数少なく、それらは映画俳優さんたちの独占的世界と思われていた。だから作家の肖像が世間に出るのは、文学全集の口絵に小さく載る程度だった。それでも、その写真によって世間は、たとえば谷崎や川端という作家のあの独特の風貌を知ったのである。

作家の創作の世界には制限も限度もない。作家は、浮気も姦通も泥酔も借金の申し込みも神頼みも、すべて人に注目されずにできなければいい小説など書けるわけがない。だから、作家は常に顔がない人物でいたほうがいい。作品のみがその存在のすべてでいい。少々売れたからと言って、いい気になって写真など出すな、ということである。

この戒めだけは私にとっては簡単なことに思えた。私は昔から写真が嫌いだったのである。戦争中の庶民は、よほどのことがなければ写真を写さなかったし、素朴な単玉のカメラくらいは持っていても、戦中戦後はフィルムが手に入らない、という生活だったから当たり前なのだが、私のハイティーン時代の写真は実に数少ない。

私が卒業した聖心女子大学は、一九四八年に発足した新制大学で、式の時には黒いキャップとガウンを着る習慣だった。これらは大学から借りるのだが、それだけにこの外国風の風習は物珍しくて、ほとんどの学生は「キャップ&ガウン」姿の記念写真を持っているはずだが、私は一枚も撮っていない。

人はなぜ写真を撮りたがるのか、或いは写真を嫌がるのか、というのは、おもしろいものである。アフリカかアジアの原始的部族には、写真を撮られると魂も抜き取られる、と考えている人たちがいるというが、私もどちらかというとそういう答えの方が感覚的にぴったり来る。もっと悪意に取れば、意識的でありすぎる性格が写真を嫌うと言っても真実だろう。私と仲のよかった六歳年上の従兄は私が記念写真を固辞するのを見て、

「彼女には不器量コンプレックスがあるから、写真を撮られたくないだけなんですよ」

とさらりと代弁してくれたことがあって、私は「それはほんとうだ」と心の中で感謝したことがあった。

私はまもなくテレビ出演は避けるようになったが、インタビューを受けたり、対談や座談会に出ることはあった。ただその時でも、長い時間カメラにさらされたり、大きく顔写真を出されることは嫌だった。雑誌のページに載る写真のサイズが小さければ仕方がない、と考えたところが不思議だ。子供じみた理由を探せば、私は次のように考えたのである。人間は地球上で畳一枚はなければ暮らせない。実物大の体をまっすぐにして寝られないというのは、強制収容所の拷問のようなものだ。しかし一人で畳千枚分の面積が必要だと言う人がいたらおかしい。それと同じで、私という人間が一つの顔を見せるのは仕方がないとしても、それが不当に大きい面積で人々に示されることはない。

私は自分が仕事をすることは好きだったが、被写体になることは苦手だったのである。昔は対談、座談会、インタビューなどの時に、カメラマンは最初の五分間くらいにさっさと撮影を済ませていなくなるのが当然だった。というか、しばしば私はその素早い仕事に、熟練したプロの精

神が粋ににじみでているように感じたものであった。しかし時代と共に次第にカメラマンはずっと居すわって撮影を続けることを当然と思うようになり、編集者もまたそれを制止しようとはしなくなった。

或る時私は、インタビューの時、カメラマンが延々と顔写真を撮り続けて一向に止めようとしないので言った。

「すみません。もういい加減にお帰りください」

そのカメラマンはむしろ正直な青年だったのだろう。私に言い返した。

「なぜ撮っていてはいけませんか」

私のいやらしい性格は爆発した。

「私はインタビューはお受けしましたが、ながながと撮影されることは引き受けていません。顔写真をお撮りになるくらいなら、我慢します。でも私は女優さんやモデルさんと違って撮影の約束はしていないんです」

何という屁理屈だ、と私は自分がいやになった。しかし私は被写体になりながら、考えごとをしたり、速記を取られるようなことを喋ったりすることができなかった。

同じような拒否反応は、政府の審議会にマスコミが同席するようになった時も起こった。初めてそういう民主的公開の姿勢を見せたのは、石原慎太郎氏が運輸大臣になった時だろうと思う。以前にも書いたが、私は審議会をマスコミに公開することに対して、今に至るまで反対である。たとえ仮に集められたメンバーであろうとも、審議会は共同か協働を目指して働いている仕事師たちの作業場なのだ。審議会の会場はいわば私たちの執筆の書斎なのである。

世間には本の初版がいつも最低十万はくだらないというようなベストセラー作家がいるものだ

が、そういう人たちでも、自分の書斎の一部をガラス張りにして、執筆の姿をファンに見せる人というのは聞いたことがない。仕事場は神聖なものだ、などとは言わないが、仕事場はなりふりかまわず、自分の内的世界にうちこむ所だから、公開など考えられないのである。新聞社でも、外部の人が自由に見学できる場で記事を作るということはないだろう。

それにもかかわらず、マスコミは審議会に公開の原則を要求した。仕事場が密室だと、そこでなにをやるかわからない、としか考えないのである。公開しなくても、政府の審議会は記録がきれいに残り、会長が毎回会合の後で内容について記者会見をする。第一、審議会の個々のメンバーも、会合の後で、いわゆるぶらさがりの記者たちに何を言うのも自由なのだ。内容はザルで汲んだ水のようなもので、洩れ放題である。

しかし公開はいけない。公開すれば、会議は劇場になり、発言者は、すぐそこに批判的な沈黙と共に控えている記者たちの思惑を考えて、無難で立派そうに見える公式見解ばかりを口にするようになる。会議というものは、その途中に、逆説、冗談、「大きな声じゃ言えないけどさ」的な会話、などの中で、まとめるべき内容の濃い報告が次第に煮詰まるものなのだが、審議会の公開によって、生々しい人間的な会話は完全に失われ、作り上げられた儀式に近い雰囲気によって会話が交わされる場になったのである。

私は一九八四年九月に始まった臨時教育審議会で、ダイエーの中内切氏といつも隣席だった。あいうえお順に席が決められていたのである。学歴社会という観念を答申の項目に取り上げるかどうかという時になって、私たち委員の多くはほんとうは学歴などというものは大した意味がない、と思っていたと思う。少なくとも小説家の世界では、現実がそれを示している。川口松太郎氏も、松本清張氏も大学出ではない。私は、皇后陛下がご結婚される前まではほとんど名前も知られていなかった大学の出で、その学歴が文学の世界でプラスになったとは全く思えない。むしろお嬢さま学校の卒業生だとばかにされる要素の方が多かったのが事実だ。

学歴を議題にとりあげるかどうかという時に、中内さんは私の耳元に少し顔を近づけ、柔らかい関西弁で「学歴なんか問題にしとったら、会社はつぶれるんですわ」と囁いた。それは実感であり、つまり公開でない部分でこそ示された真実の一つだった。

審議会での拒否反応から、個人の写真に対する好みまで、私の中で作家は作品を公表するだけで、個人の暮しはできるだけ密やかでなければならない、という固定観念ができかけていた。私は五十年以上に及ぶ作家生活の中で、出版記念会、受賞祝賀会、励ます会といったものを個人的に開いてもらったことが一度もない。夫も同じである。

その最大の理由は私に人気がなかったので、そういう会を開いてくれるという友だちがいなかったのだという僻み方もできるし、また何より私が賞というものをほとんどもらわなかったからだということもある。ただ主観的にはっきりしているのは、私にとって自分が主人公になる集りの席はかなり耐え難いものだろうということだ。唯二つの例外は、フジサンケイグループの正論大賞を受けた時と、ローマ法王庁からヴァチカン有功十字勲章を受けた時である。どちらも主催者から、式後にパーティーをするから友人を招待するように、と言われたのである。

今私にとって可能性のあるたった一つのパーティーは自分の葬式だけになった。それを徹底してしなくて済むかどうか、私はまだ秘策を練っていない。

（二〇〇九・三・五）

駄菓子と銘菓

私の記憶の中で、いつまでも忘れられない事件がある。という割りには詳細を覚えていないのだが、一つはどこか神社の境内で、拝殿の近くに押し寄せた群衆の一部が押しつぶされて死亡した事件である。

人間というものは、どこかで安易で冷酷な評価、いや差別をしている。人気のロック歌手のコンサートやサッカーの会場で、ファンやフーリガンたちがそのような目に遭っても、大して同情しない面があるように思われる。しかしまじめな善人たちが、お賽銭をあげようとして拝殿の近くで踏み殺されたことに対しては、なんという気の毒なことをと思うのである。私の関心は少しずれていた。とにかく人ごみに近づくのがいけないのだ、と私は小心な結論を出した。それに私は、生れつき騒音に弱くて、あまり音の多い環境ではものごとをよく考えられないたちであった。自分の個性を守るには、群衆の主流、注目、派手さなどからは離れる方が安全だという判断である。

もともと私はお祭りというものが好きではなかった。知人は、東北の三大祭りを見る旅に行って来たなどと言う。私が好きなのは日常性であった。祭りの日ではなく、いつもと同じように朝、人々が野良に出たり、家の前を掃いたり、買い物に出かけたり、老女が膝の痛みを和らげるために行きつけの医院に電気をかけに行く、といった風景が見える日常が好きなのである。

この性癖は後年アフリカを旅行していてもかなり強力に働いた。私は緒方貞子さんと同窓で旧知の間柄だったので、緒方さんが国連難民高等弁務官時代に難民の受け入れ国をアフリカで訪問される時に、随行記者の身分で同行したこともある。日本財団に勤めていた時代には仕事上のパートナーだったカーター・センターと隔年にアメリカとアフリカで会議を開いていたので、いまだにものものしいSPの一団を連れたカーター元大統領とも何度かいっしょになったことがあった（もっともあれだけSPがついていてもカーター氏の十数個の荷物がパリのシャルル・ド・ゴール空港で積み換え損ねられて着かなかった事件もあった）。

お二人共、国賓待遇だから、アフリカではしばしば熱烈な部族の踊りで迎えられる。アフリカ諸国の王や酋長や部族長たちは正装になると腰蓑姿の民族服になる。彼らの持つ槍と楯は、平和の時と戦いに挑む時とでは、デザインも恰好も違うものだということも教えられた。しかしいずれにせよ、そこではお祭り的気分は溢れていても、地道な日常性は失われていた。午後になると子供が数時間かけて、自分の小屋の前におかれた臼と杵で穀物を搗き、日が落ちる頃、これも家の前にある石三個で作ったへっついにあかあかと火を燃して、母親が炊事をするというような日常の光景が、そういう行事では一切見えなくなるのである。私は現地で行なわれるスタディー・ツアーなどの時には、決してカーター氏が行きそうにない静かなコースを選ぶこつを覚えた。カーター氏が行けば、ダンスつきのお祭り騒ぎになって時間のむだと感じたのである。

大学紛争の余波として「国際反戦デー」のデモが各地で起きた一九六八年十月二十一日、新宿は「新宿解放区」と呼ばれていた。私も当時は若かったので、或る全国紙からルポを頼まれれば喜んででかけたものである。同行したのはその新聞社の文化部だか学芸部だかの記者の中でも、一際文学中年に見える感じのいい記者だった。つまり運動神経が私よりなさそうに見えたのである。

正確に場所は覚えていないのだが、私たちは人の波が怒濤のように押し寄せる新宿の広い道に出た。私はとっさに道の脇に身を寄せ「〇〇さん！　こっち、こっちにいらっしゃい！」と叫んだ。眼鏡をかけた記者氏は、新聞記者専用の細長いメモ用紙を握ったまま、うろうろと道の真ん中に立って群衆の波に呑まれかけていたのである。私は彼を引きずりこむようにして塀際に退避したのだが、そこには思いがけなく箱のようなものもあって、私はその上に登ってさらに状況を見続けようと思った。ところが空き箱に見えた箱の、私のお腹のあたりで何やらゴソゴソと音がする。「狂気の人の波を遠く避けて」逃げ込んだはずの道端の鉄製の箱は、実は檻で、驚いたことに中には熊が入っていたのである。後年私はこの時のことを「おへそを熊に齧られるところでした」と言い、しかし新宿の繁華街で熊を飼っている人がいることがおもしろくてたまらなかった。

話が横に逸れたが、人を避ける、という姿勢は、私の中でかなり頑固な姿勢となって残ってしまった。私はそれをいいとも認めないが、一概に悪いとも思わない。それはたとえば、或る人が頭を右に傾ける癖があるようなものだ。頭はまっすぐに保つのがいいのだろうけれど、ちょっと傾けることで心が安定し、思考がまとまるなら、それほど悪いことではないように思う。その程度の癖である。

まだかなり若い頃、私はやはり誰かに（この時の忠告者は誰であったか、今全く覚えていない）「曽野さんも一流の作家と言われたかったら、将来『源氏物語』を訳すことですな」と言われたのである。

私が母の本棚で拾い読みしたのは、与謝野源氏であった。そしてほんとうのことを言うと私はそれをあまりおもしろいと思わなかった。十代の私が心を惹かれたのは、たとえばマルタン・デュ・ガールの『チボー家の人々』のような作品で、そこには青臭い言い方になるが、「人生いかに生くべきか」という太い哲学の柱があった。源氏の情にも「いかに生くべきか」という問いが全くないとは言えないのだろうが、私には退屈に思えた。私は大学時代、他に適当な科目がなかったので、「源氏物語」の講義を取り、風巻景次郎氏などという源氏研究の第一人者は、リヤカーいっぱい写本を買ったなどという話を聞いてすっかり打ちのめされ、私にはとてもできない、と思ったことがあったのである。

実は好きになれば、人間なんでもできたはずだと思う。後年私がユダヤ教を独学で学んだ時の打ち込み方をもし続けられれば、源氏物語についても学者の一歩手前くらいまでの知識は得られたと思うのだが、つまり私は、「一流の作家と言われるためには」などと聞かされただけでやめる決意をしたのである。それは多分人と同じ道を行けば、単純な意味で賽銭箱の手前で踏み殺されるだろう、と思う癖が抜けないからであった。

その手のことが他にも幾つかあった。

誰でも長く書いていれば、間もなく人の書いた小説を批評する側に廻るようになる。まずどこかの雑誌の新人賞の選者になるのである。私も初めは同じような道を歩き出した。しかし間もなくその立場に違和感を覚えるようになった。

昔からスポーツの記録と違って、芸術には万人が認める絶対の価値はない、と思っているから、自分の好みを押し通す自信も気力もない。しかしそれ以上に、私にとって賞の選考委員の仕事が負担だったのは、私の生まれつきの強度近視のせいだった。自分が読みたい本を読むだけで、視力は使われ尽くしたような気分になる。事実、強度近視の眼底は荒れているので、一時期かかっていた眼科のドクターに、「あなたの目は蠟燭と同じだから、一生でどういう按配で蠟燭を配分して燃やすか（眼を使うか）考えなさい」と言われたことさえある。それがきっかけで、私はすべての本に赤線を引きながら読む癖がついた。こんなに汚くすれば、少なくともこれだけでこの本は古本として売れなくなるなあ、と思いつつである。当事は古本が少しは売れた時代であった。しかし赤線を引いてさえおけば、万が一私が失明しても、誰かがそこの個所を探し出してくれ易くなるのは事実であった。だから今でも私は、編集部が、引用の原文をほしいと言って来た時、かなりの確率で素早く問題の個所を見つけることができるのである。

そんな眼をしながら、選考委員などになれるわけはない。私は視力という貴重な蠟燭を、他人の作品のために燃やして使う気はなかった。眼のいい人なら、決してこんな気分にはならなかったろう。しかし私の場合、本を読む視力は、あくまで自分の読みたい本のためにだけ取って置かねばならない。私はひどく利己主義であった。その上、選考する賞にも上下だか格だかがあり、それによってその作家の文壇における位置を探ろうとするような人もいないではなかったから、私はさらに億劫になった。私は早々と「文学賞」の選考委員になる機会を断わり、だからほとんど若い作家たちの受賞のために働いたことがない。

ほかにも私は、小さな逆らいを度々した。

当時、純文学雑誌と言われていた出版社系の小説の雑誌は四誌であった。「新潮」（新潮社）、「群像」（講談社）、「文學界」（文藝春秋）、「文藝」（河出書房新社）である。純文学と中間小説という分け方自体に、抵抗を覚える人は多かったろう。その反面当然という姿勢の人もいるようだった。私もやはり年長の編集者の一人に「純文学の作家になるつもりなら、間違っても中間小説の雑誌に書いてはいけません」と忠告されたことはあるのである。もっともその忠告だけは、私はほとんど守らなかった。

小説はただそこに或る作品が存在するだけで、それは「成功した作品」と「失敗作」との二つに分かれるだけのような気がしていた。包装紙に老舗のものを使えば、駄菓子が銘菓になるということはない。あくまでそれは中身の資質の問題である。後年、私は「『週刊朝日』でも『アサヒ芸能』でも、私が書こうとしている小説を、自由に書かせてくださるところならどこでもかまいません」と言って注意されたことがある。「週刊朝日」の編集部が、誇りを傷つけられて怒るだろう、と言うのである。私はそういうところ、いつも繊細な神経が一本欠如していたのかもしれない。

しかしこの、作品発表の舞台に関する問題は、かなり多くの作家たちの心を縛っていたようだ。「〇〇さんは新潮社からしかご本をお出しになりません」という噂の人もいた。昔は華やかだった四大婦人雑誌(「主婦之友」「婦人生活」「主婦と生活」「婦人倶楽部」)の一誌に勤めていた或る婦人記者は、当時、まだ世の中に出立ての頃は、こうした婦人雑誌にも喜んで書いていた若い男性作家が、少し売れ出すと「僕はもう婦人雑誌には書きません!」と拒絶し始めた体験を私に語ったこともある。

私はと言えば「属地主義」を採ることにしていた。連載した雑誌が属する出版社から本を出してもらうことに決めれば簡単なものである。

文学雑誌の中で私は「新潮」にはいささか困らされた記憶がある。私がいわゆるデビューしたのは一九五四年なのだが、数年遅れで有吉佐和子さんが、華々しく世の中に現れた。私たちは「才女時代」などと言われたのだが、私は才とは全く正反対の、人生でも作品でも鈍に長い年月を積み重ねていく性格だったから、多分括られて得をしたのだろう。

或る時「新潮」の編集部から有吉さんの才能に嫉妬する、というような内容のエッセイを書くように言われた。自分の持っていない才能が他人にあれば、確かに嫉妬しそうなものだが、たとえば私は女性の政治家の才能に嫉妬することは考えられない。美人であることは羨ましいが、女優の生活にも憧れない。私は人中に出ること、人から見られること、写真を撮られること、そのどれもがすべて嫌なのだから、政治家や女優の生活を羨ましく思うことができないのである。それと同じように自分とは違った個性の作家に嫉妬することも、ありそうでいて現実性がない。

その時、私が有吉さんの悪口でも書けば、「新潮」編集部の思う壺だったのであろう。実は新潮社には、昔からその手の嫌らしい興味こそ出版文化の本質なのだという伝統があり、そのスキャンダリズムを信奉する編集者もいて、その人の発案ではないですか、と言う人もいるのだが、その原稿を依頼して来た当時の編集長も、いささかの羞恥や困惑の色もなくこの企画を面白そうに伝えて来たので、私はそれを断ることにむしろ躊躇いを覚えなくて済んだ。ほんとうの理由は、「新思潮」時代の一時期を除いて、私は有吉さんとあまり接点がなかったというだけのことであった。当時「新潮」編集部を怒らせたら後で恐ろしいことになる、という人もいたが、私は致し方ない、と思っていた。

人間には、棄てられたり嫌われたりすることもある。ほんとうは棄てられも嫌われもしない方がいいのだろうが、そうなってしまったら仕方がないから、その時には首を竦めてしばらくの間じっとしている、というのが私の生き方だった。もう「新潮」に書かせてもらえないなら、それも仕方がない。でも棄てる神あれば拾う神あり、とも言うから、話の筋はどうなるかわからない。

思うに出版社でも作家でも、自分なしでは相手（世間）が困るだろう、と思うところに大きな間違いが起こる。すべての人はいないと困るほどそれぞれに味のある存在だが、同時に、どんな人でもその人がいなければいないで世間はちゃんと動くのである。

こういう感覚は、割と早い（若い）うちから私の身についたものだったが、それは後年になっても抜けず、私の生き方を、常に大きく左右した。

或る時、或る新聞社が女流作家の全集を出したことがある。その割り振りで担当者はひどく苦労していた。或る人は一人で一巻扱いでなければ嫌だと言い、或る人は全集が発行されてから、三巻目までに出して貰わないと困る、と言い張っているということだった。別の人は、あの人と同じ巻では嫌だと言い、担当者は遂に胃潰瘍になったと記憶する。

私はそういうことを言ったことがない。ほんとうの理由は、全集の印税など、どう転んでも大した違いはないからで、私は鷹揚になっていたのだと思う。私はすっかり落ち込んでいた編集担当者に言った。

「簡単な解決法はあるんですよ」

「どうするんです？」

「煩く言う人を手厚くするんです。それだけ全集の出版に心を費やしているんだから、大物扱いをされて当然なんです。でも私とか他に（私は数人の名前を上げた）○○さんのように、そんなことはどうでもいい人は、四、五人ずつぶち込んでずっと後の方の巻で出せばいいんです」

後で考えると、これはかなり国際的に通用する考え方だったのである。少なくともアラブやユダヤの文化圏では、大きな声でしつこく物を言う人の意見が通るのが当然なのだ。彼、または彼女は、そのために他人より多く働いたのだから、その分だけ報酬を受けて当然なのである。私が中年以後アラブやアフリカの土地を踏んであまり違和感がなかったのも、生まれつき、こういう原始的な人間の考え方から脱け出さない性格だったからかもしれない。

（二〇〇九・四・五）

自然風の樹形

小説は何を書くんですか、という当然のような外部からの質問に対して、私は今までずいぶん不誠実な答えをして来たような気もする。

「小説なんて、作り物ですからね」

と言う時もあった。

「あれは根も葉もあるウソなんです」

と笑うこともあった。つまり実のところ答えられないし、またもしかすると答えようとも思ったことはないのかもしれない。

時代とともに日本語が変わることはよく言われているが、私の若い頃、突然不思議な質問の形が現れた。「あなたにとって、××とは何ですか？」という形である。××の個所にはその人の職業というか、多くの場合それよりもっと重い「天職」というべきものが入る。つまり登山家に対して「あなたにとって山とは何ですか」と尋ね、彫刻家に対して「あなたにとって彫刻とは何ですか」と聞くようなものだ。これは信じられないくらい荒っぽい、もしかすると無礼な質問であった。小説とは何なのかという問いに答えるために、少なくとも私は生涯書き続けているのだから。一言で簡単に返事を貰おうと思わないでほしい、という感じであった。

小説の書き方は人によって違う。

若い時、私は宇野千代さんにお会いしたが、その時宇野さんは、或る雨の日に蛇の目の傘をさした女が、木戸から出て行く。まずその場面を書けば、その人物が自然に創作の世界で一人で動き出す、という意味のことを言われた。これは私にとって、圧倒的な重さを持つ言葉であった。私の小説作法は全然違っていたからである。

自分の創作の方法だけは語れない、という人もいるだろうが、私にとって、それはそれほどもったいをつけることでもない。大体のことは言える。

宇野千代さんの小説作法が、ほんとうに創作の神秘な部分をそのまま残しているとしたら、私は「事前構築型」というつまらないやり方で小説を書くことにしていた。つまり書く前から、人物や筋をけっこう長い時間をかけて創っているのである。千枚近くなる新聞小説でも、最後の場面がはっきり見えるまで創る。多分、私は小心なのだろう。或いは、器量に自信がないので、素顔では怖くて外へ出られず、その辺のスーパーに買い物に行く時でも、念入りに厚化粧をするタレントのようなものかもしれない。

宇野さんについては最近、ちょっとおもしろい話を聞いた。宇野さんは、文壇切っての美しい方で、複数のすばらしい男性と人生の一時期を分かち合われた方だが、他人との会話でも自然なサービス精神を持ち続けた人だったという。或る時、宇野さんが、誰とどれほど深く親しくつき合ったか、という話になった時、そこにいた一人の女流作家が、「誰それさんとは？」と幾人もの名を挙げおもしろがって繰り返し質問したという。すると宇野さんは、その誰に対しても「寝た！」と答えられたというのだ。多分お酒も入っていただろう。

すき焼きには水を一滴も入れず、味が濃くなり過ぎたら、すべてお酒で味を調節するのよ、と私が教わったのは宇野さんからである。当然宇野家の台所からお酒が切れることはなかったであろう。それを気持ちよくあがって、楽しくなったあげくの弾みのついた遊びの冗談、ということはあるはずだ。しかし最近では、それが一人の作家の証言として大真面目に、文学史上の事実ということになりそうになっているという。

実はその場にはもう一人同席していた編集者がいて、その人が「そんな真剣な空気じゃなかったんですよ。あれは宇野先生のサービス精神のあらわれでしたね。日本語でそのまま書けばそうなるかもしれないけど、あれは傍にいれば分かる冗談だったんですよ。全部、『寝た』『寝た』ですからね。あの場にいたら誰でもそのサービス精神は分かったはずです」と言っている。

私が人のことを軽々に書かなかったのは、昔からそういうことを感じていたからだと思う。自分が発言したということが記録されているのを読むと——インタビューにせよ、対談にせよ——そのままその時の空気や、私のためらいや、嬉しさなどを正しく記録しているものなど、十本に一本もあるかないかだ。第一の理由はこちらの喋り方が不正確だからなのだが、語尾から冗談まで、私はこういう言い方はしない、というものがほとんどである。

今でも覚えているいい例がある。或る婦人記者が、私が「ざあます」と言い、「ほほほ」と笑ったと書いたのである。「ほほほ」という笑い方は、お上品ぶる人の笑い方を嘲笑的に表す時のオノマトペだが、私は多少個人的にも「上流」だという人とつき合ったこともあるのに、そんな笑い声を立てる人など一人も見たことがない。私の場合、軽い出っ歯のおかげでそういう笑い方はできない。「ほほほ」と笑おうとすると唇が歯に引っかかるからだ。

悪意ではないのだろうが、昔から作文力、観察力、聞き取り力のない人もジャーナリズムの世界にたくさんいるから、誰が喋ろうと紙の上に現れた言葉は一種の典型になる。当人が読むと困惑するほかはない。だから人のことは書かない方がいいのだ。

二〇〇九年四月十四日に亡くなった上坂冬子さんと私が、前年の九月に二日がかりで語り尽くした最後の『老い楽対談』という本も、読むと私たちが勝手に言いたい放題気楽に喋っているように見えるし、そしてまた口調も態度も普段からまさにその通りなのだが、既に体調に異変が見えていた上坂さんが、信じられない気力で集中的に手を入れた「作品」である。実は自分らしさというものや、自然な表現というものは、世間の人が考えるほど「そのまま」であれば出て来るというものではない。それらは、むしろ徹底してむだを省いた技巧的なものですらある。自然さという謳い文句のもとに、伸び放題に伸びた植木ではなく、きちんとした計算の下に技巧がめだたないように刈り込まれた「自然風」の樹形なのだ。

二人の会話は、有能で分を心得た記録者の原稿を細かく点検し、削り、書き加え、時にはわざとぞんざいにし、そらとぼけ、レーゼドラマの形で作りあげたもののような気がする。一、二カ所、まちがいではないのだが、お互いの間ではニュアンスが伝わっても、世間にそのまま公表されると、一般的な意味合いから間違って取られそうなところがあった。その場所に関しては、「こういう理由でこの一言は少し直していただけませんか」と許可を求めた。こういう場合、われわれは他人行儀なほど、礼儀正しくなる。

私はいつもゲラを読み直すというような仕事にあまり熱心でなくて、時間を引き延ばす癖があるのだが、この時ばかりは、上坂さんのあまりにも熱心な作業のテンポに追いまくられて、やむをえず短期間のうちに手入れをしてしまった。上坂さんは写真にまで細かく神経を使い、「机の前に、湯飲みが写っているのは、やはり少しだらしがない感じだから、そこは切るようにとの指示でした」

と編集部が伝えて来た時、私は上坂さんの繊細な感覚と丁寧な仕事ぶりに改めて驚き、私の前の湯飲みも当然消えているものとばかり思ったものである。ところが私の前の湯飲みはそのままだった。これは二人の対談者の顔の大きさを同じにするためにやむを得ず取った処置だったという。これも楽しい結果だ。

すべて人生の「用意周到」などというものは、さまざまな理由から呆気なくひっくり返されるものである。しかしそれでもなお私は、蛇の目傘をさして顔の見えない女に、雨に濡れる木戸を出て行かせる時には、この女は何歳で、どういう境遇で、どういう癖があり、今何をしに行くところで、今後どうなるかを決める。時には、彼女の住んでいる家の間取りまで図に描く。しかし宇野さんはそんな野暮なことはなさらなかったのだという。

私の場合、短篇は、ほとんど一瞬で、書くことが見える。ほんとうに一瞬なのだ。机の前に坐っている時に見える、とか、本を読んでいる時に見える、とかいう因果関係もない。或る時見えるから、それでもう書けたも同然になる。後は頭の中にある創作された世界を書き写すという作業が残っているだけだ。

だから、ワープロやコンピューターを使うと文学にはならない、文学はやはり一字一字心を込めて手で書いてこそ魂のこもった作品になるのだという論争が、四半世紀ほど前に起きた時、私はおかしくてならなかった。今では嘘のように聞えるが、一九八〇年代の初めには、そういう議論が本気で行なわれていたのである。それは一九五〇年代の半ばには、自家用車などという贅沢品を自分で運転するような人間に、小説は書けないと主張する作家がいたのとよく似ていた。

記憶がおかしな方向に飛躍するが、作家でも政治家でも、自分で車を運転することに関して、私は書いておきたいことがある。一九五六年頃、私はインドで一人の国民会議派の政治家に会い、その人が自分で運転している小型車で私を迎えに来てくれたことに驚いたことがあった。その人は、多分インドでは有数の名家に生れ、イギリスの大学を出て、アメリカで大使館勤務をしたこともあったのだろうが、インドに帰れば、運転手を含む大勢の使用人を使う身分だったろう、と思われる。しかしそれでも彼はインドに帰っても、アメリカにいた時と同じように、自分で車を運転することをやめなかった。つまりそれが新しいインドの政治家として生きる、彼の一つの姿勢としたかったのだろう、と思う。

私も一九五五年の末に車を持って運転もするようになったのだが、それはもっぱら経済的な理由であった。母が足が悪くて歩けなくなりかけていたのである。それで私たち夫婦はなけなしの貯金を下ろし、さらに母からも少し出してもらって、従兄の紹介でセコハンのフォルクスワーゲンを買った。かぶと虫型のバケツのような車で、横から腕木型の方向指示器が出るタイプだった。持ち主は「もっぱら自家用だ」と言っていたが、後で点検してみると、ちゃんとメーターの穴が開いていた。タクシーに使っていたのに、嘘をついたのであろう。しかし当時日本人には、三年以上経った古いものでなければ、外車（これでも外車だったのだ）を買うことはできないという規制があったので、いたし方なかったのである。

当時の銀座は、どこにでも、空いていれば店の前にでも車を停めてよかった。だから母は呉服屋に行くにも全く歩かなくて済むようになり喜んでいた。

車を運転したからと言って、私の文学が変わるとは思えない。もしそれが非難されるほど軽薄なことなら、私の文学観は、車を持つ以前から軽薄だったというだけのことだろう。同じように、ワープロを使ったからと言って小説が変わることもない。ワープロは、思考を紙に書き写す一つの画期的な方途だった。

昔の作家は、頭の中のものを、紙に記録するという作業に筆を使った。それが次第に万年筆が主力を占めるようになった。その時、「筆で書いてこそ、文学に魂が込められる。万年筆なぞ使う奴の文学は信じられない」といった論争が行なわれたのだろうか。時代が経つと、万年筆がまたボールペンになり、中にはずっと3Bの鉛筆を愛用し続けているという人もいるだろう。私の駆け出しの頃の主流は万年筆だった。作家たちには愛用の万年筆というものがあり、オノト、ウォーターマン、モンブランなどそれぞれにご贔屓のブランドがあった。新しい万年筆は下ろしても数カ月間は堅くて使いものにならなかった。だから使い込んだ万年筆というものは、火事になったら必ず持ち出そうと思うくらい大切なものだった。

近視で苦労した私は、二番目に大きな理由として世話になる係の編集者たちの視力を守りたい、という思いもあった。それとなく観察していると、編集者たちには近視も多い。さらに汚い原稿の字数計算などさせられたら、どんなに眼が疲れるだろう。私がワープロで整然と打った原稿を渡せば、そうした人々が少しは楽になるだろうと思ったのである。もっとも、脱字誤字をすれば、私のそうした計算など、人生の予測と同じで、簡単にくつがえってしまうものだったのだが……。

（二〇〇九・五・六）

地中の人生

考えてみれば、小説を書くための学校というものはない。カルチャーセンターのような場所で、エッセイや小説の書き方を教えるところがあって、それは私の同人雑誌時代に仲間から受けた影響や体験を考えてみても決して無駄ではないと思うけれど、テーマにしても表現上の言葉の選択にしても、最後はやはり一人で決定しなければならないことなのである。自分の世界、自分の文章の構築は、たった一人の最初から最後まで孤独な仕事だ、と私は感じ続けている。

大学という場所で、人生のモラトリアム的四年間を過ごさせてもらったことは、私にとってはありがたいことだったが、私が現在得ている知識や考えの半分以上は、やはり独学で手に入れたものであった。だから、私は経済格差がひどくなって、子供を大学にもやれない、などということが、さしたる悲劇とは思えないのである。確かに大学には行った方が楽には違いないが、行かなくても、ほんとうに勉強したい青年は何とか独学で学ぶものだと思う。

大まじめな精進の話ではなく、戦争直後の私の楽しみを思いだしてみると、記憶の薄れている部分も多いのだが、あの頃はとにかく貧乏だったなあ、と思う。紙がないのだから、印刷物というものにも選択の余地はあまりなかった。もっとも私は終戦の時十三歳で、一人で古本屋を探すとか、都心の図書館に通うということを考えたことがない。自分のうちにある父母の書棚を漁るか、友人の父の所有である立派な革表紙の文学全集を貸してもらうなどということが、本を手に入れる方途であった。

当時、新書として出版された本は、数も少なく、泉貨紙という名前の粗悪な再生紙が使われていた。これは薄汚れた黄灰色で、表は多少つるつるしていたが裏はざらざらのひどいものだった。今のような私の視力だったら、とうてい読む気にならなかったと思う。

その頃の私は子供というにしては大人びた感覚を持っていたが、大人というにしてはまだ中途半端ないわゆるミドルティィーンであった。まだテレビもない時代だし、始終映画を見に行くほどの執着もなく、当時は読書だけが唯一の娯楽であった。

外国の翻訳小説の世界に私は引き込まれた。その手の代表はアプトン・シンクレアで、ラニー・バッドを主人公としたシリーズを並河亮の名訳で読みふけった。しばらくすると推理小説としては、スタンレー・ガードナーのペリー・メイスンものが流行り、私は新刊を片端から読んだ。この時覚えた法廷シーンで、私はアメリカの裁判を隅々まで覗いたような気分になっていた。『チボー家の人々』も圧倒的な感動を与えた。小さな個人が国家的な運命に流される力関係に、私の関心の出発点はその後も置かれている。一方で、志賀直哉やサマセット・モームの短篇が今でも私にとって目指すべき最高峰なのだが、自分の文学に影響を与えた小説については、なぜか今でも億劫で語る気にならない。

ほかにもたとえば私は、ロアルド・ダールの短篇集『あなたに似た人』に登場する世界にも深く打たれていたのだが、あの境地に近づくことには本能的な危険を感じていた。あの類まれな作家的才気、人生をあのような鋭利な視線の刃物で切り取る手法について、私は感動し、また自分でもその手の訓練をすれば、まんざら到達できない境地でもないような気もしていたのだが、それはあまりに好事家の陥りそうな袋小路のような気がして心の中で警鐘が鳴っていた。

かつて評論家の臼井吉見氏は私に、「小説を本当に書きたいんなら、詩にも和歌にも手をつけない方がいい」と言われた。それは最も野暮で、泥臭い小説というジャンルにいることを選ぶなら、その泥臭さに徹せよ、ということだ、と私は解釈した。ロアルド・ダールには、その野暮をすかすような危険な才気が匂っていた。

しかし私は書くものの「周辺を知る」ことにはのめり込んだ。当然のことだろう。時代小説の作家なら、その時代を徹底して知ることになる。現代小説でも同じことだった。それに私は現実から逃避したい幾つもの個人的な理由も持っていたのだから。ただし次のことだけは明らかだった。知っているだけでは、小説に使えないのである。その過程には、認識した世界の私なりの内的発酵の経過が必要であった。しかしそれにしても、知ることは最低限の準備であった。

私がはっきりと意識して小説のための取材を始めたのは、一九六六年。私は三十代半ばであった。その年の三月、私は友人を訪ねてタイに行き、タイ北部で、将来アジアハイウェイの一部になるかもしれない、と思われる道路の建設現場を見た。いわゆるランパン―チェンマイ第二工区と呼ばれる二十九・九キロの長い工区で、日本の大手ゼネコンが「泥沼のような」「地獄のような」状況と闘いつつ仕事をしている現場であった。

それより数年前、今では年代もはっきりしないのだが、私は生れて初めて工事中の北陸トンネルの現場に入っている。北陸トンネルは北陸本線の敦賀・南今庄間に掘られていた全長十三キロあまりの、当時の日本では最長のトンネルであった。

私には子供の時から閉所恐怖というフォビアがある。だから私はこのルポを引き受けた、と言った方がいい。つまり怖いものを怖いからと言って避けていると、いつまでもその制約を受けていなければならない。それを何とかして制圧する方向に自分を訓練することも必要だと思い、私はこの機会を利用しようとしたのである。

出水の激しい切羽だったと記憶する。私は現場で、恐怖を悟られない程度に行動できたが、そんな動物的な体験の鮮烈な記憶もあって、私には土木の現場に人生の断面を感じるという体質が生れていたような気もする。滝壺のような現場でも、男たちはタバコを吸ったが、うっかりカッパのポケットから取り出すだけで、タバコは濡れてしまうのである。彼らは手から水気を取るために、唯一完全に乾いていた脇の下に手をつっこんで、その部分のシャツで指先を拭ってからタバコをつまんでいた。それから保安帽のつばのかげでライターの火をつけた。私はそういう形で、水の切羽の持つ秘密を探って行った。

濛々たる埃に包まれた北タイの現場は、地方の官憲の汚職体質との摩擦、通信手段の劣悪さ、絶え間ない泥棒との闘い、労務者管理の観点の違いなどから、あまりにも重大な問題が山積していた。関係者は疲れ切っていたが、それを知ったのは後のことである。

帰国後、私はあのタイの現場で感じた重厚な生活とは、一体何だったのだろう、と考え続けた。その意味を思いつくのに、実はそれほど時間はかからなかった。

それより少し前から、私は瀬田のフランシスコ修道会の堀田雄康神父について新約聖書の勉強を始めていた。或る日、授業が終った後の雑談の中で、私は、旧約の『ヨブ記』について全く眼の醒めるような新たな見解を教えられたのである。

義人と言われたヨブは、神に忠実な人であったが、自身の病気、子供たちの死、家畜の全滅、牧童の死などの残酷な運命に遭う。旧約の勧善懲悪の思想によって、それはヨブが何らかの悪い行いをしたことの報いだろうと責める友人たちに対して、自分は潔白だとヨブは言い張る。妻は夫に、そのような残酷な仕打ちをする神を「呪って、死ぬほうがましでしょう」とまで言う。

しかしヨブは決して神を恨まない。神はそのようなヨブを嘉して、ついにはヨブが失ったものをすべて償われた。家畜も何千と増え、再び十人の子供も授かり、ヨブもその後百四十年生きた、というのが『ヨブ記』の終わりである。

しかし堀田神父によれば、『ヨブ記』の42章7節から後の部分、つまりヨブの忠誠が神に認められて、その名誉が挽回される部分以降は、「勧善懲悪の好きな読者のために」後世の誰かが書き加えたもので、ほんとうの『ヨブ記』は、ヨブが神に忠実でありながら、最後まで失意の中で死ぬのだという。私はその学説を聞いた時、初めて『ヨブ記』が現代に生きる姿を見たと思った。私は42章7節以降のない、報われることのない『ヨブ記』をいつか小説で書きたいと思いだしていたのである。

私はこの作品を、できることなら、神とか教会とかいう風景の完全な外側で書きたかった。そしてそのために、あの土埃濛々としたタイの現場は用意されていたのかもしれない、と思い至るまでに、そう長い時間はかからなかった。しかし問題は私が、土木の世界を全く知らないことだった。あの現場だけを正確に書くにも、まず最低、高速道路の作り方は完全に把握していなければならない。それには、あの工事を手掛けた大手のゼネコンが、恐らく手痛い赤字を出したと思われるタイの工事についての詳細なデータを出してくれる僥倖を期待しなければならない。

私は誰の紹介も得ず、ただタイの現場所長からもらった名刺を頼りに、東京本社に電話を掛けた。そして自己紹介をし、タイの現場でお世話になって来た者ですが、あの工事のことをお教え頂くことはできないでしょうか、と頼んだ。

もちろんタイから、私が来たことは通知が行っていたのだろう。私は予想に反して温かく受け入れられ、タイの工事に関するすべてのデータを与えられることになった。

それは手始めに過ぎなかった。私にはデータや説明を理解する土木の知識が皆無だった。当時もっとも滑稽だったのは、「骨材」という最も基本的な土木用語を知らなかったことだ。私は骨材とは鉄筋のことだろうと当て推量をして初め説明を聞いていた。しかし「山から骨材を取る」というような言葉を聞くと、私の判断はどうにも合わなくなって来たのである。私は思い切って「骨材というのは何ですか？」と質問した。骨材というのは「砂利」のことであった。もう次第に河川敷からは川砂利を取れなくなって来ていた業界は、山一つを原石山として買い、表土を剥ぎ、大きな岩石を切り取ってそれを砕石場に運び、割った砂利を、大きさ別に選り分けて巨大なサイロの中に溜める。その砂利がすなわち「骨材」なのである。旧約の昔は、イスラエルの民はファラオの圧政の下に日干し煉瓦造りの強制労働を強いられた。その時、彼らは切った藁などを泥に混ぜ、その泥を小さな型枠に入れて地面の上で干した。その藁も骨材である。

既にその頃には私の中で、明確な筋が出来上がっていた。主人公の土木屋は、会津の田子倉ダム、名神高速道路、タイのアジアハイウェイという三つの最も時代の先端を担う華やかな現場を体験する。こんな幸運な土木屋は現実にはいないであろう。しかし彼は幼い娘を病死させ、発狂した妻を伴いつつ、悪夢のような家庭生活を送るのである。

田子倉ダムは一九五九年。黒四の名で知られる黒部川第四発電所用のアーチダムは一九六三年に完成している。つまり一九六〇年前後から、日本はアメリカ式工法を導入するようになり、戦前とはケタ違いの発電量を可能にする大ダム時代に突入したのである。

名神高速道路は、愛知県小牧市と兵庫県西宮市の間を結ぶ約百九十キロの日本最初の高速道路であった。尼崎・栗東間が開通したのは一九六三年である。しかし工事は苦闘の連続であった。高速道路のカーヴにはクロソイド曲線と呼ばれる原理が応用されているが、関係者は工事仕様書を手にした時、このクロソイド曲線という言葉すら見たことがなかったのである。彼らは丸善に行って参考になる英語の本を買い、辞書と首っ引きで読んだ。それから当時、現場と平行して新幹線の工事が進められていたので、夜こっそり現場を見に行った。昼間は恥ずかしくて行けなかったという。

私の主人公はこの二つの最も華やかな現場を終えてから、当時はまだほとんどどの会社も体験の無かった海外工事に関わる。一九六六年からアジアハイウェイの一部になるはずの北タイの、ランパン—チェンマイ第二工区に赴任して、そこで悲劇を迎えるのである。

私が学ぶべきものは、最低でも、トンネル、ダム、高速道路、高架橋、であった。ダムの堤体を作る時には、必ず川を一時締め切って空になった川底を岩盤に到達するまで掘削しなければならない。その間川の流れは左右どちらかの山に掘ったトンネルで流してやるのが、日本のダムには必ずついて廻る処置である。日本のダムには、と言うのは、年に数日しか雨が降らないアルジェリアのような国では、堤体の一部を最後まで開けておき、乾期に最後の部分を一気に締め切れば、本川の迂回路を作ってやる必要がない。

余談になるが、私がこうした土木の勉強をした時期は、大体において日本の進歩的世論が、高速道路建設にも反対、ダムも自然破壊だ、という方向にそろそろ傾き始める時代だった。しかし現在の日本の産業の基盤は電力で出来、物流の仕組みは高速道路によって完成したのである。ことに電力は戦後の日本の復興を可能にした、最大の基本的なエネルギーだった。

私は世間から悪者扱いにされながら黙々と働いている人々の仕事に深く惹きつけられていた。原発は放射能の危険があるから反対。火力発電は空気を汚染するから反対。水力発電は自然破壊だから反対。もうダムは要らない、と言う。それならば何で電力を確保するのか。その具体的な代替案を私は見たことがなかったし、節電を唱える動きもなかった。世間は世界で最も安定した電力の供給の恩恵を受けることは当然と考えていた。

最も短く計算しても私は一九六六年から八〇年代の初めまで約十五年間、頻繁に土木の現場に入っている。現場には危険物も多く、古い習慣にとらわれている人たちは、女性がトンネルの現場に入ることを嫌うと言われていた。しかし私はそうしたことに気がつかないふりをしていたし、多分、私は女性とは思われていなかったのだ。それと私の立ち入りを空気として誘導してくれたたくさんの人々が現場にいたおかげである。

年に何回か現場に行くと、私はただ一日中黙って作業の先端にいた。当時はまだトンネルは全断面に置いた足場の上に削岩機を並べて掘削し、ダイナマイトを詰めて発破をかけ、ずり（土砂）を出すという作業の繰り返しだった。削岩機が一斉に動いている間の、話もできない圧倒的な騒音の中には奇妙な魂の静寂があって、私は安らぎを感じていた。

私はどのダムの現場でも、必ず事故で亡くなった人の慰霊碑にだけは花を捧げた。赤いバラを一輪だけのこともあった。土木の世界では、そこで働いた人たちの多くは、完成の式典を待たず次の現場に移動している。現場に残るのは慰霊碑に刻まれた犠牲者の名前だけであった。すべての構造物は、そこで働きながら名を残さず去って行った人々の「無名碑」なのであった。

こうして私の最初の書き下ろし長篇『無名碑』は一九六九年十月に講談社から出版された。それは私が不眠症から抜け出し、長年の大きなテーマを、一組の夫婦の物語の背後に隠す作業を楽しんだ最初の作品であった。

（二〇〇九・六・六）

肌の夜桜

ルポルタージュという言葉だけ、何故フランス語を使うのか考えてみるとおかしなものだが、私も若い頃は、どこそこへ行ってルポルタージュを書いてください、と言われると、すぐでかけたものだ。しかしそれはあくまで記事を書くという目的に限定されていた。自分が書きたい小説のために、資料を集め、知識の奥行きを深めるために行く取材とは全く方法も方向も違うものだった。

初期の頃から、私は漫然とそこへ行ってみて小説の種になりそうなものを拾って来るということだけは、したことがない。私の中では（たとえ錯覚であれ）はっきりした目的があって、次に書く作品のために必要なデータを集めたり、知識を補ったりしなければならないから、出かけて行く、という目的と手順がはっきりしていた。

これは私の小説作法とやはり深い関係があるのだろうと思う。私の小説は奥深いところに一種の核か中心になる抽象的な思いがなければ始まらない。そうでないと、ただおもしろい筋だけでは、書いて行く感動が作者の私の中で起きもしないし続かない。

それから次の段階が始まる。その核のようなものを覆い隠し具体化するための（できれば豊満な）肉付けが必要な段階になると、私は目標を決めて取材に行った。

初期のものでは、サンケイ新聞に連載した長篇小説『人間の罠』のためにインドの癩病院に行ったことである。初めに断っておきたいのは、癩は現在マスコミの圧力でハンセン病と書かねばならない、ということになっている。しかし正しい病名は「らい」と表記すべきなのである。『ステッドマン医学大辞典』にも「らい」という項目で掲載されており、説明の最後に＝Hansen's disease と書かれているだけである。しかし文章の中で「らい」とかな書きをすると、この単語は前後の文字に埋没して読みにくい。それで私は、昔ながらの漢字を使って癩と書くことにする。

　この小説は一九七一年の七月四日から連載が開始されたのだが、私がインドのアグラの郊外にある日本人が経営する癩の専門病院にいたのは、五月から六月にかけてだから、かなり押し詰まった時期である。つまりその頃まで、私は基本的な構想に追われながら、病気に関する基礎的な勉強を日本で済ませていたのだと思う。

　癩は当時既に、治る病気になっていた。水虫を根治させる方がずっと厄介ですよ、と笑った医師もいる。しかし私の中で、この病気はもっと重い感覚を持った存在だった。私は子供の時に『小島の春』を読んだ。そして自分が癩に冒されて隔離された病院から出してもらえない夢を繰り返し見た。私には子供の時から閉所恐怖症があったから、発病すれば一人でそういう施設に行かなければならないことを恐れる気分が強かったのだろう。

　聖書にも、癩に苦しむ人たちが登場した。旧約の人々は生老病死を、当人の日頃の行いの結果、つまり因果応報と考えていたが、新約の世界はそれを否定した。自分が何か悪いことをした結果でもないのに、そういう病気に罹る人がいる、ということは、それ以来の私たちの普通の認識であり、解決できない矛盾のテーマになっていた。もちろん当時は結核でも肺炎でも若くして死ぬ人もいたのだが、そうした病人たちは、死ぬまで身内に看取られて旅立つことができる。しかし癩は違う場合が多かったのである。

当時インドの人口は六億だったと記憶する。その中で癩患者は推定五百万人であった。百二十人に一人は癩を病んでいる。ということは、インドの有名ホテルに宿泊し、そこに従業員が六百人いるとすれば、中の五人は患者だということだ。もちろん今日では状況は全く変わって来ている。

当時アグラにあった日本人の経営する癩専門の病院は、中枢の部分はすべて日本人のスタッフで固められていた。日本人の皮膚科のドクターは二人だった。おもしろいことに一人はクリスチャン、一人は仏教徒で、私はこうした国でこういう厳しい仕事にうち込む背後には、やはり信仰のような一本の土性っ骨が通っていなければ続かないのだろう、と思ったものである。

既に日本では、癩の新患は発生もごく稀になっていた。病気としては治癒していながら、古い病気の結果として手足や視力などに障害を残した患者はいたが、現実には高齢を迎えて減る一方だったから、皮膚科のドクターでも癩の患者を診たことのある人はかなり少なくなっていたはずである。しかし当時のインドでは、診察日には千人を越す患者がおしかけていた。私はそれを当時の言葉で、「美空ひばりの公演を見ようとして、日劇を取り巻いた観客くらいいる」と記録している。

初診患者に対するドクターたちの仕事は、「癩」と「非癩」を区別することだった。「癩」と診断されれば、カルテを作り、金属製の患者番号を記した軍隊の認識票のようなブレスレットを手首につけてもらう。薬はただで投与される。皮膚疾患はあるが、癩以外の病気である場合には、病院は患者の手当てをしない。それは土地の皮膚科医の営業を圧迫しないための事前の契約であった。

癩の診断はもっぱら目視で行なわれる。背骨に沿った部分や手首などがその要点であった。そこに微かな隆起、脱色性の瘢痕、知覚異常や麻痺などが出ているかどうかを確かめるのである。それらは病気によって千差万別で、私は見学をしているうちに何とかして偽医師ていどの眼力をつけたいと思ったが、とうてい無理であった。黒い肌にまるで夜桜のような白斑の浮いた患者がいた。あれこそ脱色斑だろうと私は思ったが、それは単なる白なまずであって癩ではなかった。

患者たちの多くは貧しい人たちであった。衣服も不潔でぼろぼろだった。顔も手も、激しく日焼けしていて、粗食の結果と思われる深い皺が顔にも腕にもダーツのように寄っている。ドクターたちは、その臭気の立ち昇る衣服をまくって背中を見ることが多かった。背中が露になると、女性の場合、普段どんなに重労働をしていようと、直接日に晒されたことのない背中の皮膚がむき出しになる。すると顔や手足は、五十歳、六十歳の老女に見えるやつれた女の背中に、三十歳、四十歳のまだ瑞々しい色気が残っていることもあって、私はその落差に胸を衝かれた。

三百キロ以上も東の拠点まで、出張診療に行けば、そこは電気もない寒村だった。凄まじい砂嵐がくれば外には一歩も出られない。コンタクトレンズを外すことを知らなかった私は、角膜を傷つけていて一晩激痛に苦しんだ。

日中外へ出れば、そこはもう常にサウナと言いたいほどの四十度を越す暑さがどっかりと地表を固めている。だから一度でも二度でも気温の低い石の箱のような屋内で診療をしたいのだが、そうすると電気のない部屋の中は暗くて、微妙な皮膚の病変を見つけることができない。

インド人という人たちは、列を作ることができない国民性なのだということを、私はその時初めて知った。あらかじめ傭ってある番人が、六尺棒のようなものを持っていつも人員整理に当たっているのだが、彼は私たちが少し目を離せば、怠けて何もしない。だから凝縮した貧困の体臭を漂わせて押し寄せる患者たちは、少しでも隙あらば、列を乱して我がちに早く診察を受けようとしてドクターの机を倒さんばかりに迫って来る。その度に「チョキダール！」と番人を呼ぶ声が響く。土地の言葉もわからず医療行為もできない能無しの私は、せめて患者を数メートル押し返して、ドクターの手元にわずかな自然の光を確保する役を買ってでるほかはなかった。ドクターの手元に鞭がおいてあることにも、私は驚いた。時々、ドクターはそれを持って、列を乱す患者を打つ真似をすることはあったが、その時彼は笑っていた。

「この鞭は、患者の一人がくれたんですよ」

とドクターは言った。

「皆があんまり言うことを聞かないでしょう。それで収拾がつかなくなった時には、これを使え、ってまじめな顔で患者の一人がくれたんですよ」

一つの会話で、ほんの一枚だけ、薄皮を剝ぐように真実の奥が見えて来る、という実感を私は身につけた。これは時間がかかることだが、着実な勉学の方法だった。しかし列を作らせることに関して言えば、鞭よりももっと有効な方法もあった。それは男たちに、両手を頭の上に組んだまま、大きく股を開いた恰好でしゃがませるのである。ただしゃがませるのではなく、開いた股の間に、前の男の尻が入るほどに詰めてしゃがませるのである。するとそれだけで、彼らはもう自分勝手に立ち上がって動き回るという行動を取ることが不可能になる。マンガ的だが、これは平和的、かつ人間的な方法であった。

何もかにもが、私がその年まで四十年間も疑わずに持って来た価値判断を、大きく狂わせた。癩か非癩かの診断を受けることは、やはり大きな運命の分かれ道で、それは当然、癩ではないと言われることの幸福の方が、病気の宣告を受けることとは比べものにならないほど大きいと思われたのだが、必ずしもそうではなかった。患者の中には、後に待っているたくさんの患者の視線をものともせず、執拗にドクターに交渉する人もいた。

「何を言ってるんですか？」

私はたまりかねて尋ねた。するとドクターは半ばおかしそうな表情で、

「何とかして、癩にしてもらおうと思って、いろいろ交渉してるんですわ」

と柔らかな京都弁で言った。癩だとなれば、例の金属製のブレスレットがもらえる。それからただの薬を手に入れられる。この薬は、自分が飲まないで、直ちに市場に持って行って売ることができる。すべてのものの存在は、それを利用すれば、利益を得ることができる。癩もまたその例外ではない。私の年代では、戦前には健康保険などというものはその存在さえ聞いたことがなかったのだから、貧困の故に、「病気のお父っつぁん」の薬を買うために娘が身売りをする悲劇も知っている。しかしもらった薬をすぐさま売り払って儲けるという発想は、その時初めて耳にしたのである。

実はこうした信じ難いようなものの考え方というものが、私には必要だという事態が後で考えると迫っていたのである。インドで、ドクターの一人中井栄一に会ったことが、私のその後の動きと大きく関わって来る。私は一九七二年に、韓国の安養市郊外で、聖ラザロ村という行きどころのない癩患者たちを住まわせる村の経営をしていた李庚宰《イギョンチェ》神父という人と知り合い、やがて経済的支援を頼まれるようになる。李庚宰神父は、私より年上で、日本領時代の朝鮮で日本語教育を受けていた。一方その後ドクター中井が日本に帰って来たのを知ると、私は日本にも韓国にも数少ない癩の専門医として、韓国の安養まで、隔週に往診してもらうことをドクター中井に頼んだのである。それが実は私が途上国と経済的に関わる最初のきっかけになった。

話をもう少しインドに戻すと、私はいつも二人の日本人のドクターの後をついて歩いていた。もはや病気そのものを恐れる必要はなくなっていた癩だが、ドクターたちは、私にも手に逆むけや傷をつくらないこと、よく手洗いをすることを命じた。ドクターたちは診察の前には髭を剃らなかった。女の私には実感がないことだが、髭を剃れば、目に見えないような切り傷がつくのであろう。

私が気にしたのはハエの凄まじさであった。ハエは容赦なくどこにでも止まった。特に私たちの顔の、瞼とか唇とか、濡れて温かい所を好むように見えた。ドクターたちは、癩の後遺症である知覚麻痺の結果として足の裏に傷を作って痛みも感じていない患者たちの包帯交換もする。傷の膿んだところは鋏で膿の塊を取り除く。すると診察台の下の床に血膿がたらっと垂れ落ちることもあった。次の瞬間その血膿の溜まりはさっと黒い色に変わる。数匹のハエがそこをめがけてたかるからであった。しかし一分か二分で、四十度を超える室温の床の血は乾いてしまう。するとハエはそこを飛び立って、今度は私たちの唇に止まる場所を変えるのである。

ドクターたちは、患者を診る時には、医療用の手袋をしていたが、或る日私は、戸外の大きな菩提樹の木の下で行なわれた診察を終えたドクターが、その手袋を取って蛇口で手を洗うのを後ろからじっと見ていた。ドクターが手袋を外すと、そこから試験管一本分ほどのかなりの量の透明な液が流れ出た。それは診療中に溜まったドクターの手の汗であった。

インドの階級制度は、既に法的には取り除かれていたはずだが、現実には少しもなくなってはいなかった。私はそうした現実を、病院で働くイスラム教徒の職員などからこっそり聞き出していた。他宗教のことについて、彼はキリスト教徒の私になら気楽に悪口を言うのである。しかしこの人物も多分に嘘つきだということを私は見抜いていた。真実というものは「虚実混合」の中から拾い上げねばならないものであった。

この病院は、男性の少年と若者しか収容できない小規模のものだったが、そこに或る日、一番階級の上とされる僧族《ブラーマン》のハイティーンの少年が、遠くからバスの無賃乗車などを繰り返して、やっと辿りついた話は、日本人の女性の看護師から聞いた。その少年は身寄りもなくお金もなく、竹竿の先に文字通り僅かな着替えを入れた布包みを結びつけてやって来た。看護師は彼の体を洗い、備えつけの清潔なパジャマを着せ、食事時にはこのテーブルで皆で食べるのよ、と規則を教えた。しかしこの僧族の少年は、自分より下の階級とは決して同じテーブルでは食べないのだと言い張った。その夜は、看護師は彼だけの食事をお盆で食べさせてやった。しかし翌日も強情を張って皆とは食べないと言った時、彼女は少年を叱った。

「人間は皆平等でしょう。そんなに皆と食べるのが嫌なら、ここを出て行きなさい」

するとこの貧しくて生活の当てもない少年は、病院を出て行った。生きる手段を失っても彼は誇りを優先したのだとしか思えなかった。或いは「劣等階級に対する汚れの感情」がそこの生活に耐えられなかったのかもしれなかった。

この話一つだけでも、当時の私は、インドという巨象のような国の印象の前に立ち止まるに充分だった。書こうとしている小説に必要な知識だけでなく、私は人生そのものを覗かせられた。現実的にこの地球上に存在する、あらゆる思考のタイプに、即座に生理的に反応できるようにならなければ、人生を理解しえないとも思った。もはや取材は、差し当たり私の職業に必要なものなのか、それとも私の道楽なのかわからなくなっていた。そしてそれが、事実私の後半生の出発点になっていた。

（二〇〇九・七・七）

お茶か、コーヒーか、我が憎しみか

インドでの取材中にわかったことは、私の性質には、普通の人とは違った荒っぽいところがあるということだった。それは長所でもあり短所でもある一種の小さな特異性というものだった。つまり私は不潔と危険を受け入れられる性格を持っていたということだ。

或る時、私は後年さらに高名になった作家と、講演旅行に同行した。地方で講演の前、昼ご飯を土地の主催者側の関係者たちと並んで座敷に坐って食べることになった。コの字型に並んだ座布団の席の前に、めいめいのお膳が運ばれて来る形式だった。

暑い季節だったと思う。私の隣の作家のお刺身の皿の上に一匹のハエがたかった。偶然だが、私もその人も、そのハエをじっと見ていた。普段の私なら、反射的にハエを追い払うのだが、隣席のお膳にたかったハエだったので私は気楽に手を伸ばさなかったのだと思う。

その人が、あまりにもハエのたかったお刺身を凝視していたので、私はつい「私のと換えましょうか。私は平気ですから」と言ってしまったのだ。深く考えてそうしたのではなかったのだが、これは今考えても、私の出過ぎた行為だった。

インドでは、ライの傷口から流れた血膿に群がったハエが、数秒後には私の唇にたかるのはごく普通のことだったから、今さら下肥を使わなくなった日本の農村を飛び回っているハエくらい、どうということはない、という感じが私の身についていた。しかしそうは言いながら、後日私は卑怯な生き方を覚えたこともほんとうである。中近東の食堂では、私たちが席に着く前に、ピタと呼ばれる自家の竈で焼いた薄焼きパンが何枚も重ねて食卓においてあることがある。客はそれを好きなだけ食べればいいのである。私は土地の人たちがピタを取る時、必ず一番上からではなく、下の方から抜いて取ることに気がついた。彼らなりの一種の衛生法なのである。一番上のピタにはハエもたかっている。羊の糞が乾いて舞い上がった埃にも塗れている。そういうピタは、人に食わせろというわけだ。それで私もすぐさま、彼らの生き方を見習った。

しかしインドのみならず当時の東南アジアの生活事情は、今よりももっと日本と落差が激しかった。日本人の作家の中で、東南アジアの国々に行くと、その不潔さに竦《すく》んでホテルから一歩も外に出歩けない、という人も少なくはなかったのである。ハエはたかる。ゴキブリは部屋中を這い回る。町は痰や唾や汚物だらけ。放し飼いになったブタがそのゴミの清掃動物《スカベンジャー》の役を果たしていたり、狂犬病の恐れのある痩せ細った野犬が歩いていたりする。子供や乞食や皮膚病患者たちが、金をくれと言って我々の衣服を摑むほどしつこくつきまとう。その中で生きることは、デリケートな神経には耐えられないものであったろう。

その隣席の作家も、その手の潔癖な人だということを私は後で知った。一方私は、行動の自由を確保するために、自分を不潔にも耐えるように訓練しなければならない、と思うようになっていた。

こうした心理には、ちょっとした背景がある。私には顔を見たこともない姉がいるが、母はその娘を三歳で肺炎でなくしている。その後六年経ってやっと私が生れた時、母は昔の人の考え方からするとやや年を取っていた。子供を生めるのももう最後かもしれないと考えたようだ。当時は、肺炎でも、赤痢疫痢でも、ジフテリアでも、子供は簡単に命を落としたから、母は絶対に私を死なせないという覚悟の元に育てたという。ピクニックに行けば、リンゴの外側をまずアルコール綿で消毒してから剝く。母の知人の一人は紙幣が汚くて触れないというノイローゼになって、お札は必ず石鹼で洗ってアイロンをかけていた。母がその人に影響されたのかどうかは、私にはわからない。とにかく私は小学校の高学年になるまで、氷屋さんのものを食べたことがなかった。氷いちごの赤い色は刺激的だったが、横目で見ているだけだった。初めて氷あずきを口にした時、こんな美味しいものがこの世にあるかと感動したのを覚えている。

しかし私はまもなく、これは不自然な生き方だと思うようになった。戦争が激しくなって、庭に畑を作ったり、土くれの落ちてくる防空壕に出入りしたりしているうちに、私は人間は動物に近い暮らしをする面もあるし、それは必要なことなのだ、と思うようになった。それには、どんな環境にも自分が適応できるようにしておかねばならない。

空襲の影響を受けて駅と駅の途中に立ち往生する混んだ列車に乗り降りするには、窓から出入りしなければならない。もちろんまだ小さかった私はその辺にいる人に助けてもらって吊り上げられたり吊り下ろされたりするのだが、成績がいいことより、懸垂の力の方が役に立つ、とその時覚ったのである。ことに人は日常的に、いささかの不潔と不便に馴れた生活をしておかないと、違う環境の中で自分を失わずに暮らすことはできない。だから一種の免疫をつけるために、私はやや意識的に不潔な生活をし続けたほうがいい、ということになったのである。

前にも述べた私の閉所恐怖的な姿勢を矯正して行くためにも、私は自分が自由にどこへでも行ける心理を保つことが必要であった。自由に、ということは、あらゆることに或る程度、動物的に強くなければならない。

不潔、戦乱や事故などの危険、生活上の不便、情報や時間の不正確さ、暑さ寒さ、そうしたものにすべて馴れるにはどうしたらいいか。いや、馴れるところまでは行かなくても、どうにかやり過ごす方法は学ばねばならない。それはいうまでもなく私が強かったからではない。放っておけば、自分が人より弱くて取り乱すかもしれないと恐れたからである。

現実の生活としては、私は妥協で生きることを充分納得しているつもりだった。その人の個人を創る基本的な精神の問題以外では、「楽な方を選ぶ」という生き方を採って何が悪い、という居直りである。

ことに私は実母、夫の父母、と三人の老世代と同居していて、実母と姑は病気がちであったから、夫婦で自由に日本の生活を離れる、というわけにはいかなかった。

三十代半ばで不眠症と軽い鬱病から解放されると、私は時々、この日本の暮しからも脱出したいと激しく願望するようになった。作家の中には引っ越しが趣味という人さえいる。私はものぐさだから引っ越しが趣味とはとうてい言えないが、しかるべき理由があって新しい町に住み、そこで喜劇的な年月を過ごすことにも充分魅力があった。しかし三人の老世代がいるとそんなことは夢のまた夢であった。

三人とも、「移住」を好まなかった。古家でも狭くても、息子夫婦と住んでいるのが最高と思っているらしい。入院もしたくない。義母が八十半ばを過ぎてから、「もう私はあなたたちに迷惑をかけないように養老院に行きます。後に残るお祖父ちゃん（自分の夫）をよろしく」と言って赤城山麓にある老人の施設に行くことを決めた時があった。私はこれは長逗留の一種の旅行か、短期の家出かで、そのうちに老人ホームの暮しは耐えられなくなるだろう、と思っていた。義母は果たして一年三カ月ほどで、私たちといっしょの暮しに戻った。

私の実母は足が不自由になっていたので、家具の配置に馴れた自分の部屋、自分にとって使い勝手のいい浴室などに固執していた。だからどこへも行けない。一種のぜいたくなのだが、住んでいる部屋は六畳一間に、浴室とトイレのついた小さな別棟だった。

どの親を見ても簡単に生活の形態を変えられない。変えないためには、私たち夫婦という生活上のマネジャーが必要だった。だから私たちも暮らしの形態を変えられなかったのである。その結果私が数え年四歳かそこらの時に親たちが買って移り住んだという東京の南西の田園調布という住宅地に、私たちは暮らし続けることになった。私の両親がそこを買って葛飾区にあった古家を移築して住み始めた頃の田園調布は、売り出して十年以上も経っていたが、まだぽつぽつと売れ残っていた区画もあったというのんきな時代であった。道はすべて砂利道で、駅前の桜の大木の木陰には二、三台の人力車が客待ちをしていた。私の家にも周囲の農村的生活の匂いが及んでいて、座敷の数メートル前には、よく農家の庭先にあるような甘柿の木が植わっていた。この木は江戸一という種類で種は多いが、今でも市販のものとは比べられないくらい甘い味で、百年近い「樹命」を保ってなり続けている。

結婚した時、私は当然その家を出るつもりであった。しかしもともと不仲だった両親が離婚した後、父が再婚することになると、この古めかしい家は扱いにくかったらしく、当時東横線沿線の日吉に売りに出た住宅を買って、そちらに住むと言い出した。それで高齢で再婚することになった父の余生を経済的に安定させるためにも、私は娘として相続するはずだったと思われるこの家を、父から時価で譲り受けることにした。一九六〇年代の初めである。既にその頃、私は何とか工面すればそれができる程度に原稿収入があるようになっていた。父が死んだ時、私は「〇円《ゼロ》を相続する」という法律的な文言を記した書類に捺印した。幸せにも私は、親から全く財産というものを貰わないで生きてこられたことになる。父の後妻とも、その後に生れた母違いの妹とも、私はお金の喧嘩をしたことがない。経済的な関係を持たねば、人はほとんど争いに巻き込まれなくて済むのである。三浦の両親は、隣接の土地が古い上物つきで売りに出た時、そこを買って、古家を少し改造してそのまま住むことになった。三浦朱門にも、その間カナダの大学の教授の口など、いくつかの仕事の話があったのだが、いずれも親を置いて行けないという理由で断った。私たちは作家らしい「奔放な生活」などしたくても許されなかった。というより、私には身近な人を不幸に陥れてまで、自分の好き勝手はできない、という優柔不断があったのだろう。

それでいいのだ、と私は納得していたつもりだった。しかし私の中の、時々日本の生活を飛び出したい、という思いは強烈だった。その転機になったのが、私が五十歳を目前にして、突然視力を得たのを契機に、数年後サハラ縦断の旅に出たことであった。

突然行きたいと思ったのでもない。三十代の後半から、私は新約聖書を勉強し始めた。ユダヤ教徒として、「律法の文字から一点一画も消え去ることはない」(「マタイによる福音書」5：18)と言っている以上、イエスの人としての生涯を知るためにも、ユダヤ教の知識は必須のものであった。私は信仰とはほとんど離れた視点から、遅々としてではあったが紀元二世紀に成文化された『ミシュナー』を独学で読み続けた。『ミシュナー』はイエス時代の現実的な生活を知るには、ほとんど唯一の、そして決定的な古典であった。

四十代のオイルショックを機に、私はまず新聞社からアラブに派遣され、その後も自分で行くようになった。軽薄な動機だが、人間はまあそんな風にして生活の範囲を広げていくものかもしれない。私は初めイスラエルでイエス時代の文化を残すものを求めていたが、遺跡以外には皆無だということがわかった。屋根まで土で固めてローラーをかける家とは、一体どういうものであろう。イエスを恋い慕っていたというベタニアのマリアが、死を直前にしたイエスの足に塗り、自分の髪でそれをぬぐったというナルドの香油とは、一体どんなものだったのか。

　これはほんの一例だが、私はこの二つの答えを共にエジプトの田舎の生活で知ったのだった。エジプトの田舎には、日干し煉瓦で作ったローカルな宿屋があり、そこでは歩くと家全体が揺れる。そこの主人は私がただ家を見せてください、と言って立ち寄っただけなのに、「何を飲むか」と親切に聞いてくれ、私が「いいえ、今日はお茶はけっこうです」と日本人的な遠慮をすると、目元には笑いを浮かべたまま「お茶《ティ》か、コーヒー《コフィ》か、我が憎しみか《オア・マイ・ヘイトレッド》」と言った。私はこの砂漠的表現に打ちのめされた。

　恋人・イエスの足にナルドの香油を塗ったマリアとほとんど同じ行動を示した女性にもエジプトで会った。遺跡の発掘をしていた労務者の小頭の妹だった。私はひょうたん型をした土造りの彼の家の「女部屋」に迎えられ、ヒュルヒュルヒュルヒュルというアフリカ独特の唇を鳴らす歓迎の音声と共に、頭から香水をかけられた。

　多分それはフランスの香水から比べたらかなり安いものであったろう。しかしそれはこの一家の暮らしにとっては貴重品であったことは確かである。イエス時代は、まだこうして中近東の暮らしの中に、化石としてではなく、生きた爬虫類のように生き残っているという感じだった。

　それらの生活の遠くには、砂漠があった。極限の無、人のいない場所。人がいなければ、人間は自分以外の誰と対峙するのか。

　私はいつか砂漠に行きたいと思うようになった。アメリカではアリゾナで砂漠を見た。サウジアラビアでも、クウェートでも、インドでも、砂漠らしいものの縁辺には触れた。しかしそれらは、高速道路の建設を許し、多くの場合、高圧電線なども平行に走っている砂漠だった。

　多分それらは本物の砂漠ではないだろう。私はサハラに行きたいと考えた。まだ曖昧模糊、混沌とはしていたが、私の中で眠っている文学や信仰の種が、サハラを見ることで動かされるかもしれないような予感はあった。

もっとも私の砂漠行きは、家族の間でもお笑いの種であった。何をしに行く、と聞かれると私自身答えに迷い、「神と会えるそうですから」などと答えをごまかしていた。すると夫は「砂漠まで行かないと神が見えないとは、不自由な信仰ですな」と笑っていた。彼は私と違って文明にしか興味を示さない性質だった。

後年ソニーの社長の盛田昭夫氏に会った時にもおもしろい会話があった。ソニーにとってアフリカの広大な部分は地上にはないも同様の土地だというのである。その理由は、決して人種的な侮蔑などではない。ただ電気の供給がなく、しかも人の住まない土地は、ソニーという会社にとっては存在しないも同様だという明確な定義であった。

（二〇〇九・八・五）

時空を超えて

人生で起きることは、その人の努力によると思いますか、それともほとんどが運命によるんでしょうか、という質問を何度か若い人から受けた。その度に私は、希望と運と半々でしょうねえ、という卑怯とも見える答え方をする他はなかった。相手が「努力」は必要か、と聞いて来たことに対して、「努力」を「希望」に置き換えて答えたのは、私の育った時代には、希望するということは目的に向かって遮二無二、心も体も使うことで、つまり努力に似たことだったからそう言ったのである。しかし最近の人は希望するだけで必ずしも努力をすることは義務付けられていないという考えらしいから、私の意図が正確に伝わったかどうかはわからない。

どんなに努力しても、できないことはたくさんあることを私は幼い時から知っていた。父の特殊な性格一つ、努力などで変わるものではなかった。戦争も「平和を願えばそうなる」などと言うだけで避けられるものではなかった。ことに激しい空襲の夜、私の上には直撃弾が落ちず、私の家から直線にしてほんの五百メートルほどのところにあった子沢山のベーカリーの一家が爆弾で全滅したのは、どちらかがたくさん希望したり努力した結果ではなかった。それは何か他の力の領域であった。

私は自分の未来に、小説を書くことにしかほとんど希望が見いだせなかった時、神に自分の願いを伝えた覚えはある。しかしどうぞ作家にならせてください、と直接に祈ったことはないような気がする。人の病気を治してくださいとか、山で行方不明になった家族が生きて帰って来ますように、ということなら祈ってもいいと私は思っている。しかしうまく説明できないのだが、作家として生きたいなどと願うことは許されないような感じがしてならなかったのである。ただ私は自分の希望を確かに神に「登録」した覚えはある。それを神はどこかで覚えていてくださった、としか言いようがなかった。書いて暮らすことを許されるにしても、そこには運という名のこの神秘的な部分の手助けが必要だった。

確かに私は十五万枚以上文章を書いている。もしかすると（いや多分）二十万枚になっているかもしれないと思う。（とすると）私の手首と掌は、八千万字を書いた労働者の手だ。私が死んだら、手首だけ切り落として骨格標本として子孫に残したい。などと言ったら気持ち悪がって、子も孫も誰も正視しないだろうが……数千年が経ったら「二十一世紀頃の書記の手」などと書かれ、「当時は生活のすべては手でしていた」などと解説がつくだろう。

もし神が、一人の望みを拒否するように見えたら、その拒否の中にこそ、答えがあるのだ、と私は納得している。もし希望が与えられなかったら、それは与えられなかったという運命の中に、使命と意味を見いだすほかはないのである。

しかし砂漠に行きたいという願いに関しても、神は私に甘かったということになる。その二年前の一九八一年の夏、長い間苦労した視力障害から、私は手術を受けて解放された。私の視界は、現世に溢れる透明な光に圧倒されていた。生れてこの方見たこともない明確な輪郭と色を見て、私は「自分の頭がよくなったような気がする」と当時笑ったものである。その眼で、私は砂漠を見たかったのであろう。一九八二年になると、私の心には少しばかり落ち着きも出て来て、現実的に砂漠行きの可能性を探るようになった。

今は忘れかけそうになっているその頃の事情を思い出してみると、一九八三年の二月に私は生涯を共にしてきた母を八十三歳で見送った。もう何年も寝たきりに近い生活だったが、とにかく入院を嫌がった母が自宅で息を引き取り、献眼の希望も叶えられた時、私は母が今日からは肉体という桎梏から離れて、自由に解放された境地を喜んでいるという実感があった。死によって母は、自由で個性的だったもっとも彼女らしい魂のあり方に戻ったように思えた。私には最早母の保護者として、原則的には傍にいなければならないという必要もなくなっていた。

もちろん私は母がその年に死ぬとは思っていなかったのだから、砂漠には、母を置いて行くつもりだったのだと思う。周囲の事情ももうよくわからなくなっていた母なら、私が砂漠に行くことに心配もしないだろうし、慣れた看護の女性がついていてくれれば、二カ月近くの留守はごまかせると思ったのだろう。しかし母が亡くなったことは、心も軽く砂漠に行ける状況を作ってくれたのである。

砂漠はしかしそう簡単に行ける場所ではなかった。ツアーが出ているわけでもない。私は砂漠で生きる智恵に関しては無経験であった。ルート、時期、足となる車輛の選定、同行者の人選の何一つとして私には知識がなかった。しかし私は偶然にも、日本でのエジプト考古学の第一人者となった早稲田大学の吉村作治氏を知っていた。氏がまだ早稲田大学の大学院生だった時代に、遺跡の発掘現場で紹介されていたのである。サハラ遠征の時でさえ、まだ早稲田の講師だったと思う。私たちは幸いにもラリーなどでサハラを駆け抜けるのではなく、必要な時間はかけて行くのだから、参加者がめいめい持っている研究テーマをルートに組み込むこともできる。最初の単純な用意は資金だったが、私はそれまでに少しは原稿が売れ本も出ていたので、自分で稼いだと思われるお金を使うことにした。サハラには途中千四百八十キロだけ水とガソリンのない、つまり全くの無人の砂漠が広がっている。二台の四駆には、無給油でその距離を乗り切る大容量の燃料タンクの装備を取り付けなければならない。一台には、車が砂にスタックした時に引き揚げるウィンチ。激しい砂嵐によって一晩のうちにすりガラスになりかねないフロントグラスの前には、防備用のカーテンも要る。車の輸送代、保険料、旅費その他に必要な費用も入れると約二千万円が必要だった。この額は、男性の作家ならバーの払い、女性の作家なら着物道楽で、使う人はいくらでもいただろう。しかし私は終生そうしたものへの関心がなかったから、サハラの遠征費が、最初で最後の「無駄金遣い」になった。しかしそれは結果的には、無駄以上のものであった。私の後半生には、このサハラを出発点とする新しい興味が開けたのである。

幸いにも、夫もあまりこの世で物質に執着する人ではなかった。夫は日常、本以外何も買わない人なので、配偶者の金の使い道を厳密に追うような趣味も全くなかった。

母の死後、八カ月が準備にかかってその年の十月に、参加者六人は、アルジェリアに出発できたのである。

ルートはアルジェリアのアルジェから象牙海岸《コートジボアール》のアビジャンまで約八千キロであった。期間が一月以上に及んだのは、砂漠に入る前にタッシリ・ナジェールの岩漠を徒歩で移動する小旅行をしたからである。私は私で、過激派のイスラム教徒に殺されたシャルル・ド・フーコー神父の活動の地を見たかったのだが、同行者の他の人たちは、有名な岩絵を見たり、撮影したりするのが目的だったはずである。

私たちはその前半の旅で、一日に二十キロ、岩漠の上を歩いた。道というものは全くないから、食料はロバで運んでいる。トゥアレグ族のガイドは、自称現地の男性とスイス人の母との間に生れた混血だと言っていたが、子供の時から父に連れられて全く道のない岩の荒野を自分の庭のように歩き廻っていて、一つの崖、一本の涸川《ワディ》の跡も知り尽くしているとは言いながら、なおもかなり精密な衛星写真と、英語とトゥアレグ語の字引を携帯していた。彼のビジネス用語はフランス語で、こちら側にはパリ在住の日本人のカメラマンがいたので、意志の疎通に困ることはなかった。

私はシャルル・ド・フーコーの神学的な存在に心酔していたのではない。私はその生き方、とりわけ、生涯を通じて愛した七歳年上の従姉、マリー・ド・ボンディへの想いを現世で断ち切るためにも、終生彼女に逢わないために修道院入りを自分に命じたフーコー神父の心理に惹かれたからである。シャルル・ド・フーコーは生きているうちは徹底して人生の失敗者であった。幼時に両親を亡くし、美食と女性関係の懶惰な放蕩者の暮しにのめり込んで軍隊を追われている。やがてマリーの説得によって、告解をし聖体を受けて信仰に戻るが、愛する人は既に人妻であった。布教に赴いたはずのアルジェリアでは、ほとんど一人の改宗者も得ることはできなかった。しかしその精神は、シャルルの死後に、砂漠の無に魂の基盤を置いた多くの修道会を生んだ。

私は砂漠に入るということはどういうことなのか全くわかっていなかった。私がたった一つ念じたことは、同行する五人は、それぞれの家庭にとって大切な父なのだから、私は彼らを無事に日本に帰さねばならない、ということであった。事故を起こしたらそれは何より甘えの結果であろう。私は「ちょっと二カ月間、銀座で遊びほうけていたような顔」で、何気なくしかも安全に砂漠から帰って来たかったのだ。

同行する五人は、考古学者、カメラマン、編集者、電気の技術者、自動車のメカニックであった。スペースシャトルの乗組員ほどではなくとも、つまりこうした時には、ほんとうはすべての人間が特技を持っているべきなのである。サハラを移動するには、必ず二台以上の、それも同車種の車を使うのが常識である。二台とも故障した時、一台の車に必要部品を集めて動けるようにし、それで脱出するためである。だから一ミリのドライバーを持つ電気技師、大きな工具を持っている機械技師のどちらも大切なのである。私はと言えばただ運転歴が長いだけで、ほんとうの任務は炊事係だと自分で決めていた。実は砂漠に足を突っ込むまで、運転はしないつもりだったのである。しかし砂漠では、「働きたくないものは、食べてはいけない」という聖書の掟に従って、かなり長い時間の運転が割り当てられた。誰か「お客さん」を作ると、その仕事のない人物から不満と騒動が起るらしいのである。

サハラは横断が最もむずかしく、距離は長くても縦断のほうが易しい。もちろん砂漠はどこを走ってもいいのだが、サハラには南北行にだけ、十キロに一つずつ人の身丈よりも高いコンクリート製のメトロノーム型の里程標がある。これが一つの安全の保障になっているのではないか、と私は思うのである。

吉村氏は、同行者の選定に当たっておもしろいことを言った。人選は自分がする。その選定理由の一つとして、日本で運がいいと思われる人を連れて行くというのである。日本では運の善し悪しは長い眼で見るとあまり問題にならない。しかし「ほんとうに運の悪い人を砂漠に連れて行くと、その人が持って来た悪運で我々皆が死んじまいますから」というのがその理由だった。

吉村氏はまた、指揮は自分が執る、と言った。私に異存のあるわけはなかった。砂漠では民主主義は全く効用しないということを私はアラブ世界に接触し始めた頃から薄々感じていたのである。電気のない世界には、民主主義は存在する場を持たない。族長が号令をかけて部族を統一しないことには、生き延びる手だては（今のところ）ないのだ。

砂嵐が来そうになって道を失いかけたら、族長が一方的な判断で進むか元の道へ戻るかを決める。族長は経験と共に動物的な判断によって進路を決定する。その時、はっきりした理由がないままに、民主主義的に多数決でことを決めたりしようものなら、砂漠では取り返しのつかない悲劇が起る。失わなくてもいいほんの数リットルのガソリンを迷いのために失うだけで、全員が死ぬことになるのである。

砂漠で、ほんとうに必要なのは、水ではなくガソリンであった。水は一日や二日は飲まなくても生きていられる。しかしガソリンなしでは脱出できない。さらに遭難が確実になった時、最後に我々が持っているべきものは、水でもガソリンでもなく、捜索の航空機に対して生存の信号を送れる鏡なのであった。サハラは三百六十五日晴れているからそれが可能だった。私は改めてボルネオなどの熱帯の密林の怖さを思い知った。あそこで飛行機が墜落したら、ブロッコリ型の高い木によってすっぽりと遭難場所と遭難者は覆い隠され、遭難信号を送ろうにもそれは不可能なのである。

砂漠で私は一日に六時間以上も運転した。私と編集者が、一台ずつの運転手であった。私たちは六人もいたのだが、それでも孤独だった。喋り合う共通の景色に全く変化がないのである。砂漠はその意味でも思索的な場所だった。「あのラーメン屋、旨そうじゃないか」的な視覚的、即物的話題が皆無なのである。私たちはいつのまにか黙り込み、自分の思いと向き合っていた。そうでなければ一日中ワン・パターンの冗談を言い合った。

全く水源がないので、一軒の家も一人の人もいない中心部を抜けるのには五日くらいを要したわけだが、その間私は、顔も洗わず着替えもしなかった。夜はごろりと寝袋に横になればそれで寝支度はできており、朝は起き上がればそれで人と付き合う顔になっていた。私の周りには時間が有り余った。実に爽快な日々であった。私は代わりに詳細な記録をつけ、いついかなる事態が起きようとも、遭難の原因を突き止められるようにしていた。

私たちは砂漠で満月の夜を迎えた。月光は眩しくて眠れないほどだったので、私は飛行機でもらったアイマスクを探し出して来て眼につけた。満天の星は、地平線のすぐ上にまで砂を撒いたように散らばっている。

今ここで同行者の一人が聞いているハムの通信によって、私の家族が死にかかっていると伝えられても、東京の自宅まで帰り着くのにどれだけかかるだろう、と私は計算した。砂漠の残りの部分を抜け、マリの一番近い地方空港に着くまでが三日か四日。そこからマリの首都までの飛行機が週に二便あればいいほうだ。そこからパリに飛んで日本へ帰る。よくて五日はかかるだろう。

私はこれほどの実際的な孤立を味わったことはなかった。そんな時、人間はすぐ傍に来て話をしてくれる相手を求めるのかもしれない。私たちは傍に五人もの同行者がいたのだが、誰もその人にとってたった一人の話相手になれる資格があるとは思えなかった。

しかし神なら、この月光に溢れた、昼よりも明るい夜に、いつでも数千キロ数万キロ、あるいは数億光年の地理的・時間的かなたから、時空を飛び超えて、私一人のためだけに話しに来てくれるだろう。静かに傍に来て坐ってくれることも可能だろう。私は満月の夜、ほとんど眠らなかった。生涯にただ一度の夜だと思っていた。眠るなどという無駄なことは、惜しくて到底できなかったのである。

（二〇〇九・九・七）

沈黙の現場

私は人生のほとんどすべてのことに興味を持つことができた。ただ碁将棋は才能がないことを自覚して手を出さなかった。スポーツにもあまり興味を示さなかったが、それはスポーツとは自分がするものであって観戦するものではない、と思っていたからである。それでも私はテレビで偶然ゴルフや馬術の番組に出くわすと、規則も用語も知らないままに、見続けることはあった。私にとって、外界はおもしろいことだらけだった。賢いことも愚かしいことも含めて……。

聖書の中の「真理はあなたたちを自由にする」（「ヨハネによる福音書」8：32）という決定的な言葉に出会った時も、聖書とは何と新しい感覚をかくも短い言葉で言うのだろう、と感動した。旧約時代には、「真理による罪からの解放」という思想はないというから、これは全く新約的発想らしい。この言葉は日本の国会図書館の中央出納台の上に書かれているというが、私はまだ国会図書館に入ったことがないのでほんとうかどうかわからない。

もっとも私は、信仰の見地からこの言葉に感動したのではなかった。もっと俗な面から私は聖書を読む以前に既にこの実感を持っていたのである。真理かどうかは知らないが、自分がどう思うかをはっきり知っていさえすれば、世論や人の意見にさして動かされずに済む。自分が偉いから動かされないのではない。人間というものは、自分らしく生きる以外には生きようがない。その地点を見つけられれば楽なのである。

私たちは家庭でよく笑ったが、それは誰かがあまりにもほんとうのことを言う時だった。よく老後を元気で生きるには、一日のうちに一度は笑うことが必要だ、だからおもしろいことがなくても、「あはは」と声を出して笑ってみなさい、などと書いてある。私には芝居の素質がないから、おかしくなくても笑うなどということはできない。おかしくない時は、人間、への字に口を曲げて不愉快そうに生きていればいいだけの話だ。

人間が心から笑うのは、駄洒落がでた時ではない。最近のお笑い系のタレントが駄洒落を言うと、私は白けた思いになっている。ところが社会と人間の真相が露呈されると、自然におかしくて笑うのである。真理を衝いた結果としての自由が与えられるからだ。

三浦朱門は、阿川弘之氏や遠藤周作氏と仲がよかったので、そうした方たちと会って笑った話を時々うちへ帰ってすることもあった。彼らがまだ若いころ、日本は自家用車時代に突入し、私の家と同様、自動車を運転できないと不自由を感じるようになった。その一方で、自家用車を買うなどというのは、作家にあるまじき軽薄な行動で、そんな人間にほんものの小説など書けるわけがない、という教条主義者も出た時代だった。

三浦たちの仲間が或る日「自動車の免許というものは、やはり東京大学じゃないと取れないんだなあ。阿川だろ、吉行（淳之介）だろ、三浦だろ、免許取れた奴は皆東大だ。だけど、安岡（章太郎）と遠藤は慶応だから、取れないんだ」と言ったのだ、という。こういう言葉は改めて言うまでもなく、反語、含羞、遊びを含んだものなのだが、今の時代ではこれを本気で取る人もいるのかもしれない。しかしその時、遠藤氏はすかさず反攻したのだ。

「そうか。東大ってところは、自動車免許を取るための予備校か」

三浦朱門は、この話を食事の時私に聞かせたのだが、これほど東大神話を一言で笑いものにした逸話もない。そもそも東大には「灯台《とうだい》（東大）元暗し」と皮肉られたペーパー秀才（実は鈍才）と、僅かながら柔軟なものの考え方ができるほんものの秀才がいて、皆が自分こそそのほんものの秀才の一人だと思っているところがおかしい、と言うべきだろう。

私は必然があれば旅に出て、外を見ようと感じるようになった。その心理の奥底には、意外と鬱病時代に対する恐怖の記憶が残っていて、常に内側にこもらないようにする意図があったと思う。病的に暗かった頃、私はいつも書斎に閉じこもっていた。狭まって行く作品の世界を少しでも完璧なものにするために、執筆以外のことをするのを拒否した。しかしそれは私の病状をますます悪化させ感動を枯渇させた。

それ以来、私はごくありきたりの生活者になることを目標にしていた。人がどのような生活をするかということは、もちろんいささかの自分なりの意図や嗜好はあるにしても、多くの場合成り行きが決める。前にも述べたように私が極度に潔癖であれば、とうてい日本より不潔な土地に行くことは拒否しただろう。しかし私はなにごとも中等であることを好んでいたし、常に少しずつ自分の好みに反することもしなければならないと思ったこともある。それでも、そうした意図には限度がある。私はつまり不潔に強かったから、外界を受け入れ易かった。私は自分に運動神経がないことを知っていたので、スキーも登山もしない。そんなことをして足を折り家族に迷惑を掛けたり、もっと悪い場合は、自分のための救助隊が二重遭難をしたりする羽目になることを考えただけで、自分が許せないからであった。しかし旅なら、どんな人間でも一応健康ならできるのである。

しかし私はたとえば何となくニューヨークがおもしろそうだから、まずニューヨークに行ってみて、そこで小説の種を探すということはしたことがなかった。それは必然という自然さに欠けるからであった。少なくとも、小説家程度の仕事なら、自分の心理、家族の健康、予期しない出来事、社会的な変化、などに流されて生きる面がなくてはならない。その必然が、私にとっては必要なのである。

男性の作家には、日暮れになれば毎日のように「銀座のバー」へ出勤する人もいた。今はバーと言わずクラブと言うのだそうだが……つまりどの作家にとっても、何となく深入りしてしまう世界というものはあるのだろう。

私が五十歳までに、自分から意図的に機会を求めて触れた世界は、商船、癩、土木、そして援助の対象地としてのアフリカであったが、これらの世界にはまったのは、でたらめの選択のようでもあるが、私の心の奥底では、つながっている要素がないでもなかった。しいて言えば、それらはどれも「日の当たらない、静かな世界」であった。銀座のバーとは、多分対極的な人生の場であるのだろう。土木の世界など、大手ゼネコンの政界とのつながりと見れば、騒々しい生臭い場になるのだろうが、私は現場にしか興味がなかった。働く人々の多くは、沈黙のうちに動いていた。

私が勉強したのは、ダムとトンネルと高速道路だったが、そのどこにも謙虚な人間の沈黙があった。ダムに関していえば、「ダムは神が初めからここへ掛けよ、と命じたもうた地点がある」と言われていた。衛星写真で見ると、ほんとうにダムの建設地点というものは、人間が考え出す以前に地形がそれを教えているのである。だから最近では、もうそれに適したサイトが極度に減って来てしまっていることもほんとうだ。今私がこの原稿を書いているのは、二〇〇九年十月、自民党が民主党にその政権を譲り渡した直後である。そして八ッ場《やんば》ダムの着工中止が、社会問題となって取り上げられている時である。八ッ場ダム自体は、その経済効果によって判断すればいいが、国交大臣が、過去の日本における水力発電の功績を全く眼中においていないような発言をすると私は戸惑う。

地下資源の貧しい日本が戦後、経済的基盤を作ることができたのは、ひとえに上質の電気を確保することに成功したからであった。近代産業のすべては、電力によって成り立つ。そして私は、漆黒の闇夜がこの上なく神秘的で美しく優しいアフリカの夜を知るようになってから、一つの定義を覚ったのである。それは電気が全くないかあっても首都の近郊だけ、或いはあっても基本的に電力不足で村々には赤い電球が各戸に一つだけぽつんとついているような所、或いは始終停電するような土地には、基本的に民主主義が存立しえないという現実だった。その代わりに、そこには閉鎖的ではあっても、肩を寄せ合って暮らす固い家族主義のぬくもりがあった。社会的にはそれは族長支配の体制で、民主主義などとは、全く相いれない保護体制であった。

つまり日本の民主主義は、具体的にいえば、ひとえに電力の確保によって完成したのである。今になって「もうダムは要らない」というのは、その現実を全く見ていない人たちだ。「ダムは神が初めからここへ掛けよ、と命じたもうた地点がある」などと言えば、それこそ大手ゼネコンの手に乗せられた言葉だなどと言う。しかし現場には、どこにも自然への謙虚な姿勢があって、私はそれに打たれた。自然のすさまじさを知らないことには工事はできないのである。私はしばしば五センチほどの直径でくり抜かれた土壌の組成を探るための筒状のテストピースを見せられたが、それは工事入札を前に、それこそ儲かるかどうかの金勘定を視点に、必死になって今度の現場にはどれほどの困難があるかを予測するために、地中を探った断片であった。そのテストピースを一直線に並べれば、地中の秘密の歴史が浮き彫りになるはずである。しかし現実には、ほとんど百パーセントの確率で、テストピースの匂わせる工事の予想は実態を裏切った。

人間が一つの湖を作ろうとすれば、数年、十数年の年月と、数百億円では済まない、最近ではおそらく千億円を超える予算が必要だ。一九九九年の台湾中部の地震では、規模のほどは知らないが、一夜のうちに湖が一つできたという。自然と比べて人間の力がそれほどまでに無力だということは、私の中の宗教的な視点と自然に融合した。

現場は常に地球の途方もない力と戦っていた。自然が許容する範囲で、人間は折り合っているだけである。それなのに、私は一度、見知らぬ作家から「人間の力が、自然に勝った」と書いている人間として紹介されたことがある。私以外に、その信濃大町の奥のダム現場に出入りしている人がいるということを聞いたことがなかったので、そうした意見を述べる人は私以外にないということになるのだが、私は全くそのように思ったことがない。私はすぐにその作家に手紙を出して、そのようなおもしろい見方をしておられる作家がいらしたら、ぜひその意見を読みたいので、作家名と作品が出た雑誌を教えてくださいと頼んだが、答えはなかった。私以外にその現場に出入りしている人がいないとは限らないし、そうとすれば私は反対の見方をしている人の意見を知ることに興味もあった。

「人間の力が、自然に勝った」と考える土木屋がいるとは私には思えない（ましてや東日本大震災の後では、そんなことを考えられる素人もいなくなった）。あらゆる大手ゼネコンは、予定通りの工事ができたらもっと儲かるのである。彼らが工事を完成させられたのは、差し当たり、自然を宥《なだ》めて折り合いをつけたからなのである。

私は結果的に長い時間、トンネルの切羽にもいたのだが、そこは削岩機が轟音を立て埃の舞い上がる薄暗い空間で、身近な人の顔もよく見えなければ、どんなに相手の耳元に口をつけて怒鳴っても人間の会話は成立しない場所であった。そこでは人は孤独で、考えごとをするのに適当な場所であった。トラピストの修道士が、沈黙のうちに祈りと労働をする観想修道会の生活とそっくりだ、と私は思った。当時の工法では、切羽と呼ばれるかつて一度も人の目にふれたことのない地球の芯の一部が、常に削岩機の向こうに、まるで閉じられた天の岩戸のように見えていた。『湖水誕生』という作品を書くために、私は十数年の間、信濃大町に通い続けた。私はその部署がもっとも辛い季節を選んで取材に行くことに決めていた。温泉も出る地底で試掘坑を掘っている人たちの狭い現場は、いかなる規則があろうとも作業服も保安帽も身につけられないほど高温だった。数人の作業員は海水パンツをはいて、水を張ったドラム缶に数十分おきに飛び込むほかはない。

反対にトロッコで切羽から運び出されるズリと呼ばれる土砂を捨てる谷に面した標高千二百メートルの「土捨《どす》て場」は、冬には谷底から吹き上げる寒風で凍えた。そういう現場は厳寒の頃の、夜半すぎの当直に付き合う。私の想像力はそれほど豊かではない。だから空想で書くと観念的になることは目に見えていた。「土捨て場」で当直をしている人は太鼓腹だった。寒さに耐えるには肥満が大切なように見えた。

現場内には、膨大な数のブルやダンプなどの重機が動いていた。ダムの堤体に土取《どと》り場から土砂を運ぶのはダンプなのだが、当時は、あまり見たことのないキャタピラー社製の三十屯ダンプなどという化け物のように大きな重機も投入されていた。三十屯ダンプのタイヤの直径は、私の背より高いほど大きかったが、そうした重機のタイヤのゴムが簡単にむしられたりちぎれたりするほどの悪路なのである。タイヤの修理工場は、離れた森の中にぽつんと建っていた。その森番の小屋のような修理工場にいた人は、心理的には手持ちぶさただったのだろう、私との数分の会話を楽しんでくれたようだった。

「お宅からは、通勤着を着ていらして……」

「ええ、ここでつなぎに着替えて、仕事が終わったらシャワーを浴びて帰ります」

おそらく仮住まいは大町の中なのだろう、と私は察した。このダムは、大きいわりに、ともかくも町と名のつくところからそれほど離れてはいない。通勤可能であった。

「私は昼間の埃をすべて流して帰っているつもりなんですが、時々女房がおもしろいことを言うんです。私のYシャツの襟にアイロンを掛けると、ふっとゴム臭いんだそうです」

それが沈黙して働き続ける人々の、夫婦の生活の断片なのであった。私は感動した。こんなさりげない暮らしの深さをよそながら見られるなどということは、普通の人にはできることではない。私は仕事を理由に特権を利用しているとしか思えない。

その感覚は、その後もしばしば私の中で強くなった。取材に取りかかるまでに、私はかなり確実に作品の全貌が見えたと思うほど筋を作っている。しかし可能性としては、その作品を書かない場合だってある。私の身勝手は、それを少しも悔やまないような気がした。私はこの世を見られれば、それで満足であった。作品が完成しようとしなかろうと、私は人間と生活を敬いつつ楽しめるのである。

反面私の中で、人に取材のための時間を取らせた以上、何とか完成したいという通俗的な執着があった。どの職場の人たちも、彼らが果たして来た仕事の記録者を欲している。私がその任に向いているというわけではないが、誰もしないなら、私が出て行ってもいいのかもしれない。私はそうした分野をそれとなく心理的に選んでいたと言えそうであった。


（二〇〇九・十・五）

方舟の乗客

サハラを縦断する計画を立てていたころ、アフリカはまだ私の中で遠い土地だった。つながっているとすれば、それはこの世の儚さ、人間の生を直接に圧倒するような強烈な自然、などというものを通して、私の中の宗教的な部分がかき立てられる予感があるだけだった。

あんな膨大な地域を知るなどということはほとんど不可能だ。私は既に五十歳を過ぎていた。私は親から受け継いだ体質のおかげで内臓は丈夫だったが、視力は悪いし、何より既に体力に溢れていたはずの人生の半ばは過ぎている。私は誰もいない砂漠を見たかったのだが、今さらアフリカの社会と文化に手を出すつもりはなかった、というのがほんとうの気持ちだ。

しかしすべて予定通りにはならない、という原則は私の上にも働いた。その直前の一九八三年三月、私は毎日新聞の連載小説の取材のためにマダガスカルに行っている。砂漠行はいわば編年的に言うと数カ月後に起こったことなのだが、この砂漠に深入りしたことで、マダガスカルによって始まった私のアフリカとの縁は、太い錨で繋がれたように、抜けようとしても抜けがたい関係になって来たような気がする。

マダガスカルはアフリカ大陸の東側の海に浮かんだ大きな島国である。そこへ行くことも、いきなり思いついたのではない。私は「お受験秀才」とは対極にいる子供だったので、聖心という学校に幼稚園から大学までお世話になるほかはなかったのだ。戦前は少しも有名ではなく、「知る人ぞ知る」という（ということは知らない人は全く知らないということだ）この私立学校は、小学校から高校まで五十人編成の一クラスしかなかった。そのおかげで二、三年上のクラスはもちろん、数年下のクラスもかなりよく知っているという素朴な人間関係が生れた。三年下級生だった美智子皇后と、私が後年、ほんとうにときたま短時間だが人生を語るようになったのも、昔の清楚な天然パーマのお嬢さんだった学生時代を知っていたからだ。

聖心の知人の中には、同級生の姉妹や母娘、知人の知人、そんな関係で知り人になる人もいたし、同じクラスで修道女になった人も数人いた。

マダガスカルの田舎町でシスター・遠藤能子という一人の北海道出身のシスターがいることを知ったのは、どういう経緯だったろう。やはりカトリックの知人からその活躍を聞かされたのだと思う。作家の感覚の中には、おそらく誰にでも一種の第六感のようなものがあって、そうした場合、この問題は自分の中のどういう骨肉のどこに結び付くかということに対する漠然とした、むしろ動物的予感のようなものが働くのではないか、と思う。

一九八〇年代に入ると、私はそろそろマダガスカル行きを実行に移したい、と考えるようになっていた。外国人の眼だけを通していたのでは外国の話はすべて物語となる。しかしそこで生活している日本人の眼を通せば、私が書きたい世界も安定したものになるかもしれない。

一九八二年になると、毎日新聞から連載小説の話があった。外国種が新聞の読者に向かないということは大体わかってはいたのだが、私は現在書きたいものを書くほかはないと考える少し投げやりな運命論者だった。

後で冷静に考えてみると、私は一九七九年の一年間に、朝日新聞に『神の汚れた手』を連載した。これは東京の近郊で産婦人科医院を開業する一人の医師の物語だった。

戦後の日本の最大の産業は人工妊娠中絶だという人がいる。厚生省に届け出た表向きの数字は現実よりはるかに少なくなっているから、既にその頃で戦後日本の中絶の数は、一億人を超えていたはずだ、という産婦人科医も多かった。とすると当時の日本は、生きている日本人とほぼ同数くらいの命を絶つことで、戦後の日本の物質的な繁栄を確実なものにして来た、という見方もできるのである。しかし多くの日本人が、その事実によって心の影を体験しているというわけでもなかった。「一人の命は地球よりも重い」という言葉と、「産む産まないは女の自由よ」という言葉が、何の矛盾もなく並行して主張され、中絶が殺人と同じ重さを持つと思う人はあまりいなかった。人々は相変わらず勤勉で、物質的豊かさを求めるのに熱心だった。冷蔵庫やクーラーなど電気製品を家庭に揃えること、マイカーを買うことなどが社会的情熱だった。

もっともだと、戦前の貧しさを知る私は思う。戦前は、クーラーなど誰も知らない。冷蔵庫のためには、毎日氷屋が二貫目ずつの切った氷の塊を我が家に運んで来た。少し小さめの、機内持ち込みの手荷物用のカバンくらいの大きさだ。その氷を受け取って表面についた断熱材に使われていたおが屑を洗ってから、冷蔵庫の上の部分に納めるのが、子供の私の仕事だった。夏になると母たちは襖を取り払って、葦戸《よしど》と言われる建具を入れ、暗さが涼しく感じられるようにした。母は団扇で煽ぎながら、蚊帳の中で寝ていた。うちには黒塗りの扇風機もあったから、それでも一応豊かな暮らしをしていたと言える。しかし人々が常にもっと上の便利な暮らしを夢見ていたことは、子供の私にも十分に察しられた。

ぜいたくのためには、できた命も摘み取っていいと、はっきり意識していたわけではないだろう。しかし子供が増えれば、電気製品を買う経済的な余裕はなくなるという現実がある。その矛盾をはっきり教えてくれたのは、マックス・ピカートやエーリッヒ・フロムの一連の作品だった。

ピカートはその名著『神よりの逃走』の中で言う。
「人間の何という絶望的状態であろう。（中略）大抵の場合、愛や誠実や善意は出来のまずい製品として存在するのでさえもなく、それらはただ論議されるだけである。愛、善意、誠実さは、決して本当の現実のなかに姿をあらわすわけではなく、逃走がそれらを必要とする短い瞬間だけ存在するのでさえもない。それらの諸価値はただ議論と饒舌のなかで現われ出て、そしてそのなかで再び消えてゆくだけである。議論、……逃走のなかに持続的に存在するのはただこれだけだ」

賢い人々の中にも、思考の筋は立っていないのである。むしろ切れ切れであることが、人間が瞬間瞬間に善人になり得る麻薬的方法なのだ。インスタント食品というものも戦前にはなかった。だから私の中には僅かながら今でもインスタントコーヒーや、インスタントラーメンをありがたがる軽薄な心理がある。インスタント善人があっても当然だろう。ただしその場合、インスタントにせよ、日本人は善人になるのを志向するのではなく、善人と見られることを志向するのである。

『神の汚れた手』の主人公は、母子の命を救いもしたし、今どきの産婦人科医らしく中絶もした。ただその時彼は、自分がもっとも弱い命を絶つことに加担していることをはっきり意識している。およそ人間が立ち会うすべての場と瞬間において、人間が、完全に聖なるものや悪そのものになることはあり得ない。人間はその双方の要素を兼ね備えた混沌とした存在であろう。『神の汚れた手』の主人公は、善人でも悪人でもあるがゆえに、小説の素材としては私にとって豊かなものだったのである。そしてこの主人公の野辺地貞春という産婦人科医は次のように思う。
「世の終わりの時——それは聖書の世界以外に果たして来ることがあるのかどうかわからなかっ

たが——（中略）その時、昔の箱船よりももっと巨大な箱船が建造されていて、人々は争ってそこへ乗りこむことになるという光景を貞春は想像していた。

誰言うともなく、その船には、いいことをした人たちだけが乗ることを許されているのだと、貞春は知っていた。しかし貞春は、船に殺到する人々をよそ目に、自分は遠くからその船出を見送るつもりだった。それはいつも自分には、本当に信じねばならない希望も自信もなかったから、何としてでも生き残りたいとも思わない、というのが第一の理由かも知れなかったが、自ら判断して彼には乗る資格がないと思ったからでもあった」

愛する人々、彼が尊敬していた人々は、皆その船に乗り込んで生き延びることを許されて船出して行く中で、今まで絶って来た幼い命の責任を引き受けて、野辺地貞春は一人こちら側の岸に残る。船出して行った知人友人の中から、彼の愛した女が「貞春さん！」と呼んでくれるのが聞こえると、「自分の名前を呼んでくれる人がいる。すばらしいなあ、と貞春は思い、これさえあれば総て救われるということを伝えて安心してもらうために、ぶら下げていたウィスキーの罎《びん》を高くかかげて振って見せるつもりでもあった」——これが小説の最後の光景である。

この小説を書いた後で、私は今度は、まともに一直線に迷うことなく人間の命を救おうとする人々のことを書きたくなっていたのだと思う。皮肉な言い方をすれば、裕福な日本では、抽象的な意味で物心共に人命を「始末する」余裕がある。しかしマダガスカルを一つの例とするアフリカでは、救いたい命も簡単に救えない事実があることを、私は予測していたような気がする。

体験としてはマダガスカルの後になるが、サハラを抜けてまもなく、トンブクトゥの近くの村で、一人の少年に出会ったことを私は今でも忘れられない。ボロボロのシャツを着た裸足の少年だった。他の子供たちは、外国人を見れば、「マダム・ムセ・ボンボン・ケイヨン」と言って手を差し出す。なまっているが、「奥さん旦那さん、キャンデーかボールペンをください」という乞食の言葉なのである。しかし十歳は過ぎていると思われるやや年長のこの少年だけは、黙って何もねだらずに、私たちに自分の手を差し出して赤く腫れ上がった指を見せた。素人目にもそれは瘭疽《ひょうそ》と呼ばれる手指や足指の化膿性疾患であった。私自身がその痛さを知っている病気であった。

私たちが持っていた程度の傷薬で、指の内部から膿んでいるような化膿が、どれだけ改善されるものかわからない。とするとこの少年はずきずきと痛み続ける傷を抱えて生きて行く他はない。荒野には医療機関もない。ややましな病院が、仮に五十キロ離れたところにあったとしても、お金もバスも知人の車もない人たちは、体力があれば二、三日がかりで歩いて到達するか、ただ耐えているかのどちらかなのである。

人間が、せめて一時間か二時間のうちに、とにかくさしあたりの痛みを止めてもらえるという社会しか私たちは知らない。しかし痛みを止めてもらうことさえ叶わない絶対の不条理の世界があることを、私はその一、二年の間に一挙に見せられたのである。

かつてインドへ癩の取材に行った時の体験から、私はマダガスカルにも、薬を持って行く必要があるだろうし、またそれが何よりのお土産だろうということを推測していた。向こうが持って来てほしいという薬はリストにしてもらってあった。恐らく中には、アフリカでは最初に必要とされる駆虫剤もあったと思う。戦前の日本の子供たちは、毎月一日に虫下しを飲まされたものだが、それは日本の農業が肥料として屎尿を使っていたからであった。しかし戦後は下肥を使うこともなくなったので、日本人の子供のお腹に、回虫や蟯虫がいるとは誰も考えなくなった。しかしアフリカでは今でもまだ治療の第一歩は、子供に駆虫剤を飲ませることだとされている場合が多い。外側から見ても腹壁が動くのがわかるほど虫が蠢いていることもざらで、そうなるといくら食事を与えても、子供の栄養状態はよくならないからである。

当時シスター・遠藤が働いていたのは、マダガスカルの首都のアンタナナリボから、百七十キロほど南のアンツィラベという、昔のフランス領時代の保養地であった。温泉も出ると言うが、一般人が今もその恩恵を受けているという話は聞いたことがない。行ってみると、植民地時代に使われていたという入浴施設は荒れ果てていて、昔の栄華の跡はあらかたは禿げ落ちてしまっている浴室のタイルの一部にしか残っていなかった。今の時代には見られないほどの鮮やかな黄と紫のタイルが、醜いコンクリートの壁の一部に破片としてまだへばりついていたのである。

シスター・遠藤はたった一人で、文字通り、生命と戦っていた。シスターは私より十二歳年下で小柄できれいな白い肌をしていた。シスターはフランス語が達者だったが、産院にやって来る人たちは、マダガスカル語しかできない。当時のマダガスカルは最低の時期だったのだろうか。分娩室と保育器のある部屋には、それぞれ酸素ボンベが一本ずつおいてあったがそれはいわばお飾りだった。残量もどれほどかわからなかったし、なくなった場合の補給はもう利かないと言われていた。だから酸素は、余程の場合しか使われなかった。出産の時に初発の呼吸が来ない時である。保育器のそばの一本から、未熟児に酸素が与えられることはまずなかった。

私の滞在中の或る満月の晩であった。マダガスカルでは満月の晩は出産ラッシュになる。その午後も一人の未熟児が生れた。八カ月の早産児である。日本なら十分に育つのだろうが、輸液の設備も酸素もない。この子は肺胞ができていないので、とうてい生存は不可能だとマダガスカル人の看護師のシスターは言った。

赤ん坊は裸足の父親の要請によって洗礼を受け、生きる望みのない現世から永遠に旅立つ支度を終えた。しかし私は時々心音を乱しながら生き続ける赤ん坊から離れられなかった。夜になると、マダガスカル人の一人のシスターが、この子になけなしの酸素をあげるから、その間にシスター・遠藤と私は夕食をしてくるように、と言って、酸素ボンベの口を緩めた。私は少し安心してその場を離れた。私たちはすばらしい月明かりの前庭を修道院の本館に向って歩いて行った。その途中で私たちは同時にはたと立ち止まった。

「シスター、今、私たちがあの新生児室をでたのを見定めてから、あのシスターは、酸素を切っているとは思いませんか」

と私はシスター・遠藤に尋ねた。

「私もそう思います」

アフリカでは、食欲も失い、客観的に生きる可能性のなくなった子には、食物を与えないことがある。その分を生きる子に回すことは、問答無用の合理性なのであった。

（二〇〇九・十一・四）

自分の死、他人の死

私が自分の生死に直面したと感じたのは、一九四五年三月九日の夜から十日の朝にかけての東京大空襲の夜と、その後の何回かの空襲の日である。B29爆撃機は、超低空で迫って来る。もうその頃には日本側の対空砲火による反撃も全くなかったので、米軍も安心して自由に空爆のテクニックを使えたのだろう。子供の私にもすぐに、爆音が一定の低い音で迫る時には、死の危険が迫っているということがわかるようになった。突然の死は何でもないが、予告される死は恐ろしかった。

その後の人生でも、私は総じて健康だったから、入院の体験はすべて怪我の治療のための外科手術ばかりだった。内臓の病気で死を予感したことがないということは、作家としての資質に欠けると言っていいのかもしれない。

健康を元手に、何回か旅行しているうちに、飛行機が墜落するかと思ったことはある。まだ香港の空港が九龍の貧しい人々が住むアパート群の真下に位置していた頃だった。

私たちの乗った飛行機は、なぜか高度が取れていないようだった。私は周囲を見た。同行のテレビ局の人たちは、眠ってしまっていた。日本を離れる前、皆夜も寝ないで仕事を片づけていたので、成田を出るや彼らは寝てばかりいた。私は次の瞬間窓から下を見た。すぐそこに波頭が見えた。とは言っても思いの外高度は取れているのかもしれない。そういう場合の心理的な不正確さをどこかで感じていたので、私は声も上げなかったし、誰かを起こしもしなかった。人間は眠っているうちに死ぬのが一番幸せなのだ。目覚めていて、この恐怖を味わうのは私一人でたくさんだと私は思った。しかし数秒のうちに飛行機は機首を立て直した。

つまり途上国に行くまで、私と死との関係は常に一人称だった。死は私の上に起きそうな事件だったが、現実に起きない以上、それは杞憂に終わっていたのである。母の死は我が家で迎えたが、それは八十三歳の穏やかな旅立ちであった。何年も前から脳が死にかけていることは端からも見て取れていたので、生から死への移行としてはもっとも安らかな形に見えた。

しかしアフリカの取材を始めてから、私は第三者の死に直面するようになった。そしてそれこそが、自分の死ではなく、他人の死、群衆の死を見ることによる人間性の発見に繋がらざるを得なくなったのだ。

予測したことではなかったが、私が仕事として死に関わったのは、二〇〇一年頃、南アフリカのヨハネスバーグに住む根本昭雄神父が私の家を訪ねて来た時に始まる。当然私は初対面の挨拶をしたのだが、神父はちょっと困ったような笑いを浮かべて、私とはもう既に会っているのだという。そういう人間関係こそが、私がもっとも恐れているものであった。私は十七年くらい、毎日曜日、瀬田にある聖アントニオ神学院に通って、パウロ神学の泰斗と言われた堀田雄康神父から新約聖書の講義を受けていたのだが、時々修道院の廊下や玄関で、修道士たちに紹介されることはあった。根本神父もその中の一人だったのだろう。しかし長い茶色の修道服に縄の腰ひもを締めたフランシスコ会士たちの姿は静謐そのものの薄暗い修道院の空気に溶け込んでいて、個人的に顔を覚えることはド近眼の私にはかなりむずかしいことだった。

神父の用事は、私が働いていた海外邦人宣教者活動援助後援会（ＪＯＭＡＳ）に、お金を出してほしいということだった。神父が働いているのはヨハネスバーグでフランシスコ会が経営しているエイズ・ホスピスで、国民の十人に一人といわれるほど爆発的に増えているエイズ患者たちを、ほとんど収容しきれなくなっていた。

「どんなものがご必要なのですか」

と私が尋ねると、神父は二、三枚の紙を差し出した。そこには神父が計画しているたくさんの事業が列記されていて、私がざっと目の子で予算を足してみたところ、日本円で三億か四億にもなりそうだった。そんなにたくさんのお金を一度に一国の事業には出せません、と私は言った。神父はそうだろうという顔もしなかったが、がっかりした表情も見せなかった。

「何から神父さまは、一番ご必要なのですか」

と私は尋ねた。

「差し迫ってご必要なものから、順にお出しして行ったらどうでしょう」

「それなら霊安室から作ってもらえませんか。今は患者さんが亡くなると、シーツにくるんで家族が引き取りにくるまでベッドの上においているんです。隣にはまだ生きている患者さんがいますから、それはあまりにも残酷な光景です。せめて霊安室があればと思います」

その時初めて、私は南アのエイズの状況を知ったのだった。患者は十人に一人とも言われているが、それよりもっと多いだろう、と神父は言った。神父たちは、ヨハネスバーグの中流の上くらいの普通の家を買って、そこで差し当たり三十床を入れたセント・フランシス・ケアセンターというホスピスを経営していた。つまり患者は常に三十人だったのだが、死者は月に三十人に上った。毎日一人は死んでいる計算になる。そんな医療施設が日本のどこにあるだろう。私はその数に驚き、霊安室というものは一体どれくらいかかるものなのですか？　と神父に尋ねた。根本神父はしっかりした予算を持ってきていた。霊安室は約二百二十万円ほどかかるというのであった。

私は神父の帰国に合わせて、電話でＪＯＭＡＳの運営委員全員を緊急に呼び出し、全員から賛成の返事を受け取ると、神父に現金で二百二十万円を持って帰ってもらうことにした。

お金を出した以上、現場を確認しなければならない、という私の意識はその時も働いたのだと思う。それから数カ月後に、私はヨハネスバーグを訪ね、生まれて初めて、霊安室の開所式というものに参列したのだ。

爽やかな明るい日であった。白人のアッパー・ミドルの家としか思えないホスピスの建物には広い庭もあり、数本のパラソルが立てられ椅子もおかれているのが印象的だった。そこにいるのが患者たちとその家族だった。残された時間は、ほんの数日かもしれない。後で神父から聞いたところによると、嘔吐が始まると最期は数時間に迫っているという。

患者たちは順番待ちをしてやっとセント・フランシス・ケアセンターに入れてもらえたのだ。だから一応居場所はできた。しかしその安息の場所でたった半日しか生きない人もいるという。そして今彼らが坐っているパラソルから、ほんの三十メートルほどしか離れていない庭の一部に、新築の霊安室はできたのであった。しかしこの瞬間、パラソルの下に憩う無表情な患者たちはこの上なく爽やかな南アの陽ざしの下で、まだれっきとして生きているのであった。死はおよそ非現実的な観念ですぐそこに在った。その境をどう越えて行くのか、自分に果たしてその境を越える日が来るのかと患者は考えているだろう、と私は思った。

その向かい側には、エイズの母親が死んだために孤児となった子供たちの棟があったので、私たちはしばらくそこで遊んだ。アフリカでは、母子の関係ははっきりしているが、父親が介在しなくても別に驚くに当たらない。最初からはっきりした父が家庭にいないのだから、母が死ねば子供は簡単に孤児になるのである。今はワルガキ風に活発そのもので、私が胸にぶらさげている筆記用のボールペンを寄越せと言ってきかない子供も、ＨＩＶは既に陽性であった。私がインドで学んだ知識によると、現に癩を発症している母から生まれた子供でも、今はほとんど病気には感染しない。それなのにエイズだけはどうしてほぼ確実に子供にうつるのかというと、それは授乳の結果であった。母の胸からお乳を吸うというもっとも素朴な幸福のために子供たちは病気に罹り、早死にを免れない運命に出会うのであった。母乳を飲ませるのは、母性の本能でもあったが、アフリカではミルクを買う金がないのだから、母乳は赤ん坊の生命線であった。

神父は、この子供たちは多分六、七歳で就学するまで生きてはいないと思うが、それでも保育園を充実させなければならない、と考えていた。

霊安室は中がきちんとした冷蔵庫になっていて、左右の棚に四体ずつ、合計八体の遺体が安置されるようになっていた。

私たちはパラソルの下の患者たちの横を通って霊安室の前に集まり、そこで神父が扉に聖水を振りかけて祝別し、ＪＯＭＡＳを代表して私が小さな記念額の除幕をした。それから私が生涯忘れられない「アメイジング・グレイス」を皆で歌った。ホスピスで働く人たちの中には、いわゆるブラックの人たちもかなりいたのに、その歌は決して哀切なアフリカ風ではなく、西欧風に歌われていた。しかしいずれにせよ、私はその不思議な時を、生と死の間にまたがった「悪夢のような時間」だったと感じていた。

ＪＯＭＡＳのお金の出し先としては、この霊安室ほど有効なものはなかったかもしれない。神父は毎月のように、その使用状況を知らせてくれた。後に私たちの組織が、神父の要請でもう一棟の病棟を建て、ベッド数が合計で五十になると、死者の数はピークに達した。或る日の死者は、用意された八つの棚に収まり切れず九人目になったので、遺体は冷蔵庫の棚と棚との間の床に置かれた。

やせ細った人々は、半ばミイラのようになって死んで行った。エイズの最期の頃は、激しい下血を伴う下痢が続くので、一月で体重が十三キロも減ることも稀ではない。患者の顔つきが皮をかぶった骸骨のように見えだすと、その感染を恐れて親までが病人を捨てて逃げ出すことも多いという。拾ってくれるのは、セント・フランシス・ケアセンターやそれに準じるような宗教的施設だけであった。ボロ布のようになって死んで行く一人一人が、私たちと同じ大切で重い人生を秘めていることを、根本神父は知っていた。神父は医師ではない。しかしいつも患者たちの傍にいてくれる人であった。患者たちの個人的な事情を聞くことを神父は極力遠慮しているように見えたが、死んで行く患者の中には、最期に自分の生涯をせめて神父に語りたがった人もいるようだった。

そのような人の中には、若いきれいな容貌の女性も多かった。貧しい家庭に生まれて、弟妹を食べさせるために自分から赤線に身売りをした娘たちである。炭鉱のある町などで働くうちに、彼女たちは客から結核やエイズをうつされた。自分の人生がこんなにも短い時間で終わるのを知った時、彼女たちはどんなふうに感じたことだろう。しかし多くは静かに運命を甘受して死んでいくようだった。甘受しなくても他にどういう死に方もなかったろう。しかしアフリカ人の眼には、生来深い諦めの視線があるように私は感じる。それは怒りや反抗の眼差しより、もっと恐ろしいものだということもできる。

このセント・フランシス・ケアセンターを私は七、八回は訪れることになった。JOMASは病棟を建てるだけでなく、中に暖房設備、空気清浄機などを設置した。患者たちは痩せて寒がったし、働く人々は感染を恐れて、空気の清浄機をほしがった。中型のベンツのバスは、短命で終わるかもしれない子供たちに少しでも楽しい思い出を作るために遠足に連れて行ったりすることにも使われたし、スクワッター・キャンプと呼ばれる貧民窟の丘の上のあばら家で救いを求める末期患者を迎えに行くためには、強力な登攀能力をもつジープ型の車も買わねばならなかった。末期患者は体中が痛むために、歩くこともできず、担がれても呻き、麓に止まっているバスまで連れ下ろすことがむずかしかったからである。

このホスピスに、JOMASが結果的には四千三百万円ほどを送ったことに関して、私は或る時、さまざまなことを教えてくれる新聞記者のOBに、質問したことがある。

私たちが霊安室に出したお金は、意識的に事業評価をする際、どう考えたらいいのか。霊安室はいつもフル稼働していた。そういう状況だから私たちの出したお金は有効だったと見るべきなのか、それともいつの日か霊安室には一体の遺体も入っていないという状態になった時、JOMASの「投資」は初めて妥当だったと見るべきか、私は尋ねたのである。

私の質問には、いつも瞬時に答えてくれる人が、その時ばかりは当惑の色を見せた。

「僕にも、わからない」

私は彼の誠実に深く感謝した。世の中には答えを出せないということがある。それは何というすばらしい謙虚な知恵だろう。

実は私が根本神父と初対面の挨拶をした直後に、根本神父は、「僕はまもなくアフリカで働くことになると思います」と言ったのだという。その言葉に対して私は「それでは神父さまはアフリカで殉教していらしてください。私はその間熱海の温泉にでも行って、安楽に暮らしますから」と言ったのだ。私はその部分だけはっきり覚えていた。もちろん神父はその言葉を少しも怒ってはいなかった。カトリックの世界では、殉教なさってください、と言うのは、実は最大の賛辞でもあるという暗黙の了解がある。しかしもちろん私は冗談にそう言ったのだし、当然そんな事態にはならないと思い込んでいた。

しかし根本昭雄神父は、患者たちの贈り物のようにも見える結核に侵された。発病したのは日本に帰省中で、しつこい夏風邪が治らないと思ったのだという。しかし神父のかかったのは耐性菌による結核で、どんな薬も効かないものだった。

二〇〇七年の夏に発病した神父は、最期の数カ月間を意識不明の重体のまま、清瀬の複十字病院の病床にいた。私はその間二度神父を見舞った。酸素吸入器のたてる機械的な音だけが聞こえる病室で、私は神父のむくんだ足を撫で、顔を眺めて帰った。

神父は私よりも四日だけ若い弟であった。こういう人生もあるのだ、と私は心に刻み込んだ。意識もなく眠り続ける神父は、アリストテレスの言う「ものごとを軽く見ることができるという点が、高邁な人の特徴であるように思われる」という言葉を思い出させた。神父は晩年の日々をアフリカのエイズ患者に捧げたが、その運命を当然のこととして受け入れていた。翌年二月、神父は私が不謹慎に口にした通り、アフリカで殉教するという召命を果たして帰天した。最期が日本だったことが、僅かな慰めのようにも感じられる。

（二〇〇九・十一・三十）

死者の言葉

既に五十年以上生きて来ているのに、私はアフリカでは、信じられないほどの悲惨な死の姿を見ることになった。

マダガスカルではシスターたちの経営する産院の近くに、文字通り泥の壁、草葺屋根の、窓もドアもない掘っ建て小屋が数棟あった。それは入院室だというのである。

お産を待つ人の住処は別にあっていわゆる雑居小屋だった。そこには常時何組かの夫婦が暮していたが、時には一カ月も夫や幼い子供ともども呑気にお産を待っているのどかな人たちもいた。夫が失業者だからこそ味わえる、夫婦の優しい日日であった。もちろん給食などないから、小屋に続いた炊事小屋のへっついで、彼らは自分たちが持って来た食料で自炊をしていたから、私はその懐かしいような香ばしい薪の煙のたなびく中を歩いていた。

フランス領時代に建てられたしっかりした石造りの産院の建物の二階も、入院室になっていた。マダガスカルでは、赤ん坊のおしめというものを普通使わない人も多いらしいのだが、使う人でもおしっこで濡れただけなら、洗わずに干しただけでまた使うというのが普通だったから、入院室の中には独特の匂いがたちこめている。当時、マダガスカルは極度に物資が不足していた時代で、石鹼もほとんど買えなかったのだが、シスターたちは市場で野球ボールのような形で売っている灰の塊を、修道院で溶かして灰汁を作り、それを石鹼代わりにして、なんとかきちんと洗ったおしめを使う癖をつけさせせようとしていた。

しかしこの独立して建てられた泥の家は、お産が長引いてなかなか赤ん坊の生まれない人が、苦しみながらいる場所であった。シスター・遠藤能子が一人先頭に立って働いていたアベ・マリア産院は、その地方では有数の設備を持っているはずだったが、分娩台が二つあるだけで、帝王切開をできる手術室も、医師もいなかった。二台ある保育器のうちの一台は、サーモスタットが不調で、時々器内の温度が上がって赤ん坊が干物になる危機を体験していた。

シスターが使っている手術用の手袋には穴が開いていた。当時まだその存在すらシスター・遠藤も私も知らなかったエイズ（フランス語圏ではシダと言う）にも肝炎にも罹らなかったのは、奇跡に近いと私は思う。

そういう程度の医療施設で、先進国なら簡単に帝王切開に切り換えられるケースがここでは産婦の死を招いていた。「先月もここで、亡くなった人がいたんです」という形で、私は救える命が救えない現実があることを聞いていた。しかし私は、その泥小屋の周囲から、泣き声も怒りの声も聞いたことがない。運命はそのまま静かに日々の経過に飲み込まれていた。私は自分が死ぬ時も、苦しみはしても騒ぎ立てることはしなかった泥小屋の産婦のように静かであらねばならない、と自分に言い聞かせたりしていた。しかしそれはまだ、多くの場合、家族に見守られながらの死であった。だから救われる、というのではない。

ルワンダへ行くまでの私は、死はいささか形こそ違え、自然に訪れるものだとしか考えていなかった。何人かの知人は若くして戦死した。東京の大空襲の時、隅田川に掛かる橋のどれかの上を逃げ惑った人が目にした、足下を風に乗って流れて来る白く軽く輝くさらさらとした砂のようなものが、実は焼死した人の骨だったという話も聞いていた。

もちろんこうした人々の死は、自然ではなかった。追いやられた死と言えないこともなかったが、日本人として愛する家族を敵の手から守るには、自らの命を棄てても戦う他はない、と大方の人々は納得していたのである。まだ子供だったが、当時の空気を生々しく思いだすことのできる私は、今の人たちが理詰めで言うように、特攻隊の人々は、追いやられた死を遂げたのだ、とは言えない。彼らは自らの哲学と美学で、その道を選んだ面もあったのである。人生をも含む「道」は、全く自由にデザインできるものではないのだ。まだ地球が全く人の手に掛かる以前の状態の時、道はどこに作るか、という質問を若者にすると、彼らは答えられない。彼らの観念の中で道は（誰がどのような目的で作ったのかは別として）既にできているものだったのだ。

しかし道を作るのは自然なのだ。人跡未踏とも言える空間を歩く時、人はより低い所を選んで歩いていることに、実は文明人は気がついていない。つまり砂漠や土漠を行く場合、旅人は自然に涸川《ワディ》と言われる水無し川の川床に当たる部分を選んで歩いているのである。

人の運命もそれと似ている。全くの自由を手にしている人など私はまだ見たことがない。健康、体力、時代的な生まれ合わせ、そして喜怒哀楽や恐怖や性欲の本能の中から、自分の道を選んでいるに過ぎない。

私は戦争ではない普通の生活の中で、殺された人もその家族も見たことはなかった。その現実の匂いを嗅いだこともなかった。一九九七年十一月、ルワンダを訪れるまでは、である。

ルワンダに行く遠いきっかけはヴァチカンにあった。私は一九八四年以来、毎年、盲人や車椅子の人々と「聖地巡礼」という呼び名で、イタリア（ヴァチカン）やイスラエルを旅行する会を始めていた。一九八一年に、私は既に読み書きができなくなっていた視力障害から手術によって回復した。視力が戻らなかったら、いささか才能もあると自分で信じていたので、鍼灸師になろ

う と思っていた私の未来は、再び本来の道に戻れたのである。私は生まれて初めて、眼鏡なしで暮せるようになった。その奇跡的な結果は、私が努力したからでもなく、法外なお金で贖ったものでもなく、ただ世間は幸運と言い、私は神から与えられた贈り物と感じたものだったから、私は主に視力障害のある人たちと聖地を旅して、見えるものすべてを私の作家としての描写力で「実況中継」しようとしたのである。まだテレビができる前は、野球もまたアナウンサーの独特の早口の実況中継だけで人々は試合を楽しんでいたものである。

新約聖書には四つの福音書が含まれているが、俗にイスラエルは「第五の福音書」と言われるほど、土地全体が聖書世界を色濃く再現し、その理解を深める、と言われていた。

もっとも巡礼団員のすべてが、それほど熱心に聖書を研究していたわけではない。むしろ私の第一の目的は、健常者と障害者が、いっしょに旅をすることであった。旅費はどちらも同額にした。しかし車椅子を押したり、盲人の食事を手伝ったり、入浴の世話をするのは、当然のことながら原則健常者であった。

ここには同じ金額を払いながら、一方は世話をされる側であり、もう一方が世話をするのは「割に合わない」などという当世風の判断はなかった。というよりそういう考え方をむしろ意識的に排除していた。「受けるより与える方が幸いである」と聖書は書いているが、受け与え、そこにどちら側にも感謝があれば人生はおもしろくなる、というのが私の実感だったのである。

堂々たる体軀の盲人の柔道の先生が参加したことがある。私は彼を使わないとソンだと考えた。誰か方向をほんのちょっと修正する人をつければ、これで一台の車椅子を押す仕事は彼に任せられる。その上彼自身も、人に仕えることができるのである。反対に車椅子の人に盲人の食事の世話をしてもらうのはたやすいことであった。誰もが働く出番があれば楽しいのだし、そうやって補い合って人生の旅をすればいいのである。

私たちは必ずヴァチカンで、教皇謁見の日を迎えた。サン・ピエトロ広場には毎週謁見のある水曜日には、いつも数千人が集まったが、身障者には特権があり、外国の大使たちと同じ壇上で、親しく教皇の方から歩み寄ってもらい、一人一人がその祝福を受けたのである。

ヨハネ・パウロ二世はポーランド人だが、その時にイタリア語で一人一人の簡単な経歴や病歴を説明するのは教皇庁諸宗教対話評議会次長の尻枝正行神父だった。同時にヴァチカンの専属カメラマンが、必ず障害者と教皇のツーショットを手慣れた最高の角度から撮ってくれるのである。小沢一郎・民主党幹事長が国会議員を胡錦濤主席と一人一人握手をさせるためにわざわざ北京にまで連れて行き、こういうことができるのは北京に対する自分の影響力の大きさを示すものだ、と思わせたとマスコミが報じたことがあったが、ヴァチカンの教皇庁には、伝統的に病者や障害者こそ人生を戦っている勇士として遇する姿勢ができていたのである。

教皇謁見を待つ間、私は裾が足元近くまである僧服《スータン》を着た尻枝神父と、春の日差しの中で話をして過ごすのを、一年間の楽しみにしていた。神父は私より数カ月後で生れたほぼ同い年であった。生家はカトリックでもなく、戦争中に父を亡くした一家の生活は決して楽ではなかった、と神父は明るく述懐する。あの頃は、私の家もそうだったのだが、神父たち兄弟姉妹四人が住んでいた母子家庭の家も傷み果てていた。ミドルティーンながら尻枝少年は、父が戦死した後の長男として、母を助けて何とか家を修繕しなければならない、と考えた。家の近くには「アメリカ人」が住んでいた。外国人と言えばアメリカ人で、何でも物を持っている人だと考えられた時代である。少年はその家に盗みに入った。金や食べ物ではない。家を直す釘が欲しかったのである。恐ろしいことに彼は家の主に見つかって取り押さえられた。しかしその外国人は彼を警察に突き出すこともせず、話を聞くと、「釘はどれだけ要るのか」と聞いて、ほしいだけ持たせてくれた。

この人物はアメリカ人ではなかった。イタリア人のカトリックの宣教師、つまり神父であった。この決して忘れることのない事件によって、尻枝少年は神父の道を歩くことになる。彼は、「アメリカ人」だと思ったイタリア人神父にも警察にも捕らえられなかったが、実に神に捕らえられたのである。

近年アフリカの各地で起きている虐殺のことを尻枝神父から聞いたのも教皇の謁見を待つ間だった。神父はどこの国で起きた事件とも言わなかったが、ヴァチカンというところは、平和の構築のために必要な情報を集める一種のシンクタンクの機能さえ有しているところだから、こうした虐殺の情報は、マスコミ以上に持っていたのかもしれない。神父は、修道女の中にも暴徒に犯されたケースがあるかもしれない、という話をした。誰を非難するという口調でもない。ただその言葉は、世界の僻地の深層で噴火している人間の原罪を彷彿とさせる状況を告げていた。

しかししょせんアフリカのできごとは、その時でさえ、まだ私の中では遠い事件であった。一九九五年末、日本財団に勤めるようになると、私は将来日本の運命に大きな力を及ぼすことになるであろう、若手の官僚、マスコミ、そして日本財団の職員の教育のために、アフリカや南米の貧困の実態を体験させる旅行を始めていた。私はいつも現場主義だったのだが、それは小説家としては当然の姿勢だったろう。

一九九七年の第二回アフリカ旅行で、私はシスター・遠藤のいるマダガスカル、ケニアから最後にルワンダを訪ねている。

一九九四年に起きたルワンダの大虐殺は、俗に百日間に八十万人から百万人が殺されたというのだが、私は当時そうしたニュースを日本の新聞で読んで、継続的に関心を持ったり、心を痛めたりした記憶がない。コレラが常にあるように、アフリカの国には絶えず権力を持った支配者がおり、かつ民衆の方でも部族の対抗を日常生活の基本原則にしている人々がいて、彼らは私たちが考えるような総合的な国家の観念を持ってはいない、ということを漠然と知っていた程度である。ルワンダの場合は、人口の九十パーセントを占めるフツ族が、社会的上位を占めているといわれる十パーセントのツチ族を殺戮したのである。虐殺を「ジェノサイド」と言うのだが、ゲノスというのは、ギリシア語で部族を指し、それにラテン語の「殺す」という意味のｃｉｄｅをつけたのがその語源であった。

　ルワンダは「千の丘の国」と言われている穏やかな風景が続く土地である。首都キガリでは後に「ホテル・ルワンダ」という映画の舞台になったというややまともなホテルが一軒あるだけで私たちもそこに泊った。先進国の感覚でいうと、観光の場所など何一つない中で、見るものは三年前の虐殺の現場だけだったのである。

　キガリの南東のニャマタ教会と、そのさらに少し西にあたるヌタマラ教会の二カ所には、当時まさか教会に集まっている老人や子供や女性を殺しはしないだろう、と思って避難してきていた数千人がいた。その人々を機関銃で撃ち、放火して焼き殺し、逃げ出そうとした人々を釘の植えられた棍棒や土地の農作業に使う草刈り鎌《マチャテ》で切り殺した。

　教会は恐らく意図的に虐殺の原状を残していた。とは言っても、遺骨のうちの頭蓋骨はわざと祭壇の上にあったし、血染めの布団や機関銃で撃ち抜かれた水のポリタンクもそのままだったが、残されたポリタンクはすべて底に近い部分に穴が開いているものばかりで、使えるものは既に誰かが持ち去ったものと思われた。

　その教会の前に半地下壕のような遺骨置き場があった。入り口に掛けてある青いビニールシートが取り除かれた時、強烈な腐臭に私たちは打ちのめされた。中には日本の押し入れ風の棚ができており、そこに頭蓋骨や手足の骨が積んであった。恐らく火葬にせず、一定の期間が過ぎた段階でただ集めたので、こうした臭気も残ったのであろう。

私は「殺された生身の人」に、そこで初めて会ったのであった。鼻を衝くような腐臭は、死者の言葉であった。人はこうして死後まで語り続けるのである。

私たちを案内してくれたのは、家族全員を殺されたという男だった。私は彼に、私もカトリックなので、彼の亡き家族のために日本語で祈りを唱えたいけれど、と言うと、「もちろん、ありがとう」と彼は少し笑った。私たち全員、運輸、厚生両省（当時）の官僚、毎日、読売の二紙と共同通信の記者、衛星チャンネル、ラジオ日本の番組製作者たちも死の乱雑をそのまま残した教会の中に入り、私が「主の祈り」を唱えた。

それは私が今までに数えきれないほど唱えた祈りだった。その言葉には馴れていたし、その一言一言には人間の悲痛な嘆きと希望が残されていることもよく知っていたが、恐らく私の中ではマンネリ化していた部分もあると思う。しかしその日に限って「我らが人に許すごとく、我らの罪を許したまえ」というくだりで、私は絶句した。その言葉のほんとうの恐ろしさが目の前に繰りひろげられているのを見て、私の心は凍りつき、言葉は奪われていた。

私の長い沈黙は、無様な中断を残した。しばらくすると私の後から男の声で、その後の部分を続けてくれる人がいた。それは読売新聞のヨハネスバーグ支局長だと後で誰かが教えてくれた。しかし私たちは信仰のことを口にするのが恥ずかしかったので、私はついぞそのことに触れもせず、お礼を言うこともしなかった。

（二〇一〇・一・六）

サリンジャー氏の隠遁

『ライ麦畑でつかまえて』などの作品のあるアメリカの小説家、J・D・サリンジャー氏が一月二十七日、ニューハンプシャー州の自宅で、九十一歳で死去した。実は私はサリンジャーの本を一冊も読んだことがない。非常に作品の数が少ない人で、一九六五年以降は、作品を発表していないということも今回初めて知った。

死去にあたって、ごく表面的な評判だったというもの、つまり一種の風説が改めて紹介された。それによると、この大ベストセラー作家は、出版界の寵児になると、その騒ぎを嫌ってニューヨークからニューハンプシャーに居を移した。しかし田舎に引きこもってからも、「新たな地で受けた高校生とのインタビューが思いも寄らない形で地元紙に大きく掲載されたことがショックとなり、同氏は自宅周囲に高さ2メートル近い塀を建て、世間との壁を高くした。その後、ファンレターのたぐいは一切受け取らず、伝記や続編作品の出版差し止め訴訟を起こすなど、『外界』への拒否反応は強まり、素顔の見えない伝説的作家をめぐるうわさや神話が流布された」(ニューヨーク時事)のだという。

人間の幸福と不幸の形は複雑なものだ。売れないがゆえに静寂過ぎる状態を、世間から取り残された、無視されたと感じる人もあり、名声ゆえに自分らしい生活が侵される狂騒に苦しむ人もいる。サリンジャーはその後、ほとんど外界から切り離された生活を送り、その動向は全く外部に知らされなかったという。世界的なベストセラー作家の「もてはやされることに対する嫌悪感」は、当人が書いたものがあればそれを読む他はないのだが、私のような作家でも、自分のことを書かれる不快さについては、理解できるような気がする。

二〇一〇年は、坂本龍馬が流行になった年で、テレビでも出版でもその話題でもちきりである。流行は常にあるものだけれど、いつでも同じ名前が出ると、かなり食傷気味になることは否めない。物語としては歴史上の人物の話はおもしろい。私も子供の時には、かなり教訓的な偉人伝のようなものにも反発せず、結構楽しみに読んだものだ。しかし自分が作家になってからは、現代の人々が、連続テレビドラマや歴史的伝記小説上の人物として、その生涯に感動したり、言動の中から生き方を学んだり、或いは批判したりするのを見ると、全くそういう姿勢についていけなくなった。

歴史小説はいいのである。初めからそこに登場する場面も、人物も、逸話のように見える部分も、すべて虚構であり、そこにこそ作家の創造的力量も示されるのだ、とされているからだ。そこで問題になるのは時代考証だけで、私がいつも時代ものの作家の物知りぶりに深い尊敬を感じていたところである。私は今までにたった一作しか歴史小説を書いたことがない（この一作はイエス生誕のころに没したとされるユダヤ王ヘロデを扱ったもので、もちろん彼自身の著作はない）。そのわずかな体験でも、時代考証というものは、なかなか闘い甲斐のある作業であった。

坂本龍馬の逸話はたくさんあるようだ。しかし当人の著作がない限り、龍馬がああ言った、こう言った、というのは必ずしも正確とは言えない。それを完全な創作として読むのならいいのだが、他人の逸話を元に歴史を論じるのは安定が悪いものだ。

まだ私が若い時である。当然そのころは、コンピューターなどない。原稿用紙に万年筆や鉛筆で書くのが普通だった時代である。私も万年筆で原稿を書き、或る女性のことに触れた時、「おはしょり」がきれいな人だった、という意味のことを書いた。おはしょりというのは、端折るから来た和服の着付けの言葉で、「和服の褄などを折りかかげて帯に挟む」ことを言い、「おはしょりにする」という言い方もごく普通である。その女性のことを書くのに、私は和服の着付けのさりげないおはしょりの仕方にも馴れて、きりっとしているさまを書きたかったのだが、印刷された雑誌には「おけしょう」となっていた。つまり私の字が汚かったか、編集部の読み方がいい加減だったか、どちらかなのである。

おはしょりがきれいな女と、おけしょうがうまい女性とでは、印象がかなり違う。この時以来、私は校正刷りを自分で見て確かめねばならない、と心に決めたのだが、その原稿がどこかで定着していれば、それは相手に対する私の印象を全く違うものにしたのだ、という後悔が深く残った。つまり五十年近く経っても忘れられないのである。

作家の仕事は自分で書くことである。私は五十歳直前に、眼を悪くしてほとんど読み書きができなくなった時、もう執筆は諦めて自分ではけっこう才能があると思える鍼灸師になろうと思った時期があった。心ではその成り行きを納得したつもりだったのに、それでも諦め悪く、私は口述筆記で文章を書いてもらう訓練をした。その結果かなり長い文章を頭の中で組み立て記憶することはできるようになったが、読み返して作品を仕上げるという作業はできない。私はやはり作家としての生活を続けるのは無理だ、と自分に言い聞かせるほかはなかった。

手術の結果視力を回復して、私はすぐに自分で一字一字ずつ原稿を書く生活に戻った。性格的に粗雑なところがあるから、相変わらず誤字脱字をすることも多いが、自分の思いを完全に表現するには、説明もできない一字一字の手応えと、文言の感覚の微妙な肌触りを計算することは大切だった。

名前を出して、他人のことを軽々に書いてはいけない、とそれ以来私は思うようになった。もちろん、その人に事前に（印刷前に）原稿を見せ、私の思い違いがあれば正してもらえる充分な時間があればいい。しかし多くの場合、他人が書いた私の像は、自分の感覚と恐ろしく違っていた。私は程度こそ違え、サリンジャーと同じ恐怖を長いこと持ち続けて来たと言える。

長い作家生活の間に、私は何人もの人と対談や鼎談をして来たが、その多くは無事に大きな心理的悔恨を残さずに済んで来た。出版社や新聞社が、私たちがゲラ刷りと呼ぶものを印刷前に必ず見せて、手を入れる時間をくれるからである。語尾が大切だ、というのも私の実感だった。あまり澄ました他人行儀の丁重な喋り方も、音声の段階なら消えてなくなるものだから許されるとしても、活字に残ると気持ち悪い。私らしくない。しかし私は初対面の人に向かって、あまり馴れ馴れしい口をきく趣味もなかった。ごく普通の、味も素っ気もない喋り方のほうが、読者が読んでいて疲れないだろう、などと気を回したつもりなのである。その代わり、ところどころに私の心理のほころびみたいな語調の乱れも、わざと残しておかねばならない。

文体は、そのままその人の性格を表すものであった。だから機械的な誤作動ではなく、一字でも余計な文字が意図的に入れられたり、一言だけ勝手に除去されたりすると、私にはすぐわかった。指先にトゲが刺さったような気分になるのである。いい悪いの問題ではなく、それは自分が書いたのではない文章になっているからであった。

世間の多くの人たちが、突然、新聞や雑誌の記者のインタビューを受け、そこで語ったことが全く違うニュアンスで記事になってしまったということに、ショックを受け、その傷が長く治らないというケースによく出会う。

インタビューの記事は、細かく分ければ、二つの部分になる。つまり記者がインタビューした相手について書く部分と、インタビューされる側が「……」(鉤かっこ)の中で語っている言葉の部分とである。記者が相手についての印象・批判などを書くのは全く自由である。これはどんな内容であろうと、相手の印象に任せるべきなのだ。しかし「……」の中の部分は、多分インタビューを受ける側に明らかな版権がある、と私は思う。だから私は「どうぞ『……』の中だけ原稿の段階で私に見せてください」と言うことにしたのである。自分の言葉さえ、私の神経に障らないように表現されていれば、後は何と書かれていても、それは致し方ないことだ。

この条件は九十九パーセントまで受け入れられた。その代わりたとえ短い時間にせよ、相手に余計な手数を掛けさせるのだから、先方の締め切りに遅れないよう、私は約束した時間に合わせてファックスの前で待っており、ほとんど一分か二分で、字数も変わらないように校正して返送することにしていた。今までに、私の発言の部分さえ事前に見せることはできない、とはっきり拒否したのは日本経済新聞社だけだから、同紙と私との間には繋がりがなくなった。しかし私は経済の専門家ではないので、日経も私も別に困らなくて済んだ。

私は今までの五十年以上の仕事上の人生で、たった二人だけ、対談の相手に困惑したことがある。私は自分の喋り方が正確でもなく、整理もよくないことをかねがねよく感じていたから、喋ったことが記事になると、ポイントがずれたり、ニュアンスがぼけたりしているのを感じることはよくあった。それは私の落ち度なのである。しかし対談の中で私が決して言わないと思うことを私が言った、と書かれていると、私は途方にくれた。たとえば私が「政治家になりたい」とか「俳優になればよかった」というような内容の発言をすることは、全く私にはあり得ないことなのである。私は冗談にもそんなことを言ったことがない。

前にも書いているように、私はずっと人前に出ることに恐怖し続けて生きて来たから、人との直接的な繋がりを前提とした職業は、避ける他はないのである。しかしその二人の対談の相手だけは……共に私より年長の男性であったが……「君はそう言ったよ！」という形で、私の内容を変えていただけませんか、という懇願を拒否した。私は当時まだ少し若かったから、その言葉の前に黙るほかはなかった。しかし全く私の神経と違う私が、どこかで保証されて存在すると思ったら、（その当時サリンジャーの存在など全く知らなかったが）この有名な作家と同じような気分になったかもしれない。

人が結婚したり、離婚したり、訴えられたり、政界に出たり、病気になったり、死んだりすると、マスコミはまずその周囲の「自称親しい人」を探し出して、コメントを求める。もちろん「その人」の美点を聞き出すのが主な目的だ。しかし時には、気前がよかったとか、けちだったとか、賞をほしがっていたとか、誰それと同じバーの女を争っていたとか、借金に苦しんでいたとか、実はホモだったとか、まずあらゆる真相めかしたものを引き出そうとする。そしてまた、その期待に沿うように、あらゆる人と親しいと称する人も世間にはいる。ほとんどすべての人の知人で、その人が結婚しても離婚しても、死んでも怪我をしても病気をしても、必ず何かその人についてコメントできる人である。或いはいろいろな人の最期に頼られていたのは自分だけで、その時、ああだったこうだったと発表する人もいる。たとえそうでも、そんなことは口にすべきものではない、と私は思う。

最近私は何度か厳粛な体験をした。もう恐らく再起は叶わないだろう、という人と病床で会うことを許され、私のことだから、例によってくだらない日常的な話などして帰って来たのである。

癌などで体はもうかなり衰えていても、意識はしっかりしている人もあり、私が口にした数字なども、正確に覚えていて私は驚いたこともあった。既に痛み止めの麻薬を打っていると聞いていたので、もう少し意識が朦朧としていると覚悟していたのである。ところが記憶は私以上に明晰だったというわけだ。しかしその人の話す言葉は私には半分しか聞き取れなかった。終末期の介護でもう少し心してほしいのだが、病人から義歯を取り上げるようなことはしないでほしいと願う。口腔内を清潔にしておかねば、免疫力の失われている病人は嚥下性肺炎になりやすいからなのだろうが、歯があってこそ、いつもの顔で、普通の発音ができる。病人の最後の尊厳も保てる。義歯を取ってしまうと、顔つきも違えば、発音も不明瞭になって、私の聴力が若い時ほど鋭敏ではないからかもしれないが、半分もわからない時もある。病人が数字を正確に覚えるという記憶の明確さを残していることがわかったのは、その人が水を飲みたいと言った時、私が看護師さんと頭を抱えたから、すぐ私の耳元で呟かれた言葉も聞き取れたのである。

しかし普通には、人の言葉を正確に聞き取ったり、覚えたりするのは至難の業だ。大抵は、微妙な部分が違っている。「君はそう言ったよ！」と言い張って止まない人とは、その後自然に遠ざかったから、何の問題も起きていない。遠ざかるということは、何と穏やかな解決方法なのだろうと思うことがある。

これは全く別のタイプの人なのだが、昔、私たちと歩いていて、突然繁華街のキオスクに立ち止まってなかなか売り場を離れない人がいた。つまり頭だけが隠れて、彼のお尻だけが見えていたから、ほんとうにマンガ的でおかしかったのである。まだ私は若くて世間知らずだったから、彼はそのキオスクでタバコを買うのだろうと思っていたのだ。しかしそれにしては、頭隠して尻隠さずの時間が長すぎる。私が不審に思っていると、年上の同行者が、

「あのカウンターの奥の美人にモーションかけているの」
と教えてくれた。私は、電信柱毎にオシッコを掛けて歩く犬みたいに小まめに、町を歩きながら美人を口説く人がいるのだということを知って、また利口になった思いがしたものである。その人は有名な艶福家で、始終小まめに女性を口説くので有名な人だった。異性を口説くには必ず小まめでなければならないという鉄則を実行している作家やマンガ家は、私の周辺にいくらでもいて、私は少しも嫌な感じはしなかった。それは作品に打ち込む姿勢とよく似ていたからである。

もしそのような人間関係に巻きこまれたくなかったら、要は常にその人物と五メートル以上離れていれば穏やかに何の影響も受けないのだ、という「要領」もその時知った。

私には心を許せる友人も多くいるが、それは口の堅い人たちである。他人のことはわからない、という分をわきまえている人たちである。或る人のことは当人しか知らない、という聖域を心得ている人だ。他人を知るには、その人が自分で書いている文章を漁るのが一番正確なのである。しかし少なくとも、人物評伝というものは危険な要素が多すぎる。よく小説の中に、これは創作ではなく、その人の実際の言葉にもとづくと言われている部分があるそうだが、当人が自分はそう言ったと書いている場合以外は、誰か他人が書いた資料であるから正確ではない。当人が書いたという文章の中にさえ、「おはしょり」が「おけしょう」になるような間違いが発生する。

サリンジャーの死は改めて、他人に対しては沈黙すべきだという姿勢を、私に思い出させたのである。

（二〇一〇・二・五）

ピアフは歌うだけだった

前の章で書いた部分を読み返しながらこの章を書き始める作業をしていたら、私としては書き留めておいたほうがいいと思う厳しい言葉を思い出した。

私は東北に住み続けた三好京三氏と、最後まで家族ぐるみ親しかった。子供のいない三好氏が養女にした少女が、故きだみのる氏の忘れ形見だということなどもあったが、その娘さんを巡る世間の心ない風評（もちろん三好氏の人格を証拠もなく非難するものだった）に対して、私にさえただの一言も言い訳がましいことを口にしなかった氏の男らしい姿勢が殊に好きだった。その三好氏は終生、表向きは生活無能力者、酒好きの中年、その破滅法うまいカラオケの歌手、わからないという点ではフランス語そっくりに聞こえる前沢弁の生きた保存会員、みたいな人格を楽しんで装っていた節がある。しかし氏は亡くなるほんの二、三年前に、「作家は年を取って創作の力が衰えて来ると、歴史小説を書き出す」と言ったのである。「時代小説」とは言わなかった。史実によりかかった歴史小説を書くことの安易さに触れたのである。この鋭い眼力が三好氏の真骨頂であったが、私たちの普段の会話は、およそだらけたくだらないものであった。

もう一つ、キオスクに立ち止まって、窓口に首を突っ込んで女性をくどく人のことを書いたが、それにほんの少し関連のある逸話もある。後年私は、ヨーロッパに住む女性の友達から、私たち女にとってホモの男性ほど、付き合って気楽な人種はいない、という話を聞いたことがある。それもおもしろい見方だったので忘れがたい。その女性は、北ヨーロッパの寒さが嫌いで、よくニースで過ごすのだというが、ニースはホモたちのセンターであるらしい。

彼らは女性に興味がないから加害者にもならない。生身の女は要らないが、女性がまとうファッションには深い理解がある。そのほか、自然、建築、室内装飾、美術品、花、音楽、料理、そして節度と教養ある会話など、すべてを楽しむ姿勢が備わっている。ニースはその点で、彼らが望むすべての面を供給する土地のようであった。ここまでが、書き残したことの追加である。

いい悪いの問題ではなく、世間には、書物による知識とそれから引き起こされる観念を最高の知性として、それに頼って小説を書く作家もいるらしい。もちろんそれも一つの小説の書き方である。しかしそういう場合その作家は、「体験による小説作法」を、多くの場合、下に見ている節がある。しかし私はそういう上下の感覚はおかしいと感じていた。文学に区別があるとすれば、それは漠然とした言い方だが「いい小説と悪い小説」とがあるだけである。「悪い小説」というのは簡単で「手抜きをした小説」ということだ。手抜きの方法はいくらでもある。一番多いのは多作の作家が疲れて書いて、よくよく読み返さず編集者の手に渡すというケースが多いのかもしれない。私は決して多作の作家ではなかったが、言い訳をすれば、四十代には始終喉を悪くしていた。一年のうち四分の一は近所の耳鼻科の医院に通って喉に薬を塗ってもらう。それをしないとだるくてたまらない。だるい日に当たると、読みなおしてもよく文章の出来不出来がわからないのでそのまま渡す。つまり「悪い小説」を渡していたわけである。その頃、私に明晰な思考が仮にあるとしたら、それは私の大脳にではなくルゴールという喉の塗り薬になのだろう、と思うことさえあった。

自分で書かない小説というものもあり得るようだ。世間には小説家でない人が文章を書く場合、他人の手を借りることもあって、それは一つの方法である。事実多くのケースで、アイディア豊かな他の分野の才人が口で喋ることを、文章の立つ手練の編集者や雑誌記者などが、うまくまとめるケースがあるようだ。これは最近若者たちがよく口にするコラボレーションという形の作業の結果で、こういうジャンルがあってもいいだろう。しかし少なくとも小説家とか随筆家などと言われる人間は、たとえ一行でも人に書いてもらったものを自分の作品というわけにはいかない。

好き嫌いの問題だが、私は観念で書く小説を書かなかった。音楽でも文学でも、平和を訴えるために歌ったり書いたりする作品はまがい物だろうと感じたし、そういう歌手なども好きではないから全く聴かなかった。作品でも歌でも、それがほんものなら、自然に愛でも平和でも想う気持ちになる。芸術に力がない場合にのみ、講釈や説明が要る。エディット・ピアフ（一九一五〜一九六三）は「私がこれから歌うのは、人生の悲しみのためです」などとは言わないものだ。それに私は自分の毎日の生活と、時々犬のように「世間」をほっつき歩くだけで、悲しいことにも胸を衝かれる感動にもよくめぐり合った。私は学者ではなく作家だったから、それに解説を付け加える必要もなく、ただそのことを書き留めることに夢中になればよかったのだ。

鳩山総理がどこかのイベントへ行き「この（政治家の）世界から足を洗ったら農業をしたい」と言ったことが取り上げられていた。多分総理は私たちがよくする程度の言葉の上の言い違いから口にしたのだろうが、新聞記者は、今の仕事が、堅気でないか、悪事だと思っているのか、と軽い揚げ足を取っている。

考えてみれば、私は「小説家から足を洗ったら」と考えたことも言ったこともないような気がする。私は全身が小説家だった。私の発想も生き方も、どうしようもなく小説家なのである。小説を除いた私を想像することはいつしかできなくなっている。もっとも、私はいつ小説を書くのを止める事態になるかもしれない、と書いたり想ったりしたことは始終あった。日本の新聞と言論界が中国におべっかを使って、一切の中国批判を許さず、その手の原稿を載せてくれなかった時代、私は小説を書くのを止めて、本気で畑を作って生きることを考えたものだ。或いは私の眼が、中心性網膜炎の結果、白内障を起こして視力が一時的になくなりかけた時、もし手術の予後が悪ければ私は鍼灸師になるつもりだった。社会の状況が表現の自由を許さなかったり、私の肉体的力が書くことを不可能にしたら、弱い一人の個人としては、その運命に流される他はない。もっとも一字も書かなくても、私は多分小説家風の生き方をし続けたことだろう。投獄されたり、命の危険をおかす羽目にならない程度にではあろうが……。

「もしあなたが女性でなかったら」とか「信仰がなかったら」という問いかけをする人がいるが、そういう質問は多分無意味なのである。そうしたもろもろの、先天的な、どうしようもない状況を付加された状態が、誰にとっても「私」というものなので、それを受け入れるのが作家のごく普通の姿勢だと私は思っている。犬が犬として生涯を生きる他はないのと、全く同じことだ。

誰にも「駆け出し」時代があるのだが、どうやら作家として認められるまで続けるには、それこそ宇野浩二氏の言う「運、鈍、根」が備わっていることが必要だろう。作家の多くは（私をも含めて）不器用な性格が多いから、他に食える手段がないから、作家の道にしがみつくのである。作家の道も不純でいいのである。むしろ純粋な気持ちで文学に殉じるなどという人がいたら、私は気持ち悪いような気もする。なぜなら、人生が不純そのもので、作家は人生を切り取る仕事をするのだから、不純と心中してかまわない。

しかしそうは言っても、よくわからない「世間」にいささか認められる必要はある。私の最初の出版『遠来の客たち』は初版が三千部であった。当時は、切手に似た印紙というものに、一枚ずつハンコを押して渡し、出版社はそれを切り取って奥付に張り付けるシステムであった。多くは作家の妻がその印紙のハンコ押しの仕事をやったのではないかと思う。私は手が痛くなるのに堪えて自分でやったが、もちろん嬉しさが大いに手伝っていた。正確に言えば嬉しさ半分、心配半分であった。私のような者が書いた本を、三千人もの人が買ってくれるとは信じがたいことであった。その思いが執拗に残っていて、それ以後も私は自分の出版部数に関して、出版社が通告して来る部数を常に多すぎると感じ続けて来たのである。私は自分の本を書店で買ったことがほとんどない。旅先で会った人にあげる方がいいように思い、止むなく自分で本屋に入ったことが、五、六度はあると思うが、その場合でも理由もなく恥ずかしくてうつむいていた。同行の人に買って来てもらったことさえある。自分の本の売れ行きがいいように、自分で本を買って歩く人がいる、という話は聞いたことがあるが、私の性格からはとてもそんなことはできなかった。

最近では出版社から、出版の都度、何十部か買うことが多いが、それは私の本でも、もらうと嬉しいと言ってくれる知人が一、二年の間に二、三十人はいるからであった。私に外科的な手術をしてくださったドクターたちには、私は勝手に送りつけた。本が来れば私がまだ死なずに元気で働いていることがわかるからいいのではないか、と判断をしたからである。

文学賞についても、やはり触れなければならない。私はデビューして二十数年の間、どうにか作家として継続して書き続けられたのだが、その間文学賞の候補になったことは一度もなかった。三浦朱門は、「知寿子（私の本名）は女だから、いつか女流文学賞だけはもらえるよ」と太鼓判を押し、しかし、持ち前の皮肉で、「賞は不幸になればすぐにももらえる」とも付け加えた。それは自分がいい夫で、離婚しない限り女流文学賞はとうていもらえない、という皮肉のようでもあった。もっとも梅崎春生氏は或る日、「僕も賞をほしいから、女流文学者会に入ろうかな」と呟いたが、それは全く真顔であった。私たちの世界は、箸にも棒にも掛からないようなすばらしい個性的な言い方をする人たちで溢れていたのである。

ところが私は一応女のはずなのに、他の賞はもちろん、女流文学賞の候補にもならなかった。その間に、私は『無名碑』『地を潤すもの』などの作品を書いていたことになる。私は確実に賞をもらえるなどと思ったことはないのだが、『無名碑』は候補にだけならなってもいいように思った。候補になれば、一つの作品が主に専門家にどのように受け取られたかを見られて、それだけでも充分に楽しいだろう、と思われた。『無名碑』は、私が初めて旧約の『ヨブ記』をテーマにして書いた一千枚を越す書き下ろしの土木小説だったが、発表するや否や或る評論家に「通俗小説だ」と酷評されたから無理だったのかもしれない。しかしこの作品は、私が不眠症から抜け出して書いた最初の仕事で、その後のすべての作品の一種の方向づけを果たしてくれたものだった。『無名碑』以後が、私のほんとうの作家的な作品の流れを作った。

そうこうするうちに、私は四十代の後半になり、朝日新聞に『神の汚れた手』を連載した。同時に『湖水誕生』など、資料をたくさん読まねばならない連載を同時に四本も書く羽目になった。『神の汚れた手』は一九七九年十二月三十一日に終わったのだが、その途中から私の視力はかなり落ちていた。一九八〇年になると、前年の過労がたたって、まず中心性網膜炎というストレス性の病気が両眼に一度に出た。これは再発の恐れもあり、その度に視力が落ちるという。その予後を救うために眼球に直に打ったステロイドの注射が若年性後極白内障を引き起こした。これは瞳が真っ黒なのに、視力障害がひどいという始末の悪い病気だった。

初めの頃、私の辛さはすべてのものが三重に見えることだった。一九八〇年夏、聖パウロの取材にでかけてトルコのクシャダスの海岸で夕日を眺めた時、それは私の精神を異常な世界に引きずり込むように明らかに三つに見えた。私は人に気づかれぬように少し泣いた。フィニケの海岸では、私は「ここの海は自殺をするにはきれい過ぎる」と考えていた。私は深く精神的に落ち込んだままローマで三浦朱門と合流し、ヴァチカンにおられた尻枝正行神父にも会った。尻枝神父は決してものごとをごまかさない方で、「曽野さんは、視力を失った時神を見るだろうな」と言ってくださった。ところが私はあっさりと「神父さま、神なんか見なくても結構ですから、私に眼をとっておいてくださるように神さまに言ってください」と答えたのである。そのローマ滞在中に、私は中央公論社から『神の汚れた手』によって女流文学賞を受けた、という報告を受けた。

そうか、私の眼はもうだめだ、と世間には思われているのか、と私は思った。事実はどうであろうと、そういう噂はすぐに広まる。それに、それは人の心の優しさからではあろうが、肉体的に病気や死にそうだという人には賞が与えられることが多いのを、私は今まで何回か見て来たのである。人は他人の不幸を契機に優しくなるのである。

私はその日まで賞の候補になっていることすら知らなかった。憐れみを受けるのは、今は辛い、と私は朱門に言った。今までに何回か賞の候補になっていて、今回は入りましたというのなら、私は素直に受賞したような気がする。しかし今までどの賞にも、ただの一度も候補にさえならなかったのに、急に初めて文学賞が与えられたことは、私には不自然なことに思えたのである。私は「賞とは無縁でいたい」という理由で、受賞を辞退することにした。その時、審査員の一人だった佐伯彰一氏がわざわざ東京から説得の電話をかけて来てくださった優しさは今でも忘れられない。私は申しわけなかった。しかしその時私は、自分を何とか「まだ動ける普通の人間」に保つことでいっぱいだった。佐伯氏は私の無礼をその後も少しも気にされなかった。

（二〇一〇・三・八）

夏の小袖

女流文学賞を与えられることになった前後のことを書こうとしていたら、古い切り抜きを見つけ出してしまった。私は受賞を辞退する言葉として、「私の身勝手な感覚によれば、賞をご辞退したのではない。精神的なものとしての賞は、感謝と共にお受けしたのである。ただ制度としての受賞をお許し願ったにすぎない」と書いている。

今読み直してみても、「感謝と共に」という言葉は、決して私の修辞ではなかった。私は子供の時から苦労人だったから、人間がただこうして生きていられることだけでも、深い深い幸運の結果だと思っている。感謝なしには受け取れない。たとえその途中に感情では恨む瞬間があっても、理性はそれを打ち負かすほどの感謝で満ちている。人に対してもそうだったが、何より神に対して感謝が深い。だから私は賞を受けたりすれば、その運命をまちがいなく神に感謝していたのである。

しかしそんなおきれいごとだけではなく、現世の私は、幸運もお金も好きな俗物であった。「もらうものなら夏でも小袖」ということわざはほんとうによく言ったものだと思う。後年、深沢七郎氏が「もらうものなら夏でもお小袖」とおの字をつけて表現しておられたのにはほとほと感心した。表現力というものは一字ですさまじい力を発揮するものである。

そうだ、私の心理もほんとうはお小袖でも何でも、他人がくれるものなら頂いておこうとするすばらしい健全さに満ちていたはずなのに、なぜ受賞を断ったか。その当時、私は弱り果てていた、と言うより他はない。見えない眼とどうして付き合って行ったらいいのだろう。眼とくらべたら、賞など全くどうでもいい。私はお金も大好きなはずだったが、その時の女流文学賞の賞金の額は今でも知らないままである。ましてや受賞式やそれに続くパーティーで、見えない眼と四六時中襲われている頭痛をごまかしながら失礼にならないように大勢の人に会うことなど、とうてい耐えられるような心境ではなかったのだ。

私のパーティー恐怖症は、しかしこの時ばかりではなかった。パーティーや大勢の人がいる場所には出られないというのが、私の終生の恐怖症の形で、それは今もなお部分的に引きずっているし、生涯治らないのではないかと思う。

私は見知らぬ人、ほんの少ししか知らないような人が怖いので、よくよく知った人とはけっこう仲良く付き合えた。今でも私には親しい友達がかなりいて、その半分くらいは六十歳を過ぎてから出会った人たちだが、私はその人たちを気楽にお惣菜のご飯に誘うことなどむしろ好きなのである。ことに外国暮らしの友人たちは、或る年になるともう日本に住む親たちも亡くなっている。彼女たちがひさしぶりに日本に帰って来ても、気楽に大根の煮つけ、ひじきと油揚の煮物、おから炒り、丼いっぱいの漬け物などといった昔ながらの野暮なおかずを食べさせてくれる実家もなくなっている。私はいつのまにかその役目を引き受けることになっていて、しかもそれを光栄に思っていた。理由は簡単で、私は嫁入り前にフランス料理の修業などしたこともないので、ハイカラな料理は一切作れなかったからである。

女流文学賞の辞退の時、賞とは無縁の関係でいたい、と言った理由の中には、賞をもらわなければ、パーティーに出なくて済むというのがあったのだが、そんなおかしな話は世間になかなか信じてもらえない。しかしその一種のヒネクレモノのような姿勢は、その後も長く、私の中に居すわった。

本が売れるかどうか。批評家に認められるかどうか。賞の選考委員になることで「大家《たいか》」と認められるかどうか。『源氏物語』の曽野訳を出してさらに「大大家《だいたいか》」になるかどうか。それらのすべての付帯的な条件はもちろんできれば叶えられる方がいいのだろう。しかし、批評家の批評をあまり受けなくても、何とか書いていける。本質的に無言を決め込んでいる編集者と読者という批評家も隠然と存在するからだろう。誰が一番権威があるというものでもないだろう。花の中で何が「一番いい花か」という決め方がおかしいのは、スミレもボタンもどちらも精巧な花だからなのである。『源氏物語』の研究をするひまもなく、私は『聖書』の勉強に引きずり込まれ、その後アラブ的な世界にのめり込んだ。『源氏物語』の曽野訳はついに出なかったのだが、他の人たちがたくさん訳してくれているから考えてみればそれで充分である。

私にとって大切なのは、そこそこ自分の本を出版してもらえることだけだった。その部数があまり多くなくても、その社に経済的な迷惑をどうやらぎりぎりの線でかけないで済む、か、かけるにしても迷惑の度合いが軽くて済む、くらいならありがたいことだと思っていた。もっとひどい判断としては、その時その社で誰か別の作家がめちゃくちゃに売れる本を出している時には、私の売れない本も安心して出してもらうことにしよう、とさえ考えていた。

マラソン・ランナーが、初めは風を防ぐ意味で二番手につく、という話をよく聞くが、私は二番どころか三番手四番手、或いはそれより遅いランナーでも充分だった。作家は皆自分だけにしか書けない境地を持っている。だから順番はかまわないのである。

女流文学賞の知らせを受けた時、私は聖パウロの調査の帰りだったせいもあって「辞退した真意」という短文の中でパウロの書簡に触れ、「もし誇る必要があるとすれば、わたしは自分の弱さからくることを誇ります」「そして溢れるばかり感謝しなさい」というそれぞれ「コリント人への手紙」と「コロサイ人への手紙」の一部を引いた。これらの言葉は、その時だけでなく、終生私の立場を支えてくれるものであった。私は自分が自信を持つことを恐れていた。つまり醜悪だと感じたのである。実際、私が今得ているものは僥倖から出た以外の結果ではない。私が平穏な日本に生まれたことも、指や頭がどうやら動くことも、運命の贈り物である。それらは一瞬のうちに私から取り去られても仕方がないものなのである。だから私はこの「弱さからくることを誇ります」という言葉が好きだった。弱さを自覚した時こそ、私がよくわかる。しかし匿名の批評家の一人は、私がこの言葉の出所を明記したにもかかわらず、『新約聖書』の解説書を送るわけにもいかないから、私はこの人に、「何を言っているのかさっぱりわからない」と評した。匿名では、私はこの人に、『新約聖書』の解説書を送るわけにもいかない。私は匿名で書く行為を好きではなかったから、そういう機会を与えられたことがないわけでもないのだが、私自身は一度も匿名の文章は書かなかった。

賞とは無関係でいたい、と言った気持ちに嘘はないのだが、私は今までに二人にだけ、私の『哀歌』という作品を何かの賞に推薦してください、とほぼ同時に頼んだことがある。もっともその事実を私は一日かそこらですぐに取り消した。二人とも長年のいい友人だったので、笑い声が電話口の向こうから聞こえるようであった。

「あんまり本が売れないと申しわけないという思いでそうお願いしたんですけど、もう忘れて……やっぱり私らしくないから」と私は謝った。しかしその丸一日以外、私は名誉を獲ようとして内部から運動したことは一度もない。世の中に文学賞と名のつくものは幾つあるのかしらないが、大変な数なのだという。しかし私はそのうちの何一つとして受けていないのである。それでもどうやら作家としての生き方は続けられる、という証明になっている。

ただ文壇とは別に、私は六十二歳の時、日本藝術院会員に推挙され恩賜賞を受けた。文学賞ではないが、長年作家として生き続けてきたことを評価してもらったのである。その時も私は書いていたし、その後も書き続けている。だから会員になったことに、あまり後ろめたい思いをしないでいる。この会員には年金がつく。私はお金好きだから嬉しかったし、「あなたは国の税金からお金もらうの？」と友達に言われても、返す言葉もあった。それまで四十年近く、途方もない税金を納めて来た。正確な金額はわからないのだが、国税も毎年一千万円を越えている。都民税だけでも五百万円以上納めていた年をよく覚えている。その一部を少しずつ返してもらっているという感覚であった。

昔、有名な作家に「先生、叙勲の知らせがありました！」と親しい編集者が言うと、最初に返って来た言葉は、「賞金はいくらかね」であった。「先生、勲章というものには金はついてないんです」と言うと急につまらなそうな顔になったという逸話がある。名誉や勲章はせんべいと違って齧ることもできない。しかし金さえあれば、飲み屋の借金も返せるし、好きな女に着物も買ってやれる。その方がどれだけいいか、ということだろう。これが作家の伝統的な人生観なのではないか、と私は思っている。

人に会うのを恐れ、ヒネクレモノの暮らしを選んだはずなのに、後年、六十四歳の時に、私はいきなり日本財団に就職することになった。この経緯はやはり書いておいた方がいいだろう。どうして私に白羽の矢が立ったのか私には全くわからない。私にこの仕事をさせてみようと思い付いた人は、当然のことながら私ではないし、それを決定する委員会のようなものに私は出ていないのである。どうして会長になったのですか、という質問ほど私を困惑させたものはない。はっきりしているのは、私が自分を選びはしなかったということだけだ。

ただ、どうして引き受けたのですか、という質問には私は答える義務があるだろう。それは当時の日本財団が、事実調査をしないマスコミによって作られた悪評に塗れていて、会長を引き受ける人がどの分野にもいなかったからであった。それに会長職は当時完全な無給だった。男性の六十代はまだお金が要る。完全なただ働きをしてもいいという境遇の人はなかなかいない。しかし私は必要な程度のお金は原稿を書いて稼いでいるのだから、月給をもらわなくてもよかったのである。

月給という形ではなくとも、会長の交際費を月百万円くらいは使えるんでしょう、と言った人もいたが、実際はゼロであった。財団が必要と思われる人を招待する時には財団がそのことを決め、財団が払うし、私は「人のお金で」呼びたい人など一人も思い付かなかった。車を出してもらうのは出社する日だけ。私用で外国にでかける時には、自分の車で成田に行った。

初め私にとって最大の問題は、財団で多くの人に会わねばならないことであった。しかし幸いにも百人に満たない職員はのびのびした性格の青年たちばかりで、すぐに親しい気持ちになれた。彼らは私が恐れた「よく知らない不特定多数」ではなく、私に人生の新らしい一面を教えてくれる要員になった。問題は外から来るお客だったが、パーティーと違ってどこの誰か事前に推測できる人たちばかりだった。

その頃の自分のふがいない心理を、私は一つの策略でやりこなすことにした。私の後頭部の髪の中に、秘密のスイッチがついていると思うことにしたのである。私は毎朝うちを出る時に、そのスイッチをオンにする。するといつもの私とは違う、或る機能で動く人間に変わるのである。その状態が普通なら約八時間から十時間、時には十三時間ほどの勤務時間の間続く。現実の偏屈な私とは全く違う機能で動く人間になるのである。任務だと覚悟してしまえば、義務としてできる。それに先にも言ったように、全く知らない人と社交的な会話をするのではない。客はすべて、漠然とであろうと明確にであろうと、或る目的をもって財団に来るのだから、そのことについて話せばいいのである。会話が目的性を持っているというだけでも、私にとっては耐え易いことだった。それに少々疲れることでも、限定した時間なら人間は耐えられる。夕方仕事を終えて車に乗ると、私は隠しスイッチをオフにした。これでもとの自分に還れる。

しかし引き受けた最大の理由は、私の中に運命に流されることを受諾しなければならないとする姿勢があったからだった。私の中には二つの一見矛盾する心理があった。私は自分の考えや書こうとするものに手出しされることを嫌がった。自分の作品にそれほど自信があったからではないのだが、私は自分らしくあることを要求される仕事に就いたのだ。自分を失うような妥協をしてはならない。幸い権力に追従する趣味もないし、世間と対立して打ち負かされたら、すごすごと尻尾を巻いて、負け犬のように隠れていればいい。

しかしごく普通の人間として、誰の身にもふりかかる運命のようなものは甘受するという気持ちが私には強かった。誰もなり手がない仕事なら、した方がいいのだろう、と私は単純に考え、夫もそういう点ではよく似ていた。義侠心などという威勢のいいものではない。強いて言えば、人が望まない仕事に就くのは「空いてていい」し、解放感もあるのである。渋谷駅前の雑踏を歩くのはいやだが、田舎の駅前は気分がいい、というあの感じである。その結果、財団に迷惑をかけるようだったら、すぐにも「単なる作家」の暮らしに戻ればいい。もともと失う名誉も地位も持たないのが作家だ。私にとって、人生は失敗であって普通で、その結果としては失敗を書く作家になればいい。最終的には人里離れた田舎でイモを作って生きるという例の覚悟もある。

私が、財団に出る日には、せいぜいで十三時間働けばいいのだ、と思っていたように、人生も有限なのだから、いつかは自然に死ねる。無限に耐えねばならないのは大変だが、死による解放が約束されている現世は、貴重で気楽だ。自分で死ななくても、いつかは必ず死ねる。自殺をしようと思う人に捧げる言葉はこれしかない。

私は日本財団で九年半働いた。その後四年少し経って、私は日本郵政の社外取締役という仕事を命じられた。昔からの知人が一枚の簡単なハガキを寄越した。

「モメゴトがお好きなんですね」

その返事も短かかった。

「モメゴトが好きなんじゃありません。モメゴトがある時にしか思い出されないんです」

今度の職場では、後頭部の秘密のスイッチを入れて働く時間は、長くてもほんの四、五時間であった。

（二〇一〇・四・五）

誇りだらけの春

別に自分が愛らしく心根がいい人間だなどと思ったことはないのだが、私は小説を書く世界に入ってからは、世間で決定的に評判が悪くなるようなことは避けるつもりだった。と言うより、私は小説を書ければいいだけで、後のことはさして気にならなかったのだ。

しかし考えてみると、私は何回か、仕事の上で「衝突」した。おとなげのないことだったと言うべきか、ことの本質が私の考える作家の基本姿勢にぶつかったからか、たぶんどちらでもあったのだろう。その衝突の内容に順次触れることにする。

一九六〇年代から八〇年代近くまで、朝日新聞やＮＨＫのようなマスコミ言論の総元締めが、信じられないほど中国報道に関して偏向した姿勢を取ったことを、私はあちこちで書いている。戦後の日本のマスコミは、表現の自由の守り手どころか、戦後言論弾圧の張本人であった。とにかく日本人が日本で中国批判の記事を書こうとして、たとえそれが責任の所在のはっきりした署名原稿であっても、記事差し止めに遭って一行も印刷されることはなかったのである。今の記者たちも、実はいまだに差別語を使わないということで言論の統制に加担しているのだが、気がつかないふりをしているか、自分の働く社がそんなことをしたことを知らないか、少くとも知らん顔をしている。そして今多くの公害、基地問題、事故などの被害者が、国に謝れと要求し、我が総理も社長たちも、「お詫びいたします」などといとも簡単に謝罪するのだが、朝日新聞もＮＨ

Kもかつての偏向報道を恐らく正式に謝罪したことは一度もないのである。しかし私は、「謝れ」という要求が心底嫌いだ。謝れというまで謝らない人は、心から自分が悪いと思って謝るわけがない。そんな人にむりやりに上辺だけ謝らせてどういういいことがあるのだろう。「償いに慰謝料を出せ」というならわかる。しかしそれなら、初めからそう言った方がずっと爽やかだ。

中国に対する、日本の、殊にマスコミのおべっか外交の極限の時代を、私はどうしても忘れることができない。そこから私の摩擦も始まったのである。

或る評論家が日中の友好を目的とする団体から派遣されて中国に行った。ちょうど春であった。その人が中国滞在中に、春を告げる黄砂の時期が到来したようである。私に言わせればその人は幸運であった。砂漠からやって来る砂嵐を一度猛烈に浴びると、自分がラクダか羊になったような気になる、という体験ができたのである。彼は帰国してから旅のエッセイを求められたので、その日のことについて「家の中もいたるところが埃だらけになった」という内容の文章を書いた。するとその友好的組織から、「『埃だらけになる』というところは書き直してくれ」と要求された。当時の日中友好というものは、そんなおべっか使いの空気に支配されていたのだ。もっとも三浦朱門はその話を聞くと「『誇りだらけになった』と書き直しゃいいのに」と笑っていた。

中国のやり方はなかなか巧妙だった。大宅壮一氏や梶山季之氏たちが加わった「大宅考察組」が自費で中国視察に出るまで、中国は多くの作家たちを自国に招待した。というより、当時自費の入国者は認められなかったのである。詳しい名簿も内容も私は知らないのだが、その招待は一週間や二週間ではなく、数カ月とか半年とかいうかなり長い期間で、宿舎も車もすべて向こうもちという優遇ぶりだったと聞いている。だからその間に中国の招待を受けた多くの日本の作家たちは、中国の実情——すさまじい言論の弾圧も、移動の制限も、共産党の一党独裁の現実も——

を知りつつ沈黙していた。私の読んだ範囲では、杉森久英氏の記事だけは堂々と自由だった。

大宅考察組の面々はこのタブーを破った。自由主義国家である日本の視点を初めて確立した人々だった、と私は記憶している。

私自身は、日中国交正常化後の一九七五年に、初めて学術文化訪中使節団の一員として中国の地を踏んだ。団員は次のような人々であった。吉川幸次郎（団長・中国文学）衛藤瀋吉（事務局長・政治学）茅誠司（物理学）石川淳（文学）越智勇一（獣医学）堀江薫雄（経済学）桜田一郎（化学）永井龍男（文学）弥永昌吉（数学）山本健吉（文学）長尾雅人（仏教学）内村直也（文学）榊原仟（医学）中村光夫（文学）川野重任（農業経済学）林健太郎（歴史学）小西甚一（文学）森口繁一（計数工学）佐伯彰一（文学）藤沢令夫（哲学）中根千枝（文化人類学）、それに私（小説）である。お金の義理に縛られて、書くべきものも書けない状態なら中国に行かない方がいい。しかし日本国の税金を使って行かせてもらうなら、私の恩は国民の税金に負うことになる。それを自覚すればいいであろう、という思いだった。

出発の数日前に、当時中国の旅行を一手に引き受けていた旅行社から一枚のパンフレットが送られて来た。そこには、「中国はまだ発展途上の国なので、服装も地味にして行きましょう」という意味のことが書いてあった。持ち前のくだらない私の反抗精神がそこでちょっと動いた。私はカバンを開け、私の服のうちの半分くらいを華やかな色彩のものに詰め替えた。人民大会堂で鄧小平氏に会うという日程は知らされていたので、私はもともと着物は持って行くつもりだった。この着物は当時中国大使だった小川平四郎氏夫人に「日本人で、人民大会堂で着物を着てくださったのは、あなた一人よ」と喜ばれた。

私はその時初めて、大使や国家代表というものが、お互いにどういう聞かせ用の会話をするものかを学んだ。この学習は、後に日本財団の会長になった時、かなり役に立った。私は責任がありそうな話をする時には、この時の儀式的な呼吸を思い出し、少しくずしてもよさそうな頃合いには「私は実は作家なので、非常識な人間ということになっていますが、あなたのお国でも作家はそうですか?」と前置きしてかなり言いたいことを言った。自ら非常識人間という相手に対しては、誰もが寛大でくつろいでくれた。

鄧小平氏に関しては、私はすっかり好意を持った。鄧氏の右の耳が聞こえないこともその時知った。足元には大きな丸い痰壺が置かれ、氏は公式会見の最中にでもその中に「カーッ、ペッ!」という感じで威勢よく痰を吐き、それがまたすべて命中するのを私は感心して眺めていた。

この文化使節団の日本側の代表は中国文学の吉川幸次郎氏だったし、中根千枝さんも衛藤瀋吉氏も、中国語に堪能だった。自由な質問を許される時になると、文芸評論家の山本健吉氏が「日中友好が盛んに言われていますが、その中で日本人の悪い印象を植えつけるような『白毛女』という芝居が、お国では盛んに上演されているようですが、そのことについては、どうお考えですか?」と言った。通訳が訳すると、鄧氏はもちろん中国語で何かを答えた。通訳は「よく調べてご返事しましょう」と訳した。しかし日本側の中国語がわかる人々によると、鄧氏は「まだあんなくだらない芝居をやっているのか」と答えたというのだ。私の鄧氏に対するミーハー的ファン度は、それによっていっそう高まった。

ついでに言うと、私はこうした通訳の危険性をその時ほど感じたことはない。後年アラブ諸国の難民キャンプを国連機関の招待で廻ることになった時、私は自費で一人の日本国籍のアラブ女性を秘書として同行した。周囲のアラブ人たちが、私が日本語しかわからないのを承知で何を言っているか、知るためであった。私は秘書なしには旅行できないような顔をしていたが、実は私が仕事として必要だからと秘書を連れて旅行したことは一度もない。サマワに駐留していた自衛隊が、二年半の期間を通じて、一度も日本人の通訳を常駐させられなかったというのは、実に危険なことである。国は全力を挙げて、アラブ語に堪能で自国に忠誠心をもつ有能な通訳の人材を一刻も早く確保すべきなのである。

北京では私たちは作家だというので、中国人の作家たちの集まりにも出席することになった。私は気が進まなかったが、公式の日程の中でしつらえられているスケジュールに従うことが任務であった。それが公式訪問の礼儀であろう。その作家たちの集まりで――私の記憶に間違いがなければ――答えのほとんどはすべて一人の、当時最も売れているという作家の浩然という人が代表でしていたと思う。この人が「自分は自分の小説の筋を、労働者、兵士、農民に聞いて決める」と得意気に言った時、私の中の虫が騒いだ。多分穏やかな口調だったとは思うが、私は「そういう小説の作り方を、日本では文学とは言いません。宣伝文書というのです」とその場で言い返した。実は私は中国文学の素養がないので、質問することもあまりなかったが、仕方なく一度だけ「現在中国では、孔子を否定する動きが盛んですが、それは孔子の思想を部分的に批判するのですか。それとも全部を否定するのですか？」と尋ねた。するとこのベストセラー作家は再び胸を張って「われわれは孔子の全作品を否定するのです」と答えた。私は「孔子はずいぶんいいことを書いていると思いますが……」と言ったが、それは力ない呟きで、決してケンカを売るような調子ではなかったはずだが、それにもかかわらず、中国側は私を少し危険な異分子と感じたようで、後に訪中した司馬遼太郎氏に、あれはどういう人間だ、という質問があって、司馬氏はそれを軽くいなしてくださったという逸話を聞いた。

私は毎日中国側の宣伝文言をきくことに疲れ果てていた。「天の半分は女性が支えているのです」という言葉は確実に日に三回以上は聞かされていた。当時は毛沢東夫人の江青女史がまだ実権を持っている時代で、その言葉はたぶん毛主席の後を夫人に継がせようという意図のために演出されたものではないかと思われた。

毛主席のおかげで、中国には不幸な人は一人もいない、という話も始終だった。私が疲れるのは、私が建前でものを言うことに馴れていなかったからである。或る日のホテルでの夕食の時、一番弱輩だった私は図々しくも団長の吉川氏の隣に座った。皆が遠慮してその席を空けているような空気を感じたからだった。一般に学者は学者に厳しく、非学者には甘い、という学界の空気を知っていたからでもあろう。私は氏に「先生、中国に来てから、毎日皆が幸福だという話ばかり聞かされましたけれど、今日初めてそうではない顔を見ました」と言った。

「ほう、誰でした」

氏は穏やかに興味を示してくれた。

「人ではありません。馬でした。道が高くなっているところへ、脇道から重い車を引いて上がって来たのです。その馬はいかにも辛そうに歯をむき出して、泡を吹いていました」

「ほう、馬が辛そうな顔をしていたか」

私は「中国人民すべて幸福」論に疲れ果てていたのだが、それは考えてみれば愚かなことであった。同行の石川淳氏とはもちろん初対面で、中国旅行中も私は大先輩でしかも寡黙を好んでいるような石川氏に近づくような無礼はしなかった。しかし氏の視点がぶれないことはみごとであった。もしかすると石川氏は、中国側が宣伝したいような説明は全く聞いていなかったのかもしれない。或る日、私たちのバスが前門の前を通りかかると、石川氏が突然誰かに言った。

「この辺に、戦前は遊廓がありましたな」

バスの中にはスパイ役も兼ねた中国人の通訳もいる。誰かがその場の空気を救うように言った。

「先生、今の中国には、もう遊廓なんてないんですよ」

「しかし場末《ばずえ》に行ったらあるでしょう」

石川氏は少しも動じていなかった。事実は石川氏の言った通りであろう。「ばすえ」ではなく「ばずえ」という発音が私の記憶に残っていた。貧困と厳しい思想統制の結果の恐怖政治の最中で、少しでも共産党の意向に反するような行動を取れば、日本にはないような恫喝や拷問も伴なうような処罰も待っていた時代だ。その恐怖から自分や身内を逃すためにも身を売った女性たちがいないはずはない。それが人間というものの姿だ。石川氏はその人間性を一瞬も疑わなかっただけのことなのである。

しかし当時の日本の多くの人たちが中国旅行記を書くと、学校の先生から善意のおばさんたちまで、七、八十パーセントの人たちが、まるで暗示にかかったように、「中国の子供の眼は輝いていた」と書いたのだ。中国滞在中、私は同行の学者の一人から、日本人の記者たちに気をつけなさい、と言われたこともあった。日本の記者たちは、実は競争でスパイのように私たちの言動を告げ口している、というのである。そうして中国側の気に入られることで北京から追い出されないし、ネタも取れるからだというのである。

私は身に危険を感じたことはないが、ホテルの前で待っているタクシーには一人で乗らないようにしていた。北京在住の日本人が訪ねて来た時には、暗黙のうちにすぐに大きな音声でラジオを鳴らした。当時の北京の外国人用ホテルの部屋にはすべて盗聴器が仕掛けてあるということは常識だった。それを利用して、ホテルの設備の悪さなどを言っておけば、普通ならなかなか直らない故障も素早く修理されているという人もいて、私は盗聴もうまく使えば便利なものだとわかったのである。

北京で私はカトリックの司祭に会いたいと希望を申しいれておいた。しかしあいにく神父は旅行中で北京にはいません、という理由で断られていた。私はめげずに日曜日に、前門の近くのカトリックだという教会に行ってみた。いないはずの神父はちゃんといる。ただしここも愛国教会だから、告解を聞くことは許されていない。許されていたとしても、盗聴器が設置されているかもしれない空間で罪の告白をする人などいないだろう。私たちは神から罰されることは承認しても、共産党から罰されることを望みはしないのである。

信仰を公表する自由はあります、と説明されていたにもかかわらず、教会の中は外国人ばかりだった。ごく少数の人民服を着た人は恐らく党のお目付役だった。その証拠にミサのようなものが終わって外へ出て来る我々外国人を見ようとして、たくさんの人民服の人々がちょっとした人垣を作っていた。当時の人民は、どこでも私たちを執拗に眺めていた。北京で有名な全聚徳《ゼンシュトク》という北京ダックを食べさせる店の前にも、文字通り同じような色の人民服を着た男女が数百人、夕闇の中に溶け込みそうな様子で待っていた。そして自由圏から来た「特権階級」の私たちが、「紅旗」と「上海」という二種類の国産の自動車に乗って帰るのを黙って見ているのであった。

私はその時、教会の前に停めてあった日本人の車の中に紙つぶてとして投げこまれていたローマ教皇宛の直訴状を、日本に持って帰ることになった。誰が持ち出そうとしても危険なものかもしれなかったからだ。人民解放軍用の便箋二枚に書かれたもので、中国政府の信仰の弾圧を訴えたものだったという。私はそれを日本のローマ教皇庁大使に届けた。

（二〇一〇・五・五）

流れと抵抗

私が何度も性懲りもなくささやかな抵抗を試みたのは、今でも大新聞の多くがとっている差別語を使わないという言論の制約だった。

その抵抗の基本になる原理は私の中ではっきりしている。作家は、現実の生活においてあきらかな犯罪的行為がない限り、別に道徳的に生きる必要はないのである。サド侯爵という人は、生涯の三分の一を獄で過ごし、精神病院で死んだという。私は不勉強でまだその生涯を詳しく調べたことはないのだが、人間の心理分析の上で必要だったと言われるサドの『ソドムの百二十日』などという作品を読めば、背徳的であるということがその存在理由の一つなのだったことがよくわかる。

今さら改めて言うこともないのだが、小説は善人だけを書くわけではない。世間で言う心温まる作品など、小さい頃から充分に歪んだ世界を見て育った私には、よくお寺でお茶菓子に出される淡い薄甘いお菓子みたいに歯ごたえがないものだ。

小説は、悪そのものも悪人も書かねばならない時もある。当然悪口雑言も会話の中に出て来る。差別語は載せないなどという規制は、文学を真っ向から否定するものだ。

私はしかし自分が書いたことに対する責任は取るつもりだった。差別語を使えば、それに対して抗議して来る読者には、私自身が答えます。新聞や雑誌の編集部としては抗議する読者に「そちらのお立場はよく曽野綾子に伝えました。しかし相手はどうしても聞き入れません。どうぞ直接電話をして抗議してください」と言って私の家の電話番号を教えてかまわない、と言っていたのである。私が直接応対するつもりだが、それでも相手が納得しなくて裁判になったら、私が自費で最高裁までお相手する。決してお宅の社にご迷惑はおかけしません。それくらいの裁判費用は貯金してありますから、と言ったのである。

署名というものは、責任が誰にあるかを明確にするためにするものだ。偉いから署名するとは限らない。こんな駄文を書いた張本人を確認するためにも署名は必要なのだ。駄文でも責任は責任だ。

今でも覚えているのはＴＢＳの朝のテレビ番組に出た時のことだ。私は打ち合わせの時、「私はド近眼だったものですから、内向的に書くという仕事をしたんです」と言った。その時、相手の顔色が変わったのには気がつかなかった。しばらくすると部長という人が現れて、「ド近眼」は差別語に当たるので使わないでほしい、と言った。愛想が極めてよかったのは、何とかして私に納得させようとしたのだと思うし、そんなに朝早く部長が出て来たのは、偉い人が出れば、私が引くと思ったのかもしれない。そういう判断こそ、ほんとうは私のもっとも嫌いなものだった。

実は私はその時の解決をどうしたのかよく覚えていないのである。「ド近眼」という表現は確かにあまり美しいものではないが、いわば日常的な表現として、「ド根性」などというのと同じようなニュアンスで使われていたのだと思う。しかも私は、その表現を他人を貶める目的で使ったのではない。自分の生来の引け目の理由として使い、しかも私はその引け目を多分うまく使って生きてきたという例としてあげたのだと思う。それでもなお、テレビ局としては部長さまが出ていらっしゃるほどの大事なのであった。

マスコミが差別語狩りの好きな人種の暴力に対して、自粛という形で協力したのは、彼らの抗議の電話で、業務が麻痺することを避けるためであった。

私は見たことはないのだが、新聞社などの記者たちのコンピューターは、自動的に差別語に相当する単語が「出てこない」ようになっているという。ほんとうにいまさら言うことでもないのだが、人間世界には善もあり、悪もある。しばしば善がその脆弱性において悪の接近を暗示し、悪が善や聖性を予感させる場合もある。印象派の絵でも光そのものを描くことはできない。暗さがむしろ光の存在を表すのである。だから悪の要素を締め出したら、文学は成り立たない。戦後、言論の自由を守ったという触れ込みの大新聞やテレビは、実は戦争中に軍部に協力したのと全く同じような精神構造で、中国報道の偏向にも、差別語の禁止にも積極的に参加したのである。しかしそのことについて、マスコミは全く謝りもしないし、その間違いを認めてもいない。ただし私の接した限り、文藝春秋だけは、この暴力と闘っていた。今は休刊している「諸君！」の編集部の田中健五編集長と村田耕二氏は、たとえどんな外部の圧迫があろうとも闘う、とはっきり言って、私の連載を守ってくれた。しかしそれ以外の全マスコミは勇気も抵抗の精神も見せたことはなかった。

そうした卑怯な外圧の特徴は、弱いと見ればそこを集中的に攻める点にあった。私のように悪い意味でガンコな人間には、あまり抗議をしない。私の知人の編集者は、生涯にたくさんの訴訟事件の被告になっていたが、彼は、「受けて立つ」ことを楽しんでいた面もある。

実際に私のところにきちんと名前を名乗って抗議の電話をかけて来たのは、五十五年に及ぶ長い作家生活の中でたった一本だけである。私は相手の論理のいいなりにはならなかったが、抗議の内容はよく聞いた。その上で私はよく理由を説明したのだが、そうした対立はあって当然だったろう。

この差別語に関する流れの経過と結果を簡単に言えば、昨今（二〇一〇年）において、新聞社はまだこの時代遅れの恐怖につきまとわれている。「ビッコの椅子」もいけない。「片手落ち」もダメ。その癖「ブラインド」も「ダンベル」もそのまま使っていいというデタラメは残している。そういう人に限って、現実に盲人や聾唖者のために何か働いているということはない。悪い言葉遣いをしさえしなければ、「弱者に優しい」態度を維持しているのだと思い込んでいる。

私はたくさんの盲人や身障者と二十三回も外国旅行をして友達になった。十日近くいっしょに暮らす間に、すっかり心うちとけた障害者と健常者の間の会話を、私はよく聞くともなく聞いていた。すると「メクラ」も「ビッコ」も何の偏見もなく口にしているのである。それはお互いの間に感謝と尊敬と好きだという感情ができているから、言葉遣いをいちいち気にする必要など全くなくなっているからである。

雑誌社系の出版物は、いち早くこの呪縛から抜け出したところが多い。私はごく最近月刊「日本橋」という雑誌に、私の父方の実家のことを書いて、京橋八丁堀に住む彼らは「東京土人」だと書いたのだが、編集部はその表現になんら異論も唱えず、驚いたことに私の家に掲載誌が届けられる前日に早くも読者から一種のファンレターが来た。こんなことはあまりないのである。

しかしこの差別語の禁止問題が、私の生活のあちこちで「衝突」を生んだ。

一番悲しかったのは純文学雑誌と言われた「新潮」までが、この世間の常識をたてにとって、私の言葉遣いに干渉して来たことだった。私はそれを断り、多分その作品は載らなかったのだろうと思う。ずいぶん前の話だ。私は不愉快なことには自分の好みを通したが、深く根に持つことはしなかった。編集長は、常にその人の好みで編集すればいい。それが編集権の自由というものだ。だから、私はその人が編集長でいる限り、その雑誌と多分縁がないと思えばいいだけのことだった。編集長が代わって、雑誌の編集の意図も違う形になれば、再び作品を載せてもらうことになるかもしれない。事実これは私の予想した通りになった。編集長が代わり、私はまた「新潮」に書くようになった。

それと同じような形で、連載中の作品を中断したことはほかに何度もある。一番最近では、朝日新聞出版が出している季刊文芸誌「小説トリッパー」に、小説イエス伝を書き始めようとした時だった。少し恐れていたことだが、再び第一回目から、この差別語の規制を強いられて私は意欲を失った。そんな制約を受け入れて書いても決して長続きしないだろう。連載は一回目が印刷されないうちから中断された。だからこの作品はまだ一行も日の目を見ていない。

「サンデー毎日」の日記が中断された時のことはもっと印象的である。拒否された一九九八年五月十九日分の日記に、私は次のように書いた。

「私は東京生まれ、東京育ち。その個人的な暮らしの中で、被差別部落に関して話題が出た記憶がない。私は文学少女だったから、藤村の『破戒』くらいは読んで知識としては知ったし、大きくなってからは東京の一部に特殊な職業の人たちが集まって住んでいることも教えられて、これも知識としては定着した。しかしこの知識は使ったことがないというものである。

私たち東京人にせっせと差別を教え込むのは、東京人でない人たちである。私の知る限り、東京の日常的な暮らしでは、交遊、就職、結婚などあらゆる面で、部落問題が意識や話題に上ることがない。学校や、女性同士の通俗的な場の、陰口、噂話にも出ない。しかしなぜか東京には部落問題がない、と言うと機嫌が悪い人がいる。喜んでくれてもいいのではないか。

今まで、私が東京には部落問題は（問題になるほど）ない、と言うと、『ないということはない』と言葉尻を捕らえられる。現にどこそこには、どういう町があって、そこに住んでいる人はどういう職業についていて、それがすなわちその証拠である。曽野綾子は知識がないだけで、部落問題がないわけではない、というわけだ。

どうして差別問題を是正しようとする人は、こうも差別を知らせること、教え込むことに熱心なのだ!? それは東京の住人に対するこの上ない非礼で、私はそれをずっと我慢し続けてきた。彼らこそ、差別の急先鋒、差別を知らない人にも差別の仕組みと感覚を教え込む元凶だろう」

その時の「サンデー毎日」の編集長は、その部分を削れと言うのであった。それは非常に奇妙な命令だった。私が、私の個人の体験の範囲で言っていることをこれは間違いだから取れと言ったのである。その後、私のクラスの友達にも聞いてみたが、小学校から高校卒業まで、部落問題など（仮に苛めの口実としても）思い付かなかったという。この週刊誌の編集長は、個人の体験を許さなかった。それで私は連載を中止した。

さあて、行き場を失った日記はどうしよう、と私は思った。仕方がない。人は離婚されたり、家が焼けたり、就職先を首になることもある。その時は「コマッタナ、コマッタナ」と思っているより仕方がない。しかし日本の宗教は優しくて「捨てる神あれば拾う神あり」というのもほんとうだった。私自身はカトリックで一神教なのに、この場合の私の捨てられた日記をしばらくして救ってくれた編集部があった。一九九九年十月になって、この日記は「Voice」に拾われて今に至っている。感謝のほかはない。

私が連載中断の常習犯だということは、少しは業界の噂になっていたのかもしれない。しかし私は五十歳の頃、視力がなくなって六本の連載を一時休載した時以外、自分の健康上や、スケジュールの都合で仕事を中断したことはなかった。

この差別規制の場合も、私はひっそりと止めた。先方も私も自分の立場を通せたのだ。これは意見が合わないとドンパチが始まって、周囲の人の運命まで危険に巻き込むような闘いになることもあると思えば、大したできごとではない。

私もご都合主義なのである。これでもし、私が食べるに事欠いていたら、相手の言うなりになって連載を続けただろうと思う。こんな小さなことで「魂を売る」（これもずいぶん大げさな表現だ）くらい何のことでもない。しかし私は幸い少し貯金があったし、着道楽でもなく、お酒も飲まなかった。食べ物は人参や大根の尻尾も捨てないほど始末して暮らすのが、一種の道楽なのである。だからと言ってイバるのではない。自由に書けないなら、書かなくてもいい。ただそれだけのことだ。

それというのも、一人の作家が連載をしないくらい誰の迷惑にもならないからである。書き手は世の中にいくらでもいる。アメリカの大統領は世界一の権力者で、世界を大きく動かすキイパーソンだが、そのアメリカ大統領でさえ、死ねばすぐ次の大統領が補充される仕組みになっている。この原稿を書いているのは、鳩山総理が辞職を発表した翌日で、政権の末期の鳩山氏の叩かれ方など見ていれば、次にあんな嫌な仕事に就いてくれる人などないだろうと素人は思うのに、すぐ次の総理候補として意欲を燃やしている人が何人でもいるという。ましてや作家など、どこにでもいくらでもいるのだ。一人やめたって、書きたい人も書ける人も、その何十倍もいる。

そういうことを骨身に染みて感じていたので、私は連載を中断したことを、後になってからごく親しい人との雑談の中でしか言わなかったし、ましてや、そうしたマスコミの仕打ちに怒って「断筆宣言」などしたこともなかった。代役はいくらでもいるていどの映画女優が、「監督が無礼だから、私、おりてやったの！」もないのである。

先日私は、土木学会交流会という集まりに招かれた。直接ではなくとも、私に長い年月、土木の勉強をさせてくれた「先生たち」の例年の総会らしい。

そこでその晩の余興に、のど自慢の会員たちのおじさま合唱団が、美空ひばりの『川の流れのように』を歌った。正直なところ、コーラスの技術はあまりうまいとは言えなかったが、その歌は、今まで全く聞いたことがないような視点からの深い感動を与えた。

彼らは長い年月、川と深く関わって来た。女房の顔を見た日より、川の表情を眺めた日の方が長かった時代もあるはずだ。そのようにして、彼らは川と共生して来た。流れを一時脇にどいてもらってダムの堤体を作り、人造湖を出現させた。その水が渇水の危機を防ぎ、きれいな電力を生んだ。安定した上質の電力があってこそ、戦後の貧しい日本は、ここまで近代国家としての基礎を作れたのだろう。新幹線も学校も道路も通信設備も住宅も、すべてコンクリートを使った土木作業が基礎にある。それなのに今、「コンクリートから人へ」「もうダムは要らない」などと言う無礼な人もいる始末だ。現在私たちが断水も停電もなしに暮らしている贅沢は、すべてこうした人々が、日本の川の恩恵を最大限に生かしたおかげであった。人間は自然を制覇したどころか、自然よりはるかに弱い存在であることを、骨身に染みて知っているのも彼らであった。作家の生活も、流されていた。戦争や、経済や、健康や、家族や、そうしたものの運命に限りなく流されているが、それでいいと私は思っていた。

（二〇一〇・六・二）

桶屋たちの誇り

作家の世界には、相撲のように番付はないかというと、そうでもなかったように思う。売れる作家がその発行部数によって「番付の上に出る」というのなら、単純な私にもよくわかる。しかしそれもやはり実はおかしなものだろう。推理小説と詩集のそれぞれのおもしろさを比べることはほとんど不可能に思えるから、本の発行部数そのものは、指数になりえない。

しかし文学の世界も権威主義がしのび込んでいないわけではない。ごく最近では、村上春樹氏のエルサレム賞受賞に際してのニュースを読んだ時にその思いを深くした。この賞は二〇〇九年には村上春樹氏に与えられたという。その授賞式の際の村上氏のスピーチが、日本でも話題になった。

氏は授賞式の挨拶の中で次のように述べたという。

「日本で、かなりの数の人たちから、エルサレム賞授賞式に出席しないように、と言われました。出席すれば、私の本の不買運動（ボイコット）を起こすと警告する人さえいました。これはもちろん、ガザ地区での激しい戦闘のためでした。国連の報告では、封鎖されたガザ市で一千人以上が命を落とし、彼らの大部分は非武装の市民、つまり子どもやお年寄りであったとのことです」

村上氏が授賞式に出席したのは当然のことだろうと思う。一文学賞の存在は特に大きなできごととは思われないから、好きなようにしていいのである。ただ私はその挨拶の中の一言についでいけなかった。

「『高くて、固い壁があり、それにぶつかって壊れる卵があるとしたら、私は常に卵側に立つ』ということです。

そうなんです。その壁がいくら正しく、卵が正しくないとしても、私は卵サイドに立ちます。他の誰かが、何が正しく、正しくないかを決めることになるでしょう。おそらく時や歴史というものが。しかし、もしどのような理由であれ、壁側に立って作品を書く小説家がいたら、その作品にいかなる価値を見出せるのでしょうか？」

村上氏によると、これは「暗喩」なのだという。

「いくつかの場合、それはあまりに単純で明白です。爆弾、戦車、ロケット弾、白リン弾は高い壁です。これらによって押しつぶされ、焼かれ、銃撃を受ける非武装の市民たちが卵です。これがこの暗喩の一つの解釈です」

もちろんこれも一つの小説の書き方だろう。しかしそれ以外の書き方もあるはずだ。爆弾、戦車、ロケット弾、白リン弾によって吹き飛ばされた「無辜の市民」の性格をもっと深く探ることもその一つだ。もちろん中には、子煩悩の世話好きの父も、ロバの背につけた笊で土運びをしていた貧しい青年もいただろう。同時にその他にも、必ず妻を殴る夫、生来の嘘つき、金もうけのためなら人身売買でも何でもする老人もいたはずだ。擬人化した意味でなら、壁の側にも全く同じ程度の人間性がある。

村上氏が「壁側に立って作品を書く小説家がいたら、その作品にいかなる価値を見出せるのでしょうか」と言うのは、氏の作品がイデオロギーで成り立っていることを示している。かつて一九七五年の中国で、流行作家の浩然という人が、自分はいつも小説の筋を「労働者、兵士、農民に聞いて決める」と得意気に語った言葉を、それから三十五年経った今でも私が記憶しているのと同じような明瞭さがここには感じられる。

痛めつけられる側を書くのは作家にとってむしろたやすいことである。ルワンダの虐殺をモデルにして私が『哀歌』という作品を書いた時も、出てくる多くの登場人物は、自然「やられた」側の人々になった。しかしもしかして、壁の側にもあるかもしれない人間性を探り出して描けたら、それも非凡な視線の作家であるかもしれないのだ。

この場合、壁と卵を初めから対立させて考えるということは、私の意識の中の作家の姿勢ではない。すべての状況は、混沌として予想もつかないような人間性を内包する。

作家は別に道徳的でなければならないということもない。このごく当然の自由の確認が村上氏にはないように感じられるのだが、それに言及した世論がないのは不思議である。多分それは村上氏がベストセラー作家であるという権威にマスコミが屈したからなのだろう。もちろんそれも当然のことと言える。マスコミ、出版社といえども理念のためだけに存在しているのではない。会社は何よりも利潤を上げなければならない。その意味で、村上春樹氏ほど功績のある人はめったにいないのである。

井上ひさし氏についても、私は何度か違和感をもったことがあった。井上氏は日本ペンクラブの会長を勤めたこともあったと思うが、日本ペンクラブは、しばしば「アピール」を出す集団であった。私が日本ペンクラブから脱退したのは、ずっと以前で、正確な退会の日時の記憶もない。いつも言う通り、私一人が入会しようが退会しようが、どうということはないからである。ただそれは国際ペン大会が日本で行われた一九八四年のことではないかと思うのは、大会で採択するテーマに「核状況下における文学」などという言葉が出たからである。その頃の日本を、核状況下にあると見るのももちろん一つの姿勢である。しかし全くそうは思っていない作家も実はたくさんいたはずだ。少くとも個人の内面の問題を「核状況下」などという言葉で括る日本ペンクラブの空気が私には耐えられなくなったのである。

なぜ物書きの集団である日本ペンクラブがアピールなどというものをことある毎に出さなければならないのか。そこに属する人々は、さまざまな分野で最強の表現手段を持っている人たちなのだから、一人一人がそれを表現すればいいことなのである。

一九七五年に北京を訪れた私たち学術文化訪中使節団は、在北京の日本人記者たちから、旅の終わりに共同宣言を出してほしいと言われた。気の小さな？私は困惑で体が固くなった。自分と違う思いが採択されたらどうしようか、と思ったのである。私はその時、使節団の最年少であった。私が一瞬思い戸惑っていると、文化人類学者の中根千枝氏が、「これだけ多くの違う立場の人がいるのに、そんなことはできるわけがないじゃないの」と一蹴してくださったので私は救われたのである。

日本ペンクラブもまさにいい意味で「烏合の衆」であるべきだと、私は思っていた。一つの事項に関して、誰がどのように思い、どのように表現してもそれは少しも構わないのだが、作家の数だけ反応は違うはずで、その原則が共同の「アピール」になるのはたまらない。もしこれがたとえば桶を作る人たちの業界のように、自分の意志を文章で伝える方途を持たないグループなら、アピールも要る時があろう。しかし表現力とその手段を持つ人たちが、さらに集まってものを言うことはない。それは自分たちが人道主義者であるということを強力に示すという意図が含まれている、と勘違いされてもいたしかたないことになる。それが私にはたまらなかったのである。

作家の利益保護団体としてはほかに日本文藝家協会というものがあり、私はそこに属していた。

これはつまり桶屋が桶屋の利益を守るために結成した団体のようなものであった。どんな桶を作ろうと……酒樽だろうと棺桶だろうと……誰も口出しをしない。だからこの組織は、今のところまだ共同宣言もアピールも出さない。一人一人の作家の考えが微妙に違うから、共同の歩調は採りきれないというスタンスを保っている。

多分この私でも、自分が書いた文章の中に誰かに勝手な一言を入れられたらすぐにわかるのである。それはご飯に混じった石のようなものだ、と言うと、今の人たちは笑う。石混じりの米など見たことがないのである。しかし私がアフリカに接し始めた今から四半世紀くらい前には、石混じりの米が売られるのはごく当たり前だった。精米法が素朴だからである。調査旅行中、私たちは経費を安くするために現地で米を買って食べようとしたこともあったのだが、そうすると毎食かなり長い時間を石選りに当てねばならず事実上不可能であった。現地に長年住むシスターでさえ、この石混じりの米で食欲を失い、ご飯にお湯を掛けて混ぜ、石だけが沈んだ頃に上澄みのおかゆだけ食べている人もいた。ご飯の中の石という存在は、食品としても、文章としても、私の中の作家としての「痼性」を悲しいほど刺激した。他人と思想や文脈を共有することなど、とうていできないことだったのである。

こんなことを書く度に思いだす「逸話」がある。「逸話」というものはしばしば事実でないことが多い、という意味を含む言葉だ。

私は戦争中にはまだ子供で、「軍部」や「お上」から教えられることをあまり疑ったこともない平凡な少女だった。私たちは小学唱歌の歌詞の通り、「軍神・広瀬中佐」が、旅順港外で敵の砲弾に当たって戦死したのも、部下の杉野兵曹長の姿を探していて脱出のチャンスを失ったからだった、と解釈していた。しかし後年、吉行淳之介氏は、広瀬の死の背後には広瀬と杉野の「深い仲」があると解釈した。もちろん仲間うちは半分笑い話として聞いていたようである。しかし私は当時まだ若かったこともあり、軍神広瀬が愛する杉野を見捨てて行かれなかったのだ、という話を聞いた時には、吉行氏の才能に打ちのめされたような気分になった。嘘かほんとうかの問題ではない。とにかく一つの出来事をそれほど違った角度から見られる視線というものは、まがうことなく作家のものなのである。もしかすると村上氏は、吉行氏の判断は、軍部という当時の壁に反抗した卵的見方だったと言うかもしれないが、これはむしろ壁側のおもしろい物語りと解釈すべきであろう。部下思いとか、人道などという平凡なものではないのである。

やはり文学の世界で、近年カリスマ的力をもっていたのは先頃亡くなった井上ひさし氏であろう。氏の戯曲の魅力は別として、私がいつも感心していたのは、その伝説的創作方法だった。氏の作品はしばしば締め切りに間に合わず、その結果上演自体が延期になったことさえあるという話だった。このことを世間は、井上氏の自作への厳しさと解釈したようだ。

一般的に遅筆か速筆かなどということは、作品の優劣とはほとんど関係ないような気がする。私は鬱病になった時、一番遅筆だったが、その時に、自分で心ゆくまで納得した作品を書けたとは思わない。今、私は生涯で一番書くのが早い。多分これは老化して堕落した結果だろう、とは思うが、致し方ない。

井上氏の遅筆がほんとうとすれば、それはいいことでもなく、悪いことでもない、作家の生理なのである。とすれば、氏には作品が書き上がってから上演の手配をする、という手もあったのかもしれないと門外漢の私は考える。舞台を押さえておく、とか、役者さんたちの手を空かせておくというのは大変なことだから、それを気の毒に思うと、やや小心な私は耐えられないのである。

もっともこの点についても、おもしろい記憶がある。作家が新聞小説を、何回分先行して書いているか、ということは、作家の個性を表しているのだが、大昔では、石川達三氏がもっとも早かった、という話をしてくれた記者もいる。書き始める時に既に、たとえば二百五十五回目には、どんな話を書くかが決まっているという噂さえあった。近年では、吉村昭氏が、あんな売れっ子だったにもかかわらず、スタートする時既に作品を書き終わっていたという。吉村夫人である津村節子さんが言うのだから、これはまちがいないことだろう。大変な売れっ子だった丹羽文雄氏なども、当時原稿を取りに来る少年のオートバイの音が近づいて来るのが聞えると、「ちょっと失礼」と談笑していた仲間に言って書斎に入って行き、十五分くらいで戻って来た、という逸話がある。新聞小説はどの社も一日分三枚ずつだから、四百字詰めの原稿を一枚五分で書き上げていたことになる。

私はやや小心な書き手で、一週間か十日分くらい先行して渡していた。早くも遅くもないテンポである。流行作家の係になった記者は大変だ。毎日「先生」の家に詰め、ぎりぎりで原稿をもらうとすぐ社に上がり、入稿して、そのまま社の風呂に入って仮眠すると、それで翌日になる。昼間はまた別の取材を言いつかり、夜になると再び連載の先生のところに行って……という暮らしで、半年間、家に帰らなかったという伝説もできるのである。しかし総じて、あの小説の連載の時には苦労した、ひどい目に遭った、という記憶の方が、担当記者に後年楽しい記憶を残しているのもほんとうだ。多分井上氏の遅筆伝説も、そうした舞台関係者の共同制作の喜びをかき立てる重大な要素だったのだろう。最近の新聞の紙面で、十五作ほどの井上作品を手がけた舞台演出家の栗山民也氏が、氏から「(せりふを)一字一句間違わずにしゃべってください」と言われたエピソードを語っている。私がもし記憶力の悪い俳優だったら、充分な時間を与えられずにセリフを完璧に覚えることを要求されたら恐慌を来したただろう。

しかし最も大きなカリスマ性を示したのは、司馬遼太郎氏であろう。いつのまにか司馬作品を批評することはタブーになっている。もう数年前のことになるが、私は一度エッセイの中で司馬氏の書かれたもののほんの一部に関して賛成できない、と書いたことがある。するとまず産経系の大阪新聞の記者が急いでお目にかかりたいことがある、と電話をかけて来た。わざわざ大阪から出て来るという。事情を聞くと、司馬批判の部分を取ってほしいという。私が「それはできません」と言い、ことはそのまま納まったのだが、司馬氏の書くものには全く批判を許さないという姿勢は誰が作ったのか今もってわからない。司馬氏ではないことはまちがいない。マスコミの好きな自主規制か、司馬氏のカリスマ性に対する配慮なのか私には不気味な記憶である。

一人の作家が書いたものに、すべての人が賛同するなどということはない。私の作品に関して言えば、九十九パーセントまでの人が私の作品など読んだこともなければ、それ以前に私の名前を聞いたこともないだろう。テレビに出ることのない人の名前は知らないのが今や普通なのだ。私がよく週末を過している海辺の駅のタクシーの運転手に、或る時うちへ来る客が私たち夫婦の名前を告げると「さあ、知らないね。どういう人だね。汚職でもして、新聞に名前が出れば覚えるんだけどね」と答えたという話がある。ほんとうにそれがマスコミ時代の健全な反応というものなのだ。

私はそうしたカリスマ的力に、ときどき、ほんのちょっとだけ陰で反抗して生きて来た。しかし本気でやるほどのことでもなく、究極はどっちでもいい範囲のことだった。だから私は大きな挫折もひがみも悲しみもなく、こっそり自分風に生きて来られたのである。

（二〇一〇・七・四）

永遠を見つけた

つい数日前、私はインドへの旅から帰って来たところだが、まさにモンスーンの時期に当たっていた。ムンバイ（昔のボンベイ）の修道院で、スラムの子供のために保育園を開いているシスター・アスンタ中出敬子は、私より大学で十年後輩に当たっていたが、ごく最近の要請で、私の働くNGOが、保育園の児童の昼食代を負担するようになっていた。その実情を現地に確認に行ったのである。近年こうした子供たちへの給食は、世界的に一食五十セント（四十円あまり）の予算でできている。

「雨の時期ですけど、それでも見にいらっしゃれますか？」

とシスター・アスンタは東京の私の家で尋ねた。インドのモンスーンに関して私はほとんど体験も知識もない。インドは酷暑だと誰もが言うが、十二月、一月、二月のニューデリーなどにはインディアン・サマーと呼ばれる冬の爽やかな季節があった。アグラにある癩病院で癩について学んでいた時は、どんな季節だったか覚えていないのだが、とにかく毎日華氏で百度を超えていた。それでも人々は、「今年は百度ちょっとで済んでいるから、涼しいねぇ」という会話を交わしていたのである。華氏百度は摂氏になおすと三十七・七度である。冷房もない病院の宿舎だったが、若いからどんなに暑くても夜は眠れた。ニューデリー・アグラ間の移動の車の中は、窓を開けると熱風が吹き込むので閉め切って、シャツの上から滴が垂れない程度に充分に水で濡らしたバスタオルを羽織る知恵を覚えた。タオルが気化熱を奪ってくれる間は、それでどうやら厳しい熱気をごまかせるのである。

シスター・アスンタの修道会は、日本語で「聖心侍女修道会」という。英語では、「Handmaids of the Sacred Heart of Jesus Society」というのである。ハンドメイドという単語を音で聞くと、日本人は「手製」という意味しか思い浮かべない。しかしこの場合は「handmade」で綴りが違う。「handmaid」は古い時代に使った単語で、女中、小間使いというような意味だ。字引には「成功の助けになるもの」という意味も付記されている。神の侍女として、その意志を達成するために働くのを目的とする修道会だということだ。

シスターたちが預かっている子供たちは、川向こうに見えるバラック群、つまりスラムから来ていた。例によってお父さんはいるのかいないのか。とにかくお母さんたちは毎日必ず働きに行かねばならない。その間一歳半から四歳くらいの子供たちを、シスターたちは修道院の建物の一部で預かっている。腰までの高さにタイルを積んだだけで、その上は格子だけで壁のない広間のような作りで、そこが保育施設である。

土砂降りの雨は激しく庭まで流れ込んできていた。表通りの方が高いので、濁流はすべて修道院の庭を襲う。既に庭一面に二、三十センチの水が溜まっているのを、私は何も知らない子供たちに代わって、不安を感じながら眺めていた。庭の水位は、保育室の腰の高さくらいのタイル壁の上限まで、後三十センチくらいしか余裕がない点まで上がって来ている。もちろん子供たちは何も知らず、床の上に輪になって坐り、お弁当屋が昼ご飯を届けに来るのをじっと待っていた。配達はこの豪雨のために到着が十分、十五分と遅れた。眠くなって、一隅に敷いてある薄縁の上にごろんとひっくり返って眠ってしまっている子も二、三人いる。それでも残りの子供たちは立ち上がって駆け回ることもしなければ、じれて泣いたり騒いだりすることもない。

この迫って来る濁水の中で子供たちは、無言で静かに空腹に耐えることを知っていた。このみごとさはいったい何なのだろう、と私は考えている。もちろんこの子供たちの中にも、成長すれば小狡いすれっからしの男女になるのもたくさんいるはずだ。しかし少なくとも現在、子供たちは日本人にない静寂の中に身をおいて、時間を待つことができる。シスターたちが時間稼ぎに、お遊戯まじりの「神さまの愛は、ほんとうにすばらしい《ゴッズ・ラブ・イズ・ソー・ワンダフル》」を歌わせていたが、それには反応しない子でも静かに坐っている。「出水は今さらのことではないのだから、子供の食事は時間通りに届けろ」と弁当屋を責めるようなモンスター・ペアレントもいない。

今回のインド行きは、数えてみると私にとって十一回目だった。それなのに今まで、私は一度もインドでお腹を壊したことがない。インドに着くなり朝からカレーを食べることになるのだが、それでも胃腸の不調はなかった。インドで「死ぬかと思うほどのひどい下痢をした」という人が一人ならずいるのに、私はインドに体が合っているのかと思わずにいられない。

私は始終外国に出るようになった時、自分に一つの心理的なルールを課した。外国では日本食を食べない、という規則である。どうしても毎日日本食を食べたいなら、解決は簡単なことだ。外国に行かず、ずっと日本にいればいいだけのことである。

その土地ではその土地に産する食材を食べるのが一番健康にいいのだ、ということを昔本で読んで以来、この習慣を続けている。そう決めたら、別に食べたくもなくなった。同行者や、その土地に住み続けている人が、日本食を欲しがる時には、私は材料も持って行くし、手抜き料理を作ってあげることもよくあったが、自分一人で日本料理屋を探したということは一度もない。

おかしな話だが、こうしたけじめは私の中で、一つの礼儀のような気がしていた。誰に対してと言われると困る。ただ私はせいぜいほんの数週間その土地を通るだけで、いわば自分の生涯の主要な部分をそこで住んだわけではなかった。私は常に一介の旅人であった。しかし一方でそこにずっと長く住むはめになり、貴重な青春や、仕事上のエネルギーや、家族と分かち合うはずの大切な時間を捧げた人々がいる。日本の食べ物を欲するというのは、そういう人だけに許された特権で、私のような過客が望んではいけないことだ、といつのまにか思っていたのである。

ムンバイの弁当屋は結局三十分近く遅れて、脛までズボンを溜まった水に濡らしながら、両手にご飯とカレーの入った大きな容器を持って泥水の中を徒渉して来た。毎年こうした床上浸水の危機が来る。市の当局が一向に大下水道を整備しないからだ。それがムンバイの一隅のモンスーンの光景だった。この解決できない繰り返しが、多分人生そのものなのだ。

ムンバイの取材を終えた後、私は国内線でバンガロールに向かった。そこから北に五百キロほどのところにあるビジャプールという町が、今回のほんとうの調査の目的地であった。その周辺に、信じられないほど少額の親の借金のかたに、強制労働をさせられていた子供たちがいて、彼らをイエズス会の神父たちが取り戻して来て、住むところを与え、勉強を始めさせるというリハビリテーション・センターを始めたのである。そのお金を私たちが日本から出しているので、建物の完成を確認するのが仕事であった。

空港には、長い年月、私のインドにおけるカウンターパートだったロッシ・レゴ神父が迎えに来てくれていた。イエズス会のバスを運転する青年は恐ろしく背が高い。ヒンドゥの社会構造の外に卑しめられて置かれている牛飼いの部族出身で、イエズス会の学校で勉強し、こうして就職したホープであった。

バンガロールの空港は市から四十キロあまりも離れた全く新しい場所に移っていた。この町は、今やＩＴ産業の中心で、インドのシリコンバレーだと言われているせいでもあろう、インドの貧困な部分など、匂わせもしない豪華な空港ができている。外はみごとな茜色の夕映えの時刻であった。この土地はモンスーンの影響を受けないのか、風も乾いて爽やかである。広大なインドの気候は旅人には理解できない。

私はロッシ神父と並んで車の方に歩き出しながら「お体の方はその後どうですか？」と尋ねた。

「私は年をとったでしょう」

と神父は言った。

「そんなことはお互いに同じです」

私は答えた。むしろ久しぶりに私を見た向こうの方が、私のことをそう見るだろう、と私は思っていたのであった。現実的に、神父の方が私より六歳も年下であった。

「私はもう数年前から病気が出ているんですよ。だから歩くのも遅くなったし声もよく出ない」

今まで何年かおきに会う度に、神父はミサの時インド風に床の上に胡座をかいて座り、ラビンドラナート・タゴールの詩に自然な聖歌のメロディをつけたものを歌ってくれた。

「なんというご病気です？」

私はできるだけさりげなく尋ねた。

「パーキンソンです」

何ということだ、と私は思った。パーキンソン病は決して早い速度で悪化する病気ではない。最近は度々新薬の発見も新聞で報じられている。しかし長く付き合わねばならない「人間の桎《しっ》梏《こく》」の一つの形であった。ただどうしてこのようなみずみずしく艶やかな夕映えの中で、たぐい稀な知性が徐々に肉体の制約を受けなければならない運命を告げられることになるのだろう。神父の歩き方が明らかにぎこちなくなっているので、私は神父の肘を支えて歩いていた。ほんとうは前回、私の方が骨折の手術の後の腫れた足を、神父に支えられて歩いていたのであった。

「私は燃え尽き症候群になった」

神父は呟いた。

「それは当然でしょう。あなたは一生、不可触民の若い世代に未来を与えるためにだけ奔走してこられたんですから、疲れるのも当然です。だから今は休むのがあなたの勤めです」

「知ってます《アイ・ノウ》、知ってます《アイ・ノウ》」

神父は自分にいい聞かせるように繰り返した。

「あなたがもし休めないとしたら、それはあなたが謙遜でない証拠です」

私はそう言ってから、

「神父という立場の方に、『説教』をしたのは初めてですがなかなか楽しいものでした」

と笑った。

「来年、少なくとも一カ月、日本に来て、私のうちで過ごされませんか。あなたは今、ご自分の日常を切り離して、休まなければならないんです」

「それはいつも言われているから、私もわかっている」

「あなたは仕事中毒なんです、日本人みたいに……」

ロッシ神父は、修道院に入る前は公認会計士であったというが、今でも一ドルのお金に対しても厳しい。はっきり言うとケチと言いたいほど払い渋る。私はその点で長年インドへお金を落とすことに、基本的な安心を得ていたのである。しかし神父も私もお互いに、いつかは任務の終わりがある。その任務を解かれて当然という時が来る。

タゴールの詩にもあった。

「死が私のもとにやって来て、こう囁く、

『お前の寿命は尽きた』

その時は彼にこう言わせてくれ、

『私は愛に生き、かりそめの時には生きなかった』と。

彼は問うだろう、

『おまえの歌は生き残るか』

私は答えるだろう、

『知らない。けれどもこのことだけは知っている、
歌ったとき、私はただただ私の永遠を見つけた』」（大岡信訳）

バンガロールからビジャプールまでのバスの移動時間を、私は前回より少し短縮されるのではないかと期待していた。インドの道路はまちがいなくよくなっているはずだから、前回十三時間かかった道のりが十時間で行けるかもしれない。しかし予想は見事に裏切られた。確かに舗装道路の比率は増えていたが、その分以上にトラックの台数も増えていたのである。かかった時間は片道十五時間に延びたが、それでも事故なく往復できたのは、神父たちの祈りによる神のご加護のおかげとしか思えなかった。イエズス会は、バス会社と交渉して運転手を二人と助手を一人という人員を確保して、安全を計ってくれたのである。私は微かに危惧されていた腰痛が、今回もこの無謀な移動の間に完全に治ってしまった。腰痛に悪いと言われている長距離のバス旅行が、いつも裏目ではなく、いい結果になるのは不思議だった。

旅の終わりに、神父は私に日本に行くことを約束するようになった。

「それまで私の健康が保《も》てばね。私はまたあの杉の中で呼吸したい」

「杉ですって？」

私は神父に、一月の来日時、滞在の半分の日数は私の海の家で過ごしてください、と言ったのだ。毎日潮騒の音を聞き、本を読み、散歩をし、夕日を眺め、月を待ち、心と体を休ませてください、と言ったのである。しかし海辺には杉はなかった。

「前に日本に行った時、あなたは神道のお社に連れて行ってくれた」

「ああ、伊勢神宮ですね」

「あの杉の中の空気はすばらしかった」

「いいですよ。また伊勢神宮に行きましょう」

神父は嬉しそうな顔をした。

時々、自分はなぜ作家を続けているかと考える時がある。本能のような記録と発表の性癖と物欲を満たすための金銭欲もあるが、この頃私は作家の生活そのものが、人生の輝くような瞬間に立ち会える機会が多いからだ、と思うようになった。私は今まで、意外な人たちから、その生涯の一部を、心を許して語ってもらったことが何度もある。それは生の節目に立ち会うことを許してもらった光栄の記憶でもある。タゴール風に言うと、その一瞬に「ただただ私の永遠を見つけた」のだ。その度毎に、私は心が震え、時に内心で泣き、こんなにも重厚な人生を見せてもらった以上、多分私は死に際して決して不満を持たないだろう、と思うのである。


（二〇一〇・八・二）

含みと羞恥の欠如

小説の書き方には定型がない。だから、小説学校というものもあり得ない。小説は誰かに学ぶものではない。もっとも、すべての芸術は部分的に模倣であるはずだ。多分模倣に始まって、模倣を超えた時にそれは固有の資質を見せる芸術になる。動物はこの模倣の部分なしには、成長もできなければ、自分を発見することもできない。この模倣の部分の重大さを否定してはいけない。

一九九〇年代の半ばから、私はインドのデカン高原の中にあるビジャプールという不可触民の多い都市に、小学校を建てる仕事を手伝うようになった。それ以前から、インドのイエズス会(イグナチウス・デ・ロヨラによって始められた世界的な組織を持つ男子修道会)は、不可触民の教育に熱心であった。教育がなければ、今でも強力な社会意識の元に被差別階級に組み込まれている不可触民は、社会の上層部にのし上がることはまず不可能なのだ。

別に教育を受けて、会計士や薬剤師になることだけが収入を得る道ではないだろう、と私は考えた。どこの国にも、広い意味で手仕事で食べる方法というものはあるはずである。たとえばインドの刺繡は有名だ。カシミアのショールなどには、趣味が合う合わないは別としてかなり精巧な刺繡が施されている。焼きが甘いので壊れやすい面はあるが、独特の地方性を見せる陶器もある。日本では、美意識のある藩主がパトロンになって繁栄した藩窯と呼ばれる焼き物があるのに対して、「民窯」とでも呼びたいような素朴な味の焼き物が各地にある。人が土の器を使って食事をする習慣がある以上、焼き物はどこにもあるはずである（土器を使わない場合には、木の葉、ヒョウタンを割ったものなどが皿の代わりに使われる）。

日本では素朴な陶器でも、それはそれなりに商品として価値を持っている。しかしインドにはそうした市場がない。もう少し頑張って、少なくとも日常雑器として使える程度に堅くて特徴のある陶器を焼けば、もの好きな日本人なども買うでしょうに、と私がイエズス会の神父に言うと、田舎のスラムで育った子供たちは、美しいと言われるものを一度も見たことがないのだから、模倣しようにもできないのだと言われたことがあって、これは私にとってちょっとしたショックだった。考えてみると、私たち日本人は生活のどこかで、美しいものをたくさん見ているのであった。自分のうちにはなくても、金持ちの伯母さんの家では贅沢な食器を使って暮らしていた、という場合もある。大して興味がないままに学校から博物館に連れて行かれ、ガラスの陳列棚の前でもろくろく見学もせず友だちと悪ふざけをしていたような生徒でも、ちらとは国宝級の美術品を眼にしていたのだ。最低の場合でも、立派な印刷のカタログや美術全集で、必ずその手のものを見ているはずなのである。

しかし不可触民の多いビジャプールの子供たちの暮らす世界には、生まれてこのかた、どこを探しても一つとして美しいものがないというのだ。だから子供たちは手芸をしても、目標とすべき美のレベルのお手本もないのである。このような貧しさを、私たちはあまり知らない。

考えてみれば、私たちは子供の時から本をたくさん読んだ。それ以外の娯楽がほとんどなかったせいでもあるが、本にはあらゆる種類の上等な日本語が、緩急自在の豊かな表現を見せてくれていた。私たちは本を読むことで、自分にはとうてい及びもつかない日本語の使い方を学んだ。

私の母は福井県の田舎の庶民的な家の育ちだから、日本の上流社会とは無関係の人である。それでも母は、正確な敬語と謙譲語を使える人で、子供の私にも厳しくそれを教えた。多分好きで読んでいた小説――志賀直哉や谷崎潤一郎など――のおかげで、語彙と表現が豊かになったのだろう。もちろんその背後には、日本人独特の心理、ものの考え方、表現様式、がある。中でも羞恥心と謙遜は、日本人を日本人たらしめていた二つの大きな鍵であった。

昔の子供たちは、人見知りをした。知らない人が来ると、親の足にまつわりついて、その陰に顔を隠したのである。当時の赤ん坊は、生まれた時、外界を恐れているように両手の拳を握って縮こまっていたが、今の赤ん坊は生まれた瞬間からのびのびと掌を開いている。昔の幼い子供たちは、外から来た客を子供ながらに信じず、この人にはどういうことを言ったらいいか戸惑っていたと思う。

ところが戦後教育を受けた子供は、いつマイクを向けられて意見を聞かれても、年相応に堂々と答える度胸をもつようになった。相手を疑うということもほとんどしない。そうした用心を一切子供にさせなくなったのは、「皆いい子」という教育を受けたせいだろう。知らない人を見ると反射的にうさん臭く思うなどという心理は時代遅れになった。

それでいて、たまに誘拐事件でも起きると、急に世間は「知らない人を見たら、何か聞かれても返事をしてはいけませんよ」と言い出す。しかしどちらかといえば不用心である。

私の家には、ブラジルや欧米で暮らしたことのある人がいるのだが、テレビで、女性が襲われる事件が報道される度に、日本人の不用心さを始終怒っている。

夜、それも夜半近くに、暗い道を若い娘が一人で歩いているところを殺されたなどというニュースが出ても、どうしてこんなむちゃなことを親は許すのか、と彼らは憤慨するのである。若い娘が一人で夜道を歩くなどということを、ブラジルでも欧米でも親は決して許さない。社会も非常識と見なす。必ずデートの相手が家まで送って来るか、親が駅まで出迎える。ところが日本で、若い娘にそういう常識を強いれば、「何を今でもそんな古いことを言ってるの？　私を縛る気？」などと反抗されるから、仕方なく新しい時代はそれで普通なのだろう、と親は思いこむのである。

幼い子供が一人で車や家の中におきざりにされていて、熱中症で死んだり、火事で焼け死んだりする時、こうした人々の怒りはもっと激しくなる。

「アメリカでこんなことをしたら罰金です」

「マーケットに行くのに、赤ん坊や小さな子だけを家の中に残して行くなんて、社会が許していないんです」

つまり欧米でもブラジルでも——あまりにも凡庸な話だが——人間の悪や残忍さは常にどこにでも存在することを前提として対処しているのである。

「皆いい子」ではないのだ。世間には、詐欺師も、性犯罪者も、放火魔も、強盗も、誘拐犯もどこにでもいる、私たちのすぐ隣にもいる、と判断して暮らしている。日本人は甘くなったのだろうか。私は日本人全体が幼稚になったという印象を持っている。社会というところは、善も悪も合わせ持っている。その極端な部分があらわになる時、それが犯罪となり新聞種になる。しかし「皆いい子」的社会主義は、子供に善悪両面から人間を見ることを教えない。

それは同時に、かつて日本人の大きな特徴だった羞恥を喪失させる役目も果たした。

私は六十代の半ばから財団に勤め、そこで新入職員の採用試験にも立ち合うようになった。実は私はまもなく辞める立場なのだから、職員の採用は私以外の人の好みで採ればいい、と思い、そう言ったこともあるのだが、本心は採用試験に立ち合うのが好きではなかったからである。

面接試験に立ち合うと、奇妙な会話をしなければならない。

「では、あなたの特技（自分の性格でいいと思う点）を売り込んでください」

というような質問だ。私の勤め先では、こうしたばからしい設問に対して、当惑を感じていた幹部もけっこういたのだが、昨今の新規採用の若者たちは、採用試験の練習の時、お辞儀の仕方と共に、この手の恥知らずな問いに対する答えを必ず用意しているので、聞いてあげなければかわいそうという判断もあったようである。

私たちの時代、こんな質問には決してまともには答えなかったものだ。

「いいと思う点などあまりありません」

と私たちは伏目がちに答えたものだ。

「ただ……」

「ただ、どうなんだね？」

「片親で育って、家が貧乏でしたから、質素な暮らしには馴れています」

自分を売り込むとしたらせいぜいでこんな形だ。するとこうした答えはまっとうに受け止められ、「ほう、こいつは若い割りにはなかなかの苦労人だ。採用して損はないだろう」と経営者は考えたのである。

しかし今はそうではない。片親はだめだ、というおかしな判断さえあるという。第一、個人的な境遇を尋ねるような質問は、個人情報を守る上で決してしてはならない、ということになっている。だから、入社希望者は滔々と、自分の美点を述べる。

「私は性格が明るくて、グループで何かをする時には、よく指導者の立場になります」

「ほう、それから」

「ディベートの時、あまり物おじせず堂々と自分の意見を述べることができます」

これが美点というのだ。しかし私はそれについていけなかった。「恥を知れ、恥を！」と口には出さなかったが、それが事実でも、そんなことを喋々しく言う人と、将来も決して親しくならないだろう、と感じていた。

たしかに話術がうまく、人の心も推察でき、かつ表現力のある人はいる。しかし自分から宣伝するのはバカだ。私は、羞恥心もユーモアもなく、滔々と自分の意見を述べる人で、考え深かったり、智者だったりする人をまだ見たことがない。

かつての私たちの家庭では、子供がそういう軽薄な人にだけはならないように教育をされ、子供を教育もして来た。自分よりはるかに思慮も深く、深い知識を持ち、徳のある人が世間には必ずいるのだから、自分はまだまだと思う癖をつけられて来た。先生からリーダーになってやってみろ、と言われた時には、自分に能力があるからではなく、今までやらなかったことをしてみなさい、という励ましだと思うようにと親には言われた。

だから自分の美点を述べるなんて、とても恥ずかしくてできることではなかった。やたらな謙遜はわざとらしいことはわかる。しかし日本には「愚息、荊妻」などという言葉に表される独特の表現の伝統があったのである。アメリカ人やフランス人が、人前で自分の妻がいかに美人であるかを褒めても、私たちはもうそれに充分に馴れた。しかし日本人である自分の夫がそれを口にしたら、何か脳の病気ではないか、よほど良心に咎めるようなことをしているのではないか、と逆に私は勘繰るのである。

これも時代の影響だろう。私たちの時代には謙遜な表現が当然でも、今の時代には、家族を褒めちぎるのが普通だということになったと言うなら充分納得する。

しかし今でも私が耐えがたいのは、自分がどんなに正義に燃え、ヒューマニズムの担い手であり、平和の提唱者か、ということを披瀝する人々だ。

かつてアラブで、私はイスラム文化を何も知らない日本人として、アラブ人の心理のイロハを習った。「ドント、ワリイ（心配ない）」と髭面のアラブ人が言ったら、それは心配すべきことがあると、反射的に思わねばならない。「ノー、プロブレム（問題はない）」と相手が保証したら、自動的に、問題があるのを相手は隠しているのだ、と判断しなければならない。

現実には心配すべき点もなく、重大な問題もない場合もあるだろう。しかし自分一人ではなく、他人の命もかかっているような仕事をする時には、どれほど深くも言葉の裏を考える必要がある。

二〇一〇年八月下旬、陸上自衛隊はパキスタンの水害で被災した人々を救うために、ヘリコプター輸送の部隊を出した。外国のテレビのニュースには、パキスタン軍の指揮官が登場して、自衛隊機の発着する地点は、パキスタン軍が厳重に守っているから「問題はない」と言った。まさにこの言い方がされた時には、危険の兆候がある証拠だと私たちは判断するのだ。そもそも自衛隊が出るという状況そのものが、民間の組織では、安全対策を採りきれない程度の危険がある、ということなのである。しかし日本の政治家と、日本の進歩的な平和主義者たちは、丸腰の自衛隊を派遣して平気なのである。

どんな土地にも、自分に危害を加える者がおり、自分の身の安全は自分で守るほかはない、と地球上の多くの人が考えている。セム人たちが暮らす荒野には、岩漠と土漠と砂漠があるが、そのどれもが、徹底して自然のみが人間を支配する空間である。そこに監視カメラがあったり、パトカーが走っていたり、気象上の注意報が出たりして人を守ることはない。人は自分で判断し、自分を自分の力で守って生きるほかはない。具体的な問題として、身にナイフを帯びない男は、こうした荒野にはいないのである。薪を切るにも、獣を殺して食料にするにも、布を割いて紐をつくるにも、ナイフなしには暮らせないからだ。しかし日本では、高校生がナイフで同級生を殺すと、すぐ学校にナイフを持ち込むのを禁止する、という。そしてそれがこうした問題の解決策であり、平和教育の鍵だと早とちりするのである。

謙譲、謙遜ということが、ごく普通に日本人の生活にあった時代、私たちは人の言葉の含みをよく理解した。あからさまに言わないのに、あの方は多分そういう含みでおっしゃったんだろう、と推測する技術に長けていた。日本の古典的な演劇の世界では、主家のおかみさんは久しぶりに訪ねて来たかつての奉公人の女が、あからさまに暮らしに困っていることを口で訴えたりはしなくても、身なりや言葉の端々から彼女の嫁入り先が金に困っていそうだと察すると、こっそりと米や着物を持たせて帰すのである。

しかし現代の日本人は、食べられなくなれば堂々と生活保護を申請する。そのことを恥じている人をあまり見かけない。それが人間の権利だからだという。

もっとも当節では、役所に申請しないと誰も他人の経済的困難を察して救ってくれない。恵むという行為も稀になった。救う義務を持つのは近くにいる人間ではなく、政府だと思っているからである。言葉の解釈にも、心理の推測にも、状況の判断にも、日本人はこの物質的に豊かな暮らしの中で、どんどん貧しく幼稚になって行ったのである。

（二〇一〇・九・三）

ドグドグ・グダグダ

昔から文学という職種における三つの勲章は、結核、痴情のもつれ、そして早世だった。もっとも今では、これは絶対のものではない。しかし多少、その当人の芸術を、実質以上に悲壮なものとして高める力はある。これらのものは、自分が当事者になれば悲惨なものかもしれないが、他人がそうである分には、一向に構わない。むしろ他人の不幸は、好意をかき立てる。人間は、憐れまれることは嫌いだが、憐れむことは好きなのだろう。

結核患者だというだけで、世間は何となく、その人が文学者としての資質を満たしているような気がしたのである。結核患者は、血を吐き、弱々しく、多くの場合早世した。

文学者にとって早く死ぬことは、その名声のためにはいいことのように見える。自殺もむしろ名声を高める。健康で長寿でありながら、強烈な文学を残すということの方が、むしろ至難の業である。

しかし前にも述べたように私は総じて健康だった。そして自分に体力がなければ、自分が小説を書きながら同居している家族の生活の舵をなんとか取っていくこともできない、と感じていた。それだけでなく、私は長編も幾つか書いたから、長編には体力が要るという素朴な実感もあった。私のピアニストの友人は、六十歳を過ぎてからも、みっちり数時間もの練習をする日には、夕食に分厚なビーフステーキを食べるのだと言う。それほどのことはないが、私も体力に頼っていた。

しかし三十代には、私は始終喉を悪くしていた。喉と鼻の継ぎ目が赤くなるのである。この変化はしかし多くの場合、明瞭な病気としては自覚されなかった。

或る日、私は机に向かっても、なぜか筆が進まない。私は自分に才能がなくなったのだと思う。自覚する異変は、肩こりも激しくて、ただベッドに寝ていたいと思うだけである。熱も、微熱が出ることもあるが、出ないことも多かった。考えてみれば、先月まであった「才能」が今月になると、急になくなるというものでもないだろう。そのうちに「あ、喉が悪いんだ」と気がつき、近所の杉浦昭義先生という耳鼻科のドクターのところに駆け込むことにしていた。

このドクターは、赤くなった喉の、ただ眼に見える突き当たりの部分にだけ薬を塗るのではなく、喉から鼻の方に向かって見えない場所まで薬を塗るのである。そのためにドクターのところには、角度をきつくした特別の綿棒があって「奥の院」まで届くのである。その部分に薬を塗るとトンガラシの液をかけられたように激しく染みる。しかし同時に、肩こりも失せ、身が軽くなる。普通の患者はこんなに染みる治療をするともう来なくなるが、杉浦先生には私のような固定ファンがついていて、「もっと奥まで塗ってください」と患者のくせに指示するのまでいたようである。その治療が効くと、私はネズミの脳味噌ほどの自分の脳も活性化し、才能もまだなくなってはいないという自信が戻るような気がした。

この病気は仮病ではなかったはずだが、そのことも実は疑っている。私は主に三十代に、明日、会合に出なければならないという日に限って、よくこの喉の発赤が出たように思うのだ。微熱も出るのだから、自分で意識的に仮病を使ったとは思えないのだが、人中に出るのが嫌さに病気になっている、という疑念は拭い切れなかった。そのような卑怯さがどうして五十代になると全くなくなったかと言うと、私は外（外国をも含めて）に出ることが多くなり、反面、国内の会合には原則的に出席しないということに決めたから気が楽になったのである。私は出版記念会、受賞祝賀会、などを催す個人が嫌いだったのではない。私は大勢の人に会う場を恐れただけだから、わがままを通しているうちに、人付き合いの悪い人間として、世間の理解が安定したのだろうと思う。

私が健康だったということは、作家としての資格に欠けることだったかもしれないが、実は自覚的には、この上なく恵まれたものだった。私には運動神経がなかったから、登山、スキー、ダイビングを必要とする世界には一歩も入れなかった代わりに、普通の人間が、二本足で歩いていける凡庸な場所なら、どこにでも行けた。それだけに私は、黒四ダムに連れて行ってくれたある大手ゼネコンの現場所長が、この歴史的ダムの建設に参加した体験を話し、「まだダムが作られる前、ここへ調査に来た時には、このサイトまで富山側からスキーをはいて一週間かかって到達したんです」と言った時には、深く感動したものであった。私には辿り着けない世界がれっきとして存在するということを、尊敬と共に自覚することが、私は感覚的に好きであった。

健康であることを何をもって計るかというと、まず持病がないことかもしれない。メニエル氏病、胆石、高血圧など、どれも患者は主治医のいる土地から遠く離れることに不安を感じるものらしい。後年私は数人の知人をアフリカやインドに誘ったが、そのうちの数人は「痔主」で日本を離れられなかった。つまりウォシュレットという日本文化の最たるものがないと、日常生活がどうしてもうまくいかないというのである。

サハラ縦断の時、私は一度も体の不調や生活の不便を感じることはなかった。私は夜が明けてから日没後の完全な闇が降りるまで、戸外で用を足す必要がほとんどなかったからである。私はアメリカの通信販売の会社から、まさに砂漠色をしたフードつきのサーキュラータイプのナイロン製レインコートも買ってあったが、それを即席トイレの壁面として使う必要は全くなかった。

砂漠では、夜になると、皆のキャンプから百歩離れた距離まで遠ざかった。これは昼間でも、人間の実存の感覚を失わせるのに充分な距離であった。もっともこれだけ離れるには、それなりの危険もあった。光源が一切ない砂漠では、いきなり歩き出すと、自分の寝袋がある場所にさえ帰れないのである。砂漠では、自分が歩きだした地点に一個の懐中電灯をおいて、それを目当てに戻らねばならない。そうでなく、当てずっぽうに百歩行ったのだから百歩戻ればいい、などと思ったら、決して自分が出発した地点には帰ってこられない。左右の歩幅が微妙に違うからだろう。必らず方向がずれてしまうのである。

これはなかなか暗示的なことだった。人は自分が歩きだした地点、自分の愚かさの原点、自分の出自の状況、のようなものを決して見失ってはいけないということのようでもあった。

岩漠では、私はとうてい百歩もまっすぐに歩くことはできなかった。高い岩が立ちはだかり、時には深い亀裂があった。そこに落ちれば、死なないまでも重傷を負うだろう。そしてそこから数百、数千キロは、医療機関が皆無という場所なのである。

岩漠では、トイレの場所に困るなどということはない。どこでも隠れる場所だらけである。私は岩をビルと見なし、どのビルの角を曲がったかを覚えていて、それを裏返しに帰れば大丈夫だと思い込んでいた。しかし岩はビルではなかった。行きに見た岩の姿は、帰りに見る岩の顔とは全く別物だったので、私は一度、その辺を歩き回っているうちに皆のいる場所に辿り着けなくなったことさえあった。

そんな時、砂漠の静寂は救いだった。声は遠くまでよく届く。囁き声さえ、危険なほどよく伝わる。私が叫べば、誰でも助けに来てくれるのである。

後年、たくさんの人たちと旅をしてみて、私は排泄に神経質な人は、人生で不自由をしている、ということを痛感した。巡礼としてイスラエルなどの聖地を歩いていると、参観のスポットに着く度にまずトイレを探すことが、ツアー・コンダクターの仕事だったのである。この排泄神経症とでもいいたいような傾向は、長年外で働いている人には少なかった。行きたい時にトイレに行けるとは限らなかったから、自然に行かない癖がついてしまったのだろう。家庭にいて、いつものんびりとしたいことのできる人が、始終トイレを探すようになる。

もっとも昔から、世間には、トイレという完全無欠な個人の空間をこよなく愛し、思考に最も適した場所として「馬上、枕上」と共に「厠上」を信奉した知識人も多かった。それを思うと、私には思考癖が薄かったのだ。

私が旅から得たものは、重い実存的な感覚だった。いいか悪いかわからないが、とにかく問答無用に私の体を通して教えられる感覚である。暑さ、寒さ、疲労が原因の引きずりこまれるような眠さ。町へ入れば、人間の狡さも新鮮だった。騙され、拒否し、笑い、別れる。そこには退屈な善人など一人もいなかった。人道主義者もいなかった。騙されるか、騙すか、の世界である。或いは恵んでくれるか、そうでないかだけだった。

私はふと、私はかつて一度も、左翼的な思想を持ったことがなかった、ということを考えておかしくなった。私は子供の時から家庭のゆがみと信仰のせいで、決して社会主義を信じられないような下地を作られていたのだ。私の家庭の不幸は社会のひずみから出たものではない。社会を改変すれば、あれが救えたというのか。冗談ではない！

私の信仰もまた、決して左翼的な視点を受けつけなかった。私は罪というものにさえ子供の時から深い関心を抱いた。原罪というものも或る日わかった。それを証明する人間の言葉も見つけていた。カトリックでは、祈りの中に『「覚えたる罪と覚えざる罪」との双方を許してください』というのがある。覚えがなくとも犯す罪、はまさに小説のテーマとして忘れてはならないものであった。

私が一度も左翼的な思想を持つには至らなかったのは、信仰を通じて人間を、一度も理想的な存在として見なかったからだろう。昔、ラテン語でミサを唱えていた時代、私たちはミサの途中で自分の胸を軽く叩きながら「わが罪よ《メア・クルパ》」と三回唱える場面があった。声を出すのではないが、私はこの叫びのようなたった数秒の祈りが好きであった。罪を自覚すれば、ただちに許されるというものではないのだが、原則として人間は罪を犯すものだ、とする見方が私には向いていた。自分を人道的ないい人だと見なすより、私にはずっと安心できたのである。

結論を言えば、私は一度も人道主義者たらんとしたこともなかったということなのだろう。私の年代に青春を生きた人たちの八十パーセントか九十パーセントの人は、元左翼だった。私たち夫婦は彼らを「元赤」と呼んでいたが……私は既に元赤だった多くの魅力的な知性を知っていた。

元赤の多くは、今は有能な商社マンなどになっている。そういう男たちは、アフリカなどで働くシスターたちに対しても、私自身がとうてい及ばないほど献身的に尽くすのである。彼らは、シスターたちの活動の不便を見ると、放ってはおけないのであった。運転手つきの自分の車を貸し、税関で援助物資が滞っているのを見ると、自分の会社の顔や伝《つて》を使って、その支障を取り除いてやっていた。

元赤の多くの人は、つまり誠実な人たちだった。それと比べて私は誠実ではなかった。誠実ではない、ということが、多分私の資質なのだと考えていた。私はどこまでひねくれた人間だったのだろう。

ついこの間のことだ。私は或るアメリカ人の大学教授と東北の旅に出かけた。その途中、私たちはずっと日米両語のニュアンスについて語っていた。私は途上国の援助を四十年近く続ける破目になったことを話し、「夫はそういうことに反対でした。いいことはするな、と言うんです」と笑った。すると教授は「英語にもそのニュアンスを伝える言葉があるでしょう。ドグドグと言うんです」と言う。少なくとも私にはその時そう聞こえたのである。

ドグドグだかグダグダだか知らないが、そんな擬声語のような英語の単語を私は習った覚えがなかった。もっとも私は大学の授業をさぼってばかりいたからこそ、小説を書く暇を見つけ、作家にもなれたのである。

教授は不勉強な私のために単語を紙に書いてくれた。書かれたものを見れば、それは極めて明快な言葉であった。つまり「do-gooder（空想的社会改良家）」なのである。その言葉には決して肯定的な意味はなく、独善的な慈善家心理を指しているという。私は意識しないうちに、ドグドグにならないために、あまりいいこともしないようにしていたのである。

私の素質がそうだから敏感に嗅ぎつけるのかもしれないが、最近のマスコミや組織で働く人々の日本語が、非常に防御的な姿勢になっていることを感じることがある。つまり悪人だと取られないように、できれば人道的人間であることを示すことができるように、必死なのである。それが差別語を神経質なまでに拒否し、外国の「乞食」について書いても、「乞食」という言葉は日本では使えないから言い換えるように命令する新聞社の規約になったのである。

私の書いた文章は、必ず編集者と校閲の人の眼を通して印刷されるわけだが、その場合も、文章はとにかく正確になって返って来る。もちろん内容が間違っていたり、いわゆる「てにをは」に乱れがあってはいけない。しかし私の書く文章は、官庁の報告書ではないのだから、時には乱れた方がおもしろい時もある。それが一向に通じないのである。

法律と厳しく連動する役所の文章では、よく名詞の後に「等」がつけられている。どうしてこんな醜い字をつけるんですか、と聞くと、この一文字があれば、法律の適用範囲を広げることができるのだ、という説明を受けた。なるほどと納得したのはもう何十年も前のことだが、私たちの世界でその手の逃げの文章を書いたら、たちどころに生気を失った悪文だらけになるだろう。

昔から、私にも書いてはいけないと自分に規制している形容詞がいくつかある。「美しい」「おもしろい」「恐ろしい」などという表現である。これはいわゆる結論を示す単語で、私たちが書くべき表現は、或る人に「美しい」「おもしろい」「恐ろしい」と思わせる場面を描写することである。この三つの形容詞は、心理の結果を読者に強要する。もっとも恐ろしい話のつもりで書いたものが、読者には「美しい」話だと受け取られることもある。そういう場合を私は「望外の幸せ」と感じている。しかしいずれにせよ、結論を読者に押しつける表現は避けなければならないのである。

しかしこれらの形容詞は、いわば書く人の倫理的姿勢をも示すので、便利ではあろうが、始末に悪い。筆者が「これは美しい話なのです」とか、「こういう人の心は恐ろしいです」などと言う形で、他人の非難を避け、自分の倫理性を示そうとすれば、それこそドグドグ・グダグダになりそうに私は思うのだ。

（二〇一〇・九・二十九）

立ち止まる才能

私は日本語の「小説家」という言葉をかなり気に入っている。英語ではノーベリスト、フランス語ではロマンシエ。小説をノーベルというのは「新しいこと」という言語の意味から来ているというが、小説が書くのは、古来綿々として続いている相も変わらぬ人間のよれよれの心である。もちろんそれを表すシチュエーションは、その作家の生きた時代や体験に係わるものだから、一つとして同じものはない。この部分は確かに「新しいこと」であるはずだが、心の有り様はさして変わらない。

生きているものは、体型や機能の進化を遂げることはあるが、あまり大きな変化はない。原始的な生物の中には、数億年同じような形態で生き続けているものもあるという。しかし物質はどんどん新しい形態を取る。武器とか交通手段などというものになると、千年二千年の間に、眼を見張るほど変わったのである。

私は一九四五年三月の東京大空襲の時、十三歳で、子供でもなく大人でもなく、中途半端な年頃だったが、Ｂ29の猛爆の下で一晩中おびえ続けた。この次にＢ29が接近してくる時にたてる独特の音が襲いかかったら、その一秒か二秒後には自分が直撃を受けて死ぬのだと思うと怖くて怖くてたまらなかった。当時はＰＴＳＤ（心的外傷後ストレス障害）などという病名も概念もなかったが、私はその後精神的におかしな症状を見せた、と母は言う。一週間だか二週間だか、私自身の記憶はよく繋がっていないのだが、あまり口をきかなくなり、よく泣いて、ほとんどご飯を食べなかった。私は砲弾恐怖症という前線の兵士が罹る病気になったのだと、戦後に外国の小説を読んで思い当たった。

しかし現在の空爆や砲撃の様子をフィルムで見ると、とても東京大空襲のような生半可なものではない。この次の急降下爆撃音が聞こえたら、次の一、二秒で死ぬのだというような余裕は全くないらしい。何も考えている隙などないうちに、高温の火の海の中で焼かれて死んでいるという感じである。

交通手段の変化も想像を絶している。昔の公家や大名は、私たち現代の庶民の真似できない贅沢な家具調度に囲まれて暮らしていたが、彼らは私が乗っているクラスの自動車に乗って移動することもできなかったのだし、空調設備による魔法のように快適な暮らし方も知らなかった。

駕籠や馬は、どんなに乗り心地が悪かったことだろう。私はラクダに三十分間乗っただけで、うんざりした。あれに乗って移動しながら、政治や戦争や略奪をした砂漠の人たちは、何と強かったのだろう、という感慨しかない。家康を自動車に乗せてみたら、何と言ったろうかと想像するのはマンガの領域だが、おそらく極楽以上のものだと感じたか、文化ショックで病気になったにちがいない。当時の庶民は、私たちのようにスニーカーなどという雲の上を歩くような履物も知らず、あの歩きにくい草鞋や草履を履いて行動していたのだから信じられない。私はまちがいなく、昔の人が想像もできないいい時代に生まれ合わせたのだ。

しかし人の心は昔から、変わらない。変わらないことがいいのか悪いのかわからないが、百年前、千年前の人の心も想像がつく。ことに悪巧みの話なら、多分自分が昨日考えたことのように書ける。

のある呼称だ。
「小説家」という職名には、夢がなくていい。ちっぽけな、卑近な話を書くのを職業とする人のことだから、いかにもロマンを書かねばならないようなロマンシエやロマンシエールより安定感のある呼称だ。

もっともおかしなこともあった。まだロシアがソ連だった頃、私は数人の友人と自動車で東欧圏を旅行したことがある。日本人のパスポートは便利なものだったが、それでも国境ではいつも少し緊張した。私は職業欄にノーベリストと記入した。うっかりジャーナリストなどと書くと、社会主義国にとって不都合な記事を書く新聞記者ではないかと疑われ、通過に手間取ることもあったからである。社会主義国では当時、記者は危険な思想を振りまく職業と見なされていた。

ルーマニアとブルガリアの国境だったと思うのだが、陸路だから特徴もない田舎の村に、両国の出入国審査を行う小屋のようなブースがほんの数メートルの間隔で並んでいた。出国する方の国の係官は閑だったのだろう、私のパスポートや書類を厳かに点検しながら、たどたどしい英語で、どんなノーベルを書くのだ、と尋ねた。眼は笑っていなかった。家族問題、宗教のテーマ、何と言ったら一番無難かと考えていると、同行の男性の友人が素早くフランス語で答えてくれた。

「ポルノグラフィック！」

つまり彼は私をポルノ作家にしてくれたのである。この一言で辺りは笑いの渦に巻き込まれた。隣の国の小屋の係官までいっしょに笑っている。これが唯一、私が最高に国際的な作家としての評判を勝ち取った瞬間だったかもしれない。

もちろん作家の小説の書き方は、実にさまざまだ。そこにはルールもなく、いい意味で完全な無法地帯だ。私がこの原稿を書いているのは、十月の終わりに近い時だが、私が仕事をしている三浦半島の海の家からは、連日、相模湾沖に「軍艦」の姿が見える。つまり普段は姿を見たこともないような、明らかに漁船でも貨物船でもない船がいる。黒く見えるのは海上自衛隊の軍艦で、白っぽく見えるのが海上保安庁の巡視船だ、と私は思っているが、確実な知識の上に成り立っているのではない。これらの異変は明らかに一、二週間後から横浜で行われるAPEC（アジア太平洋経済協力会議）に出席するために日本に集まる各国首脳の警護のための訓練だと思われる。

東京湾に、大きな破壊力を持つ爆薬だか大量の燃料だかを積む船舶が、普通の貨物船を装って入り、それが沿岸に体当たりするというテロの想定は、田中光二さんが既に『爆発の臨界』という小説に書いておられるという。そして最近のこの船舶の警備は、そのシナリオ通りに、東京湾そのものを守るためなのだろう。

しかし作家は、どんな破壊的なことを頭の中で考えようと、決して捕まらないし、罪にも問われない。明らかに度が過ぎた性描写に対しては、時々それが文学かそうでないかが問題になるが、それくらいなら、毎週週刊誌の記事の中には、その手の「要求」を満たすページが必ず用意されている。だから東京湾沿岸部の壊滅計画をリアルに書いた作家も捕まらないのである。

どのような話も、それは作家たちが、あくまで紙の上で築いた世界であり、状況であり、その枠を越えることはなかったからである。仮に私が、小説としてはまことにヘタクソなマルキ・ド・サドの『ソドムの百二十日』をもっと詳細で現実的な小説に書き直して、それがまた名作か迷作になったとしても、私は殺人未遂で捕まることはないのである。

この「創造・想像」の世界と現実との乖離が、実は作家にとって非常に必要な距離なのであり、それが「立ち止まる才能」とでも言うべきものなのである。つまり小説家の世界は、現実とははっきり離れている、或いは離れていなければならない。離れているからこそ、そこで力を持つのだ、と言わねばならないのである。

世界は例外だらけだ。一人の作家が、何十年に亘って数十万人の熱烈なファンを持ち続ける場合もある。反対に私の『椅子の中』などという短篇は、精神の安定していないほんの一握りの読者たちが掘り出して来て読んでくれたものだった。作中人物の異常な感覚に対して、一握りの人たちが、共感を持てたのであろう。

或る作家の読者が多いということは、出版社から見たら本の部数が多く出るという意味で歓迎すべきことだ。しかし売れない本でも、全く存在価値がないというわけでもない。

小説は読者に選ばれた段階で、すでに心理の波長が合ったものなのだが、深く読み込まれた時には、その読者にとって、完全なオーダーメードの存在になる。小説のおおまかな目的は、目的などという区別をしなくても、賢い読者が動物的な嗅覚で自分に合った作品を探しだすという点で、これ以上望めないほど微妙な選択が可能な世界であり、しかもそれが社会のどこからも強制されていない、という点で自由なのである。少なくとも、今の日本では、こうした絶妙な力関係が成り立っている。

三島由紀夫氏が市ヶ谷の自衛隊に、楯の会の制服姿で乱入し、自衛隊員相手に最後の演説を行い、揶揄された後で総監室で割腹自殺を遂げたのは、一九七〇年秋のことである。私は三島文学のいい読者ではなかったのだが、今の日本の国情を見ると、三島氏の危惧は当たっていたという人も多いだろう。

三島氏から文学的影響を受けなかった私はほんとうは何も言う資格はない。三島文学の文体に、私の生理がついていけなかったというだけのことである。文体にはそれぞれ宿命的な湿度や粘度がある。光度も一つずつ違う。明るいだけがいいというわけでもなく、暗ければ安心できるというわけでもないのだが、それゆえ生理としかいいようのないもので、読者と作者は繋がれる。もしそれを何か絶対の価値を持つ優劣で考える作者か読者がいるとしたら、それは恐らく大きな間違いだ。

三島氏の自決への反応も、当時私は遠い地点に立っていたので、事件を文学と繋げて考えた記憶がない。三島氏が、当日の自分の行動にどういうシナリオを立てていたか、ほんとうのところは知る由もないだろうと思う。予定通りになる世の中のことというものは、ほとんどないものなのだから、刻々と変わる周囲の反応に、三島氏はどう対処するつもりだったか、数人の親友は知っていたのか、それともそこまでは誰にも明かさなかったのか。いずれにせよ、三島氏の行動は作家の範囲を逸脱していた、と私は感じていた。何度も言うようだが、作家は何をしても勝手だ。女色に溺れようが、株や競馬に夢中になろうが、危な絵を集めようが、自由気ままにすればいいのである。

ただ私の考える作家というものは、常に徹底して個人を全うするものであった。つまり作家にとって、闘える力のある武器がもしあるとするならば、それは言葉（表現）以外にない。自らの行動によって社会や日本を変えようとするようになったら、それはもはやその人の中で言葉が第一の力を持たなくなっているのだから、作家ではないのである。もちろん作家が政治をすることもある。しかしその場合その人は作家であるという立場を捨てて政治家になったのであって、作家が執筆と同時に政治をするという状態はあり得ないものだろうと、私は敢えて思うことにしている。

小説というものは、それほど嫉妬深く、女々しい、横暴な存在だ。作家が「お前一筋だよ」と猫なで声で言い続けていなければ、決して納得もせずよくなるものでもない。作家でありながら行動して世の中を変える、という発想は私にとっては凡そ受け入れられないものであった。結果的に作品の力によって世の中を変えた作家というものも、あったかもしれないし、たとえ今までになくとも、そういう作家が出る可能性はある。しかし作家でありながら、書くもの以外の力で、世の中を変えようと意図するのは思い上がりだろう、と私は考えるのである。

紛れもないユダヤ人でユダヤ教徒でありながら、新しい信仰の形を確立したイエスという人物の美学は、私が普通想像する強引なユダヤ人的信条とは全く違うので、しばしば私を当惑させたものだが、イエスが聖書の中で述べる生き方とも、三島氏の美学は大きく食い違うものであった。

イエスが、神に最も近い人として聖書で語ったのは、徹底して圧迫され、耐えている、弱い人たちであった。その悲しみと弱さの故に、神を見つめる以外になすすべもない人たちこそ、神に一番近い人とイエスは認めたのである。つまり、自分の力を信じ、自分の存在によって社会を変えていこうとするような人たちとは、対極の立場と心理にある人々であった。

「マタイによる福音書」の5章において、イエスが、私流の言葉で言えば「心萎かれる人」として挙げたのは、心の貧しい人々（つまり現世で何一つ力を持たない人）、悲しむ人々、柔和な人々、義に飢え渇く人々、憐れみ深い人々、心の清い人々、平和を実現する人々、義のために迫害される人々であって、彼らはすべて運命に対して受け身の人たちであった。

現代社会では、弱い人は一種の「もてる」立場を獲得している。「もてる」は当然「持てる」ではない。人気がある、もてはやされる、という意味の「もてる」である。一時代前の「弱い人」は社会の蔑みの対象であった。社会も劣等者、脱落者、おちこぼれには、誰も目を向けなかったものだ。それを思えば、手助けを必要とする人にハイライトが向けられる現代はつまりいい世の中なのである。それだけ余力がある、ということだ。ほんとうに惨めな貧しい国々では、弱い人はほとんど捨てておかれている。

「マタイによる福音書」の6章には、次のような個所もある。

「見てもらおうとして、人の前で善行をしないように注意しなさい。（中略）だから、あなたは施しをするときには、偽善者たちが人からほめられようと会堂や街角でするように、自分の前でラッパを吹き鳴らしてはならない。（中略）施しをするときは、右の手のすることを左の手に知らせてはならない。あなたの施しを人目につかせないためである。そうすれば、隠れたことを見ておられる父が、あなたに報いてくださる。

祈るときにも、あなたがたは偽善者のようであってはならない。偽善者たちは、人に見てもらおうと、会堂や大通りの角に立って祈りたがる。（中略）あなたが祈るときは、奥まった自分の部屋に入って戸を閉め、隠れたところにおられるあなたの父に祈りなさい。そうすれば、隠れたことを見ておられるあなたの父が報いてくださる。」

この聖書の個所の、細部の意味まで知った時、私は驚いたのである。羽織の裏に凝るような秘めの美学は、日本人だけの独特の姿勢で、決して自己主張の強いユダヤ人などにあるものではないと思っていたからである。

私はこの時以来、キリスト教をほんとうに感覚的に好きになった。その美学は、小なる説を唱え続ける作家の姿勢と意識の流れに、素直に連結できるものになった。そして三島氏のドラマチックな意図と死は、そのどちらにも通じなかったから、三島氏の死は、私の外を流れて過ぎたのである。

（二〇一〇・十一・一）

テープを交換する

沖縄県の尖閣諸島沖の中国漁船衝突事件が起きた後、衆議院予算委員会で菅首相に、「総理はそのビデオを見たのか見なかったのか」と迫った人がいた。これはもっとも核心を衝いた質問だったが、総理はまだ見ていない、と発言して墓穴を掘った。

一国の総理が、これだけの事件の証拠ビデオが自分の手元にあるというのに、二十日以上経っていても見ていないというわけがない。何はさておいても、緊急に見るべき第一次資料であろう。資料のビデオに残されたあらゆる可能性を専門家会議で討議し、こちらの正当性が細部に亘って証明できるようだったら、それで外交的交渉の内側の準備は整ったということになる。だからこの答えで総理は、嘘をついたか怠慢だったか、どちらかの責めを負うことになった。

資料は必ずしも、即真実ということにはならないが、たとえ偽であっても、その存在そのものを資料として使える場合さえある。一九八四年に朝日新聞が載せた「旧日本陸軍が使った毒ガスの写真」なるものは、それがニセモノだったということはすぐに証明されたが、そうした写真を使いたがった朝日の体質を余すところなく露呈したという点で、功績があるのである。だから、あらゆる資料は、コメント抜きで公開しなければならないし、その意味がある。

ことに小説家として羨ましいのは、映像資料は文章の資料よりずっと素早く完成しており、信憑性にも富み、インパクトも大きいことだ。もちろん映像自体にも、人工的な手が加えられることもないではないだろうが、素早い公開こそ、その資料の純粋性に対する信頼の度を深めることになる。尖閣の場合も同様であった。早くあればあるほど、日本という国に対する先進国の信頼は深まったはずだ。ことある毎に、政府には広報に関する感覚がほとんどないに等しいと思う時があるのだが、こういう事件の資料は、分単位で素早く公開されるのが効果的であると思う。

今回の事件で、私のところに何件か、二〇〇一年に発生した北朝鮮の「工作船」事件を思い出して連絡をして来た人がいた。二〇〇一年といえば、その年の九月十一日にアメリカで同時多発テロが起きている。翌〇二年九月十七日、小泉首相が北朝鮮訪問。金正日《キムジョンイル》は日本人の拉致を認め、行方不明者五人の生存と八人の死亡が発表された。その五人はその年の十月十五日、日本からの迎えの特別機で帰国。しかし帰国後も北朝鮮に残留している人たちの立場を案じてか、ただちに体験を語るということはなかった。

そして問題の事件が発生したのは、この間の二〇〇一年十二月二十二日、北朝鮮の「工作船」が、中国の排他的経済水域で、第十管区海上保安本部所属の巡視船「あまみ」と「きりしま」の追跡を受けて沈没した。沈没までの経緯は、私の著書『沈船検死』（新潮文庫）にも書いてあるが、この忙しい時期に、自著を読んでください、と読者にいうのはあつかましいので、当時の記録を簡単に抜粋する。

私が事件の詳細を知り得たのは、当時私は日本財団に会長として勤務しており、財団の主務官庁であった国交省とは普段から仕事上の関係があった上、海上保安庁政策懇談会のメンバーでもあったから、むしろ「知っておく義務」があったのである。

当然のことだが、「工作船」との衝突の記録は実に詳細に、分単位で記録されている。防衛庁（当時）が写真の解析によって「工作船」（初期の頃は「不審船」と呼ばれていた）の可能性が高いと判定して海上保安庁に連絡したのが十二月二十二日午前一時頃。保安庁は直ちに対策本部を設置した。まず飛行機が出て「工作船」を確認、追尾。昼過ぎに巡視船「いなさ」現場到着。停船命令を出したが応じなかった。飛行機と巡視船による追尾続行。直後、海上保安庁長官が、銃を擬するまでの武器の使用を承認。午後一時五十四分、「工作船」ジグザグ航行によって「いなさ」に接触。二時十五分、海上保安庁長官、威嚇を目的とした船体射撃までを承認。

巡視船の着弾の性能は波高の変化にかかわらず非常に正確であった。つまり皮肉に言えばわざと着弾しないように、相手の船の、五十メートル、百メートル、二百メートル前方というふうに指示通りのピンポイント攻撃ができたのである。

午後四時十六分、二隻の巡視船は、射撃を警告した上で初めて船体を狙った。警告は、英語、日本語、中国語、韓国語で行われた。外見上からも、「工作船」の機関は後方に置かれていて、その前に人間の居住区があると推定されていた。後でわかったところによると、居住区には幅三メートル、長さ十一メートルの小型舟艇が入っていて、その中にさらに一・七メートルの水中スクーターも装備されていた。工作員たちはどこで寝るのかわからないほどであった。

「これより機関を狙って撃つから、人間は退避せよ」という警告の後、巡視船は機関室の部分だけを狙って撃っている。息を飲むばかりの正確さである。「百発に近いそうした弾痕のうち、数発がほんの数十センチ居住区まではみ出ているだけで、すべてが確実に隔壁で隔てられたエンジン部分に集中している」と私は書いている。

その間に「工作船」は出火し、何かしきりに「もの」を海中に投棄しながら無灯火で逃げ続けた。やがて速度は六ノットにまで落ちた。午後九時三十五分になって巡視船が警告の上、二十ミリ機関砲で船体を射撃。「工作船」はやっと停止した。その後、巡視船「あまみ」と「きりしま」

が「工作船」を挟み撃ちにするようにして近づくと、甲板上の二人が突然発砲。ここで「あまみ」の海上保安官三人が負傷したのである。

「いなさ」は正当防衛のため「工作船」を射撃。応戦が始まって四分後に「工作船」は沈没した。その時巡視船は命令通り、「工作船」から五百メートル以上退避しており、夜でもあったので船の沈没の状況はだれも見ていない。五百メートル退避の命令は、「工作船」が誰にせよ相手を巻き添えに自爆するだろうと予想されていたので、近づけなかったのである。

私が「工作船」について深くかかわるようになったのは、翌二〇〇二年十月からである。海上保安庁は物的証拠としての「不審船」を九十メートルの現場海底から引き揚げたので、私は私の仕事の一部としてそれを鹿児島に見に行き、サルベージ会社の苦労話も聞いた。その年は台風の当たり年だったので作業は遅れがちであり、海上保安庁は事件から九カ月近く経った九月十一日になって、やっと船体の引き揚げに成功した。九月十八日に扇国土交通大臣は、それまでマスコミも使っていた「不審船」という呼び方を「工作船」と改める発表をしている。

この「工作船」事件が、発生後九カ月を経過していたのにニュース性が薄れなかったのは、拉致被害者が五人も日本に帰って来ていたので、この船の存在は、こうした悲劇を裏付ける一つの事実としてますます注意を惹く面があった。そして私は十月半ばアフリカとシリアから帰国するとすぐ鹿児島に飛び、第十管区海上保安本部が民間の船台を借りて行っている「工作船」の、人間でいえばいわば「検死《ポスト・モルテム》」にあたる調査の結果を見せてもらった。

遺体に当たる木造船の残骸の全体には、海底にある間にカサネカンザシというゴカイの仲間が作った炭酸カルシウムの殻が、干からびたミミズのようにへばりついている。撃たれて浸水の危機に瀕した時、原因となった銃弾の穴には、「工作船」の乗組員たちのシャツやモモヒキが詰めてあった。極寒の海上で死が近いと思われた時、彼らも生きたかったのだ。私はその時初めて彼らに人間的な運命の悲哀を覚えた。その時まで私の中で、「工作船」の乗組員たちは、姿も顔もない存在だった。いやむしろ「工作船」は乗員なしに動いているかのような感じさえあった。

船内にはもはや人体の姿をなしていない人骨があったというが、もちろんその時、既に遺骨は別に置かれていたので、引き揚げられた船が私に伝えて来たのは、強烈な臭気だけだった。埋まっていたヘドロのせいなのか、死臭なのかはわからない。海上保安庁の人はただ言葉少なに「沈船は臭うものです」とだけ言った。

爆発物、ロシア製携行型地対空ミサイル、対戦車ロケット・ランチャー、十四・五ミリ対空機関銃、五・四五ミリ自動小銃、八十二ミリ無反動砲、七・六二ミリ軽機関銃と共に、弾薬、手榴弾なども沈没地点の付近の海中の泥の中から発見された。

私はとにかく日本の政治や外交が、国民の世論を元に行われるには、まず国民が現実を知らなくてはならない、という基本原則に立つ他はなかった。日本財団という組織もまた、その目的に沿って働くためにある。鹿児島で「工作船」を見た時、私はすぐにこの船をそのまま多くの日本人に見てもらいたいと思った。

日本のマスコミの一部に常にある異常とも思える「他国贔屓」のために、この事件発生直後は海上保安庁の処置には国際法上の問題がある、という非難もあったのである。しかしその時にも、今回の尖閣の事件と同じように、海上保安庁側には証拠となるビデオがあった。その映像はその日にすぐマスコミによって流され、それによって、当日の激しい銃撃戦の実情も知らされると、国民感情は、常に冷静に受け身でありながら、身を挺して任務を果たした海上保安庁への信頼に変わった。ビデオが問答無用に現実を告げたからで、それによって一部マスコミの「他国贔屓」

は沈黙せざるを得なかった。

私はその直後、海上保安庁に「工作船」を展示するための場と資金の提供を申し出た。もちろん自力航行のできない船を鹿児島から東京まで海上輸送し、日本財団の姉妹財団である「船の科学館」の海に面した庭に設置するという企画である。幸いこの企画は海上保安庁に素早く受け入れられ、現場は苦労しただろうが、二〇〇三年の五月三十一日から翌〇四年の二月十五日まで約八カ月半の間に、百六十二万六千二百九十九人の見学者を迎えた。もちろん入場料は無料である。かかった費用は約一億円であった。暑い照り返しの夏の気温にも、寒風吹きすさぶお台場の冬にもかかわらず、毎日平均六千二百人ほどの日本人が、長さ約三十メートル、幅約五メートルの「工作船」の実物を見に来てくれた。開催中に船体の一部から、新たに遺体の一部が見つかった。

今までこのような武器を携行して、実際に近づいて来る国があるなどということを、日本人はどうしても信じられないでいたのである。平和ぼけなどという言葉はいささか手垢がついた表現のようで、私は使いたくないが、日本人は自分が平和を望む人種であるから、他人も平和を望んでいるものと決めてかかる。鳩山元首相が「友愛」などという言葉を（子供内閣でもないのに）口にして平気なのも、まさにその現れである。

お台場での公開中、船体だけでなく、見学者を引きつけたのは、海上保安庁が事件の最中に証拠として撮影した、約十分間の記録映像であった。見学者たちは、船体を見た後で、ミニ・シアターとして設置された部屋でビデオも見ることができたのである。

バック・ミュージックもない。巡視船「あまみ」が、銃撃戦の間中、撮影していたものである。「正当性と公開性が立証されたのは、偏にこの命がけの記録撮影の結果だった」と当時私は日記に書いている。

見に来てくれた人たちのほとんどが、この圧倒的な素顔の記録に打たれた。「『工作船』が巡視船に対して発砲する音も、（むしろ静かに）捉えられている」とも、私は書いている。この記録映像は一部はテレビのニュースでも流されたはずである。

その頃一人の海上保安庁の関係者と交わした会話を、私は今でも忘れられない。

「曽野さん、あのビデオ・テープの最後の言葉は何というのだったか知ってますか？」

クイズのようであった。

「わかりません」

「記録した男は、それまで船橋から手を出して撮影していたんですけど、くるりと後ろを向いて『テープを交換する』と言って終わっているんです」

当時は、今のような記録の撮影に、大容量の記録媒体を収めたデジタル・ビデオカメラを使う時代ではなかったのだろう。昔私たちが日常使っていたカメラも、三十六枚撮りのフィルムがなくなれば交換するものだった。懐かしい記憶である。同じように、テープは「回す」システムだったのであろう。カメラにせよ、ビデオにせよ、普通の素人は、媒体の容量がいっぱいになったら、何も言わずに交換するものである。しかし巡視船の場合はそうではなかった。撮影者は非常事態の中で撮影している。記録テープが途切れた理由が、単にテープの容量の終わりなのか、それとも撮影者の死亡や負傷、人間やカメラの海中への転落など普通ではない状態での終了なのか、強制的に撮影を妨害されたケースなのかを、はっきりと報告する義務がある。その判断のために、通常の場合、必ず「テープを交換する」という言葉を挿入しなければならないのだという。

「工作船」の展示中の二〇〇三年、日本財団の姉妹財団である社会貢献支援財団は、秋の授賞式で、「特定分野の功績　『海の貢献賞』」を、当時の巡視船から銃撃戦の記録を撮影した海上保安官・平江達稔《たつとし》氏に贈った。当時、私も賞の選考委員の一人であった。

平江氏は「事前に何か起こり得ると強く意識し、船橋後部に移動して強い使命感で積極的に撮影を行った。その技術も直接カメラを覗いて被弾状況を撮影するのではなく、船橋船尾側に身を隠して安全を確保した上で、液晶モニターを覗きながら冷静に撮影した」のだという。敢えて危険に身をさらしてではなく、効果を考えてという新時代の戦いであったところがおもしろい。

今回の四十四分間もの長い記録を、私はまだ知らないのだが、映像は動かぬ証拠である。それを残すことの意味も技術も、日本人は充分に理解している。海上保安庁は特にその意識を強く持っているだろう。なぜそれをすぐさま使わなかったのかという世論は当然だ。民主党は名前は民主だが、国民に重大なことを知らせるのではなく、政府だけが知り得たデータを、党の政策のために独り占めにして使う集団だということが、こんなところにも出たのである。

多くの人が言っているように、資料を勝手に公開した当事者は、公務員としての守秘義務に反しているのだから、収監し、処罰して当然だろう。北朝鮮の工作船の場合と違って、菅内閣には資料で闘うだけの決断がなかったためにこうした犠牲者を出した。政府がしないなら、自分で真実を伝えるというような人物なら、データ持ち出しの責任を取ることも当然覚悟の上だろう。それが筋というものだ。世論を恐れて、そうした処罰もできなかった民主党政権には、全く信念というものもなく、世評で動く人々の集団だということがここでも露呈された。それも日本人をここまで弱くした戦後教育の「成果」だろう、と私は思っている。

（二〇一〇・十二・五）

ベストセラーを作れない理由

私はたった今、新国立劇場で上演されたワーグナーのオペラ『トリスタンとイゾルデ』を見て帰って来たばかりである。私は少しも音楽のいい理解者ではない。しかしワーグナーにだけは昔から深く惹かれていた。モーツァルトが演奏されていても、私は全くその音楽に酔ったことがない。音楽が演奏されていることとさえ忘れてほかのことを考えている。思うに私の大脳のレセプターの機能の中に、モーツァルトの音楽を受ける部分だけが欠損していると思うほかはないのである。しかし私はワーグナーの旋律の中では、人生を考え続ける。ワーグナーだけは何時間でも少しも退屈せずに完全について行く。

月刊誌に小説を連載するということは、約二十五日間位の空白をおいて、その間にほかの仕事をたくさんした後で、再び同じ小説に戻って行くことである。その間に筋を忘れてしまいませんか、と言う人もいるが、そんなことはない。長編小説の主題は、それがかなり理論的に見えているものであれ、物語の中にほとんど完全に埋没しているものであれ、一つの強烈な人生なのだから、忘れるなどということはないのである。

しかしその世界がその期間だけ遠くなると、情緒が元に戻るまで少し時間がかかる。乾物を水で戻すようなものだ。その時間を縮め、同じ質の架空世界を取り戻してくれるのが、私にとっては音楽、それもワーグナーだった。ことに『トリスタンとイゾルデ』の第一幕の出だしのところは、或る長編を書くために毎月必ずそれを聴いてから始めるようにしていた曲である。その主な旋律は、だから私の細胞の中に組み込まれてしまったような気さえする時がある。

この戯曲は徹底して暗い話である。しかも長い。午後二時に始まった音楽会が終わったのは夜七時四十五分だった。私ももう少し年をとったら、とうていこの長さに耐えられなくなるだろうと思う。壮大な作品なのだがソロで歌う登場人物は六人だ。歌い手がそんなに多くなくて済むから、『アイーダ』などと違って意外と経済的な作品なんだ、などと私は凡そ芸術とは関係ないようなことも一瞬考えたが、トリスタンとイゾルデ役の歌手は初めから終わりまで正味四時間近くを延々と歌い続ける。ほんとうに力量のある人しかできない役だろう。傷ついたまま絶唱を続けるトリスタンが、第三幕の終わり近くになってほんとうに死んで横たわる場面になると、私はやれやれ、これで歌手もやっとお役御免だな。よかった。これからありつく楽しい夕食のことを倒れたまま考えているだろうな、とこれまた非芸術的反応を示している。

ここには人生の幸福に関する記述はほとんどない。場面は暗い夜ばかり。人間の別離、裏切り、わずかな希望、そして死の連続だ。ただ愛と悲しみだけは豊富にある。もっとも考えてみれば、幸福などというものは、一つの現実というより観念だろう、と私も思う。しかし愛と悲しみは、誰にとっても手を伸ばせば届く所にある実感だ。それで普通なのだ、ということを、現代に生きる日本人は納得しないだけだ。

『トリスタンとイゾルデ』の物語の構成も、作家の眼から見れば、あまり完全なものとは言えない。私の言うのは音楽ではなく、物語の部分である。しばしば冗長でもありすぎるし、観念的で成熟してもいない。言葉と思想の細部も豊かではない。しかし音楽がいいのである。そしてその不細工とでも言いたいほどの愛というものへの追求が、作品はどうであろうと、恐らく観客に

「人生」を思わせるのであろう。通俗的な言い方をすれば、この作品は歌劇界の大作で、しかもベストセラーである。いや、ロングセラーと言うべきだろうか。本でも作品でも、一過性のベストセラーより、ロングセラーの方が私には輝いて見える。もちろんベストセラーにして、ロングセラーになったという作品もあるだろうが、その経過を辿ることはかなり難しい。

劇場の中は、中年から初老の男性が目立つ。普通こういう「興行」のお客の主体は、中年女性である。しかしオペラは違う。もしかすると定年後の男性が主力と言いたいくらい数が多い。会社に勤務している時は、オペラには妻だけが行けて、ほんとうにオペラ通だと自任している自分は行けなかった。定年後は、その長年の鬱憤を一挙に取り返しているのではないかと思われる光景である。

長年小説を書いていると、何度か「どうしたらベストセラーを書けますか？」という質問を受けた。そういう問いは私にではなく、ワーグナーに聞いたらおもしろい。しかし今は、現実にいつもベストセラーを書いている作家に質問するほうがいいと思う。しかし真面目に考えれば、ベストセラーを企画したり、それを誰かに書かせたりする具体的な方法があると言ったら、それは多分まやかしになるだろう。それがわかれば、世の中に恐らく数千、数万人はいると思われる広い意味での出版人は苦労しないのである。

私は五十年以上も作品を書いて生きて来たが、爆発的なベストセラーになどなったことはない。若い時に『誰のために愛するか』というエッセイが、世間では二百万部売れたということになっているが、実は判の形を変えて何度か出ているので、その倍くらいの実数は売れているのではないかと思う。しかしそれとても長い年月にじわじわとそれだけになったので、決して語り種になるようなベストセラーだったわけではないのである。

そのほかに二、三、ベターセラーくらいに売れたのはある。しかしそのほかの自著のほとんどについては、まあまあ、出版社に大きな損はかけなくて済んだ、というあたりが私の満足のラインである。もちろん明らかに「損をかけて悪いことをしたなあ」と感じたものもある。しかし私が是非出版してください、と頼んだわけでもないので、申しわけなくても私はうやむやにしておいた。こういう時はお互いに挨拶の言葉に困るからだ。

私は人生でしたことのないことが二つはある。一つは自分の作品の出版をむりやりに相手にお願いすることと、もう一つはこちらから「あなたが好きです」と告白することである。後者に関しては、最近の言葉で言うとこれを「コクる（告る？）」と言うのだそうだ。そして近年「コクる」という行為は、もっぱら小学校や中学校の女の子が、同年配の男の子に対してすることだということになっている。この二つに共通している結果は、相手に「迷惑をかける」という点である。私は人生で特に相手にいいことをしなくていい、と思っている。というより、そんなことはできない場合が多いからだ。しかし単純で明快な迷惑だけはかけないで済めばかけない方がいい、というのが私の答えだ。

すると出版の主導権はあくまで、出版社が握るということになる。エッセイの場合なら、出版社は企画を立て、細部の内容の配分を決め、適当な人に話を持ち込む。小説の場合なら、昔はひたすら編集者と作家との長年の深い繋がりに成否がかかっていた。私なら私の担当という編集者が各社にいてくれるらしい。その人選はどうして決まるのかは私にはわからないが、割り当てられた人は仕事だから、何となく、時々私に接触があるようにしている。

作家というものは図々しくもあり、恥ずかしがり屋でもある。自分から売り込むという才能のある人もいるだろうが、私にはそんな勇気はない。今何を準備中ですか、と聞かれれば答える、という程度である。だから編集者と会う機会がなければ、そんな話もしない。もっとも私の次の仕事の予定だって、ただ単に現在興味に駆られているだけで、いつ書けるのかそれとも書けないままで終わるかわからない段階のものも多い。それでも喋るのは、無責任に喋るという一種の他愛ない楽しさを味わっているだけだからである。しかし編集者が作家に会う機会を持たなければ、ベストセラー作家の作品をもらう確率が減ることはまちがいない。今は多くの編集者が、作家に会うことをさぼるようになった。

私の場合やや売れた本というのは、私自身も出版社も、全く売れると思っていなかったものがほとんどである。

或る年、私は一冊のエッセイを出版した。出版社の持って来てくれた企画に私が乗るかどうかは簡単な理由で決まる。私がそのことについて、考えたことがかなりあれば承諾し、考えたこともなければ断ることになる。

その本は、私の口述をライターが書いてくれるという形式を取ることになった。とは言っても、喋ったことを出版社がテープに起こしてくれさえすれば、そのまますぐに出版できる、と私は思ったことはない。多くの場合数十日かけて文章に詳細な手を入れて、書き加え、余計な部分を消し、語尾の息づかいまで自分らしくわざと乱す。つまり端正であってはならない時もあるので、その乱れ方も意識的でなければならない。その手順を守れば本にしてもいい、というのが私の好みである。

しかしその本の場合の出版だけは、かなり手こずった。出だしから緊張のある、しかも私らしい構成だとは思えない原稿が届けられてきた。私は数日考えた挙げ句、「これは本にできません。どこから手をつけて直したらいいのかわからないので」と言って原稿を出版社に戻した。その後、原稿は数ヵ月「塩漬け」になって放置された。しかし忘れた頃になって、私の無責任なやり方に対して出版社はかなり基本的に構成をし直してくれて、原稿は再び戻って来た。私にとって本が出ないのは構わない。私が数日口述したことを忘れてしまえば済むのである。しかし私が気にしたのは、現実に書くという労作を果たしてくれたライターのことだった。誰もむだな仕事はしたくない。第一、放置しておいたのでは、ライターに対するお礼も出ないままだろう。

本は長い時間をかけた手入れの後で新書判として出版されることになった。初版は八千部だと通告された。これは私としても少ない方で、出版社も売れる本ではない、と最初から諦めているのだな、と私は感じた。こういう時、平素からベストセラー作家でないということは、心穏やかなものだった。私は特に失望もせずもちろん怒りもせず、ただ最低限の原稿料をライターに払えるようになったのなら、「よかった」と思うことにした。出版は運なのだから、その人も多分諦めてくれるだろう、という感じであった。

初版の段階で、ライターへの原稿料は払われたという報告を受けたので、私は少し安心した。その時、出版社の担当者が「もし増刷になりましたら、その時の印税分はどういうふうに（ライターと）分けますか？」と尋ねた。「半分。山分け」と私は答えた。

こういう言い方には少し理由がある。私が度々行くアフリカの田舎では、多くの人は私以上に算数ができない。四の半分が二だということのわかる人はあまり多くない。ましてや十分の一などという高級な数学はまず理解できない。だから数学の苦手な私としては、アフリカの素朴な人たちに習って、半々がいいと考えたのだ。山分けということは、お札でも金貨でも象の肉でも、二つに積んで、大体同じくらいの高さの二つの山にして、その一方ずつを取るということだ。その行為は素朴で、理詰めではなく、感覚的に恨みっこなし、というぬくもりを感じるのである。

しかしその時、私の心には、もう少し計算高い部分もあったのだ。私は初版八千部の本はどうせ売れないのだから、まず増刷になることもないだろう。とすれば、増刷山分けというのは、詐欺的行為で、それもいいかな、と感じたのである。もっとも私は常日頃、そのライターの人柄も好きだったし、才能にも尊敬を感じていたから、後で「どうせ売れないから山分けと言ったのよ」と言うつもりであった。そして事実、私はその通りにしたのである。しかし皮肉なことに、私が山分けと決めた瞬間から、その本は私の本とは思えないほど、売れ始めたのである。

世の中にはこんな程度に不思議なことがよくある。だから今世の中に絶望している人も、とことん完全にだめだと思うことはない。答えは、最後までほんとうのところはわからないものだ。しかし、私がこういう奇妙な幸運を人生で引き当てたのは、今までに二回だけである。

一度はマダガスカルのカジノだった。そこでもしバカ当たりをしたら、お金は全部、貧しい修道院経営の産院に寄付する、とルーレットの台に座る前に同行者に約束したのである。そして私はその時、ルーレットを二度続けて当て、そこでそのまま一円の無駄もせずにゲームを打ち切って、賭け金を全部回収した。私はどちらかというとくじ運の悪い方で、こういう眼のくらむような幸運は、私の生涯にただの一度も経験がなかった。そして神に約束した手前、仕方なく儲けを全部寄付してマダガスカルを去った。

二回目がこの絶望的な出版の出発の時である。結果として私は、山分けにしても多額の印税を受け取ることになった。ベストセラーになると、偽札を刷っているほど儲かることになる。筆者だけでなく、小さな出版社だったら簡単に社運を立て直すこともできる。しかし私の場合、その都度不思議なことが持ち上がった。私の受け取るお金のさらにかなりの部分を、自分のことではないことに差し出す必要が生じるのである。労せずに得る金というものは、悪銭と同じように身に付かないものらしいのである。

　私の場合だけかもしれないが、二回とも「当てた」時、そのお金を受け取れないようになっていたことが私にはおもしろい。というより、そういう時に私は神の「差し金」を感じて来たのだ。人間だけだったら、お金というものはなかなか上手に使えない。しかしそこに神が一枚噛むと、信じられないようなおもしろいお金の流れを眺められる。

『誰のために愛するか』という本が生まれて初めてのベストセラーになった時「そのお金を何に使いましたか」と聞かれて、私は「アメリカ製の大きな冷蔵庫を買いました」と答えた。機械が氷の卵をころころと生んでくれるもので、それだけの高級な冷蔵庫は当時誰もが持っているというものではなかった。

　それから私は結城紬を一枚買った。

「それまで持っていなかったんですか。女流作家という人たちは、皆着道楽でしょうに」

　と言った人もいたが、私は持っていなかったのである。結城は途方もなく贅沢な普段着で、その布は軽々と体にまつわりつき、スタイルの悪さを隠してくれるので、私は何より好きな織物であった。

　そして、二度目の時は、冷蔵庫でもなく着物でもなく、私は神の創作した物語によって、儲けをまき上げられることになった。

　私はしかし、どうしたらベストセラーになるか、という世間の問いに、わからないながらも、少しはまともに答えるべきだろう。

　まずテーマに関心のある読者がたくさんいることである。そして本の中身が、読者の意識よりほんの「半歩先に進んでいることだ」と言った人がいる。一歩進んでいると、読者はついていけないのだという。その辺の距離の取り方はまことに難しくて、誰も計算してできることではないだろうが、世間のどのヒット商品も多分、一歩ではなく、半歩先を行っているものに違いない。
ベストセラーは意図しても努力しても作れないものだから、古来編集者たちは、宝くじや馬券を買うのと同じ射幸心で、その夢を持ち続け、私たちも労せずしてそのおこぼれに与って来たというあたりが正しいのである。

（二〇一一・一・五）

ポーランドの秋

人間の性癖は、自分の責任のようでいて、完全にコントロールできるものでもない、まことにおもしろいものだ。

私は若い時は、ひどい低血圧だったから、その時代に自分の生き方の好みも生理的な理由で決まってしまったような気がする。つまりふと気がついてみると、私は何ごとに関しても「どうでもいいや」と思うようになっていたのである。だから諦めだけはよくなった。しかしこんなことは自慢にもならない。私にすれば、自分に体力気力が欠けていて、強力に解決できないのだから、人が決めた潮流に流される他はない、と判断しているのである。

ただこれでも私は少しは自分を矯め直そうとはしたのだ。

低血圧の人は、朝は働けないものだ、と人は言う。しかしそれも不自由なので、私は少しだけこの巷間の「伝説」に意識的に逆らうことにした。その結果かどうか私は朝型になった。早寝早起きが習慣になったのである。午前中に一番頭が冴えて原稿も書ける。早朝の外出も不自由なくできる。途上国では、日の出と共に出発して夕方日没前に目的地に着くということが強盗や自動車事故に遭わなくて済む安全の基本だが、その場合にはまだ暗いうちに起き出すのである。そんなスケジュールにも、少しも支障を感じないように体ができてしまった。

流されて生きる、と言えば体裁がいいが、私はつまりどちらかと言うと性悪説になったのである。人間は生まれながらにして、善なる性を持っているとは思ったことがない。私は殺意も持った。自殺など子供の時から度々考えた。比べたことはないが、多分人並み以上に「ウラミガマシイ」性格だったとも思う。

若い時、私は法律の概念でおもしろいことを教わった。海で遭難した時、私が幸運にも自分を浮かせられるだけの小さな板一枚、抱え込むことができたとする。そこへ、その板に縋ろうとして、もう一人の人物が必死でこちらに向かって泳いで来る。しかし板切れは小さくて、一人の人間を浮かせられるだけの浮力しかない。そうした場合、私は板をめがけて泳いでくる人を、自分を守るために突き放しても、頭を摑んで水に沈めても仕方がない、という解釈である。

そのことによって私は確かに、一人の人物を殺したことになるのだが、相手か自分か一人の人間しか生きられないような状況の時、相手を犠牲にしても私は罪に問われない、という法的な解釈があるらしい。人間は、明らかに自分の生を優先して、他者を後回しにするより仕方がないということだ。

それでいいのだ。というより、それで仕方がないのだ。それが人間性というものだ、と知りつつ、私はその恐ろしさに長い年月深くこだわっていた。

これも若い時だが、私はホーホフートの『神の代理人』というレーゼドラマに深く惹かれた。感動したと言いながら、その本をどこにやったか今私の手元にないのは恥ずかしい話だが、一人のユダヤ人を救うために、自分のパスポートをその男に与え、自らは相手の代わりにユダヤの星を胸につけ、身代わりに強制収容所に追いやられて死んで行く一人の神父を描いたものだった、と記憶する。その時は私は、まだこの作品のモデルになったというマキシミリアノ・マリア・コルベという実在の神父がいたということを知らなかった。ただ、その生き方と死に方は、私の心に決して抜けないトゲのように深く刺さったままになった。

コルベ神父は一九三〇年に日本の長崎に来ている。日本で初めて、マスコミによる布教をしようとしたフランシスコ会系の、「無原罪の聖母の園」という修道会に属していた。彼らが長崎の辻々で配ったという日本語の小冊子は、部数もほんの少しだったというから、マスコミというよりミニコミという方が正しかったろうと思われる。

コルベ神父はその後母国ポーランドに帰り、やがてナチスによってアウシュヴィッツに収容される。一九四一年、神父が入っていた収容棟から、一人の逃亡者が出た。当時はまだ有名な処刑用のガス室が完成する以前で、一人の逃亡者が出ると、ナチスは、懲罰として十人の囚人を餓死刑室に送った。逃亡事件とは何の関係もない人を、アトランダムに十人選んで殺すのである。

その時選ばれた不運な囚人の中に、フランチーシェック・ガイオニチェックという軍曹がいた。彼が悲嘆にくれて「ああ、私の妻子はどうなるのだろう」というのを聞いたコルベ神父は、自分が身代わりになることを申し出たのである。自分はカトリックの司祭で、生涯結婚しない身であるから、自分が死ぬ方が悲しむ人がなくていい、という論理であった。

そして神父は、餓死刑室で二週間近くを生き延びる。水を飲まないと三日で死ぬ、などと、私は幼い時に聞かされたものだが、すぐには死ねない拷問は十四日近くも続いたのである。飢えよりも辛いのは、水を与えられないことである。当時そういう言葉では説明されなかったが、つまり死因は脱水による症状のどれかで死亡するのである。

このホーホフートの作品は、明らかにナチスの暴虐に対して何の非難の声も上げなかった当時の教皇ピオ十二世を非難したものだったと記憶するが、この点について、私は後年、新たな史実を知ることになった。

私は駐日ヴァチカン大使のヴュステンベルグ大司教と知り合い、三番町の大使公邸の昼食に招かれた後、何と夕方まで、その話をし続けたのである。大使によると、ホーホフートという作家は史実の調査をまるっきり怠ってこの作品を書いたのだ、という。ナチスの圧迫が激しくなったころ、小さなヴァチカン領内は、逃げて来たユダヤ人で溢れていた。当時ヴァチカンにいた数少ないドイツ人の一人がヴュステンベルグ大司教だった。ホーホフートは、同国人としてヴァチカン内部にいて事情に詳しい自分に全く取材をしないで、あの作品を書いた、残念なことだ、というのである。

ピオ十二世は、ナチスの残虐に抗議しなかったのではない。抗議する度に、ナチスはむしろ報復のようにユダヤ人を大量に殺害した。それをわかって来た教皇はついに、いかなる状況になろうとも、他人からどんなにその沈黙を糾弾されようとも、ナチスに対して抗議することは止めた。それが教皇庁の真実だ、と大使は私たちに語った。

すべての話には裏がある、と私は改めて思った。現在でも、日本の正義は、まことに簡単に決定される。人間が単純になったのだろう。しばしば、史実を全く再調査もせず、断罪する場合もある。

私はまもなくコルベ神父の生涯を『奇蹟』というノンフィクションにまとめたのだが、その時、コルベ神父に助けられたガイオニチェックという人にポーランドまで会いに行っている。秋であった。ポーランドの秋は、黄金のような紅葉で木々が装う。たまたま紹介された一人の詩人は、胸のポケットに、ハンカチ代わりに黄色い葉をさしていた。

ガイオニチェック夫妻はブジェックという田舎町の、大きな三階建ての家に住んでいた。その家全部がガイオニチェック夫妻のものではなく、三階だけを借りていたのである。私が息せき切って急な階段を登り切ると、そこに靴をおく棚があり、その一番上の段にむき出しの丸いパンがおいてあったのを、今でも覚えている。

ガイオニチェック家は静かであった。前日私は頭の中でいろいろと質問の用意をしていたのだが、その時、一番心配だったのは、もし子供たちが周囲で賑やかに遊び廻っていたらどうしよう、ということだった。ガイオニチェック氏は、自分が死刑囚の名簿に入ったと知った時、「ああ、私の妻子はどうなるのだろう」と言ったのだから、妻も子もいることは確かだ。もちろんその子も、時が経って、既に成人しているはずだ。しかしもし孫がいて無邪気にその辺を遊び廻っているようであっても、私は聞くことだけはきちんと聞いて帰らねばならない、などという心配をしていたのである。私はまだガイオニチェック氏自身とその子供たちの年さえ知らなかったのだ。

ガイオニチェック家は恐ろしく静かだった。窓辺に止まる雀の囀りが大きく聞こえるほど、あたりには音がなかった。私が予測していた事態と大きく違うのは、ここには喧騒がないどころか、貼りつくような静寂が支配していたことだった。孫たちは、何人いて何歳になっているのだろう。

コルベ神父とガイオニチェック氏は、同じすし詰めの収容棟の中でも、特に親しくはなかった。顔を知っており、あの人は神父だとは知っていたが、口をきいたことはなかった。だから神父が、親しい知人であるがゆえにガイオニチェック氏の身代わりを申し出たということではなかったのである。

「お子さんたちはどうされました?」

ひとしきり神父のことを聞いた後で、私は違和感を覚えていたこの静寂の背後を知ろうとした。

二人の息子は愛国者であった。ワルシャワの大空襲の時、長男は十八歳、次男は十五歳。片手に聖書、片手に銃を取ってドイツと闘おうとしたほどの青年たちであった。一九四五年、一家はワルシャワにいたが、二人の息子は二人ともロシア軍の爆弾で破壊された家の下敷きになって死亡した。妻は外出していたので生き残った。

「お二人のお子さんの死を、どのようにいつ、ご主人にお伝えになったのですか」

私の質問は恐らく静寂に呑まれない最低限のものだったろう。

「夫がアウシュヴィッツから帰って来た時、私は姉の家で夫に会いました。その時、夫はまだ息子たちの死を知りませんでした。私はただ『うちで何が起こったか知っていますか？』と夫にきいたのです。その一言で夫はすべてを察して、そして二人は黙って息子たちの墓に会いに行きました」

私はその瞬間のことを忘れない。初対面のガイオニチェック夫人は静かな人だったが、たまりかねたように立ち上がって奥に消えた。そして私も、見知らぬ人の家だったにもかかわらず、夫人の後を追ってきれいに片づいた寝室に入った。そして私と夫人は、抱き合って泣いた。人生とはこんなものであった。

当時の私はまだ単純で、コルベ神父が自分の命と引き換えに守ろうとしたガイオニチェック家の幸福が、これほど完全に破壊されていたなどという不法に耐えられなかった。私がこの家に入った瞬間から感覚的に恐れ始めていた静寂は、この事実を物語るものだったのだろう。

一人の人間が、たった一度の重い生涯を捧げて守ろうとした、たった一つの家族の幸福さえ、神は許さなかった。何という残酷なことなのであろう。しかし神は人間の計算通りに世界を動かすことはない。神の計算は、人間の意図をはるかに超えたものなのだ。

私はこの問題を追い続けているうちに、ガイオニチェック氏の担った重責も理解するようになった。カトリックでは聖人を決める前に、まず福者という位を与える。その式を列福式という。

一九七一年十月、コルベ神父に対する列福式はヴァチカンのサン・ピエトロ広場で行われた。世界中からの十万人を超えた参列者は、小さな市国の中には納まり切らなかった。それらの人々はイタリア領の大通りまでびっしりと埋めつくした。

当時教皇はパウロ六世であった。式の時、私は再びガイオニチェック夫妻と会い、訪問の時に撮った写真を渡した。ミサの間にガイオニチェック夫人の背中は次第に丸くなり、微かに震えるのを私は眺めていた。

なぜ、これほどまで大勢の人が列福式に集まったかというと、それはすべての人が、単純な問いにみずから答えようとしたからだ。それは「人のために死ねるか」という問いかけであった。ほとんどの人がそれはできないことを知っている。しかし聖書が「友のために自分の命を捨てること、これ以上に大きな愛はない」(「ヨハネによる福音書」15：13)と書き、現にここに一人、その言葉を全うした人がいたことを知り、自分の卑怯さを悲しむと共に、そこに希望を見出そうとしたのである。

一九八二年の列聖式の時も、私はヴァチカンにいた。教皇はヨハネ・パウロ二世だった。ガイオニチェック氏はまだ昔の軍曹らしく、老いても姿勢を正して席に連なっていた。マザー・テレサの姿も見えた。

今度はミサが終わってから、一つのドラマがあった。一般の人には見えなかったかもしれないが、私のいた席からはよく見えたのである。

式典から帰られる教皇は、数歩歩いてから突然立ち止まって引き返されたのである。それはまるで「帽子を忘れた」という感じに見える動作だった。しかしそんなことはない。教皇はミサの中では忘れ物をなさらない。

教皇は一人の人物に声をかけられるために戻られたのであった。それはガイオニチェック氏であった。もちろん遠くて言葉は聞こえない。短い時間であった。しかし教皇は、ガイオニチェック氏を抱きしめられた。あれほど無言でありながら能弁だった光景はない。

恐らくガイオニチェック氏は、生き延びた後も、人々のそしりに遭っていたのだろう。お前の卑怯な一言が、コルベという聖人を殺したのだ、と。しかし教皇は決してそのような解釈をしなかったのだ。ガイオニチェック家の悲劇があってこそ、マキシミリアノ・マリア・コルベが、死を賭して守ろうとした愛の真髄を人々は見るようになったのだ。長い間聖人を売った男として苦しんだろうが、それは決してむだなことではなかった。お前は、この世でむしろ大きな義務を果たしたのだよ、と教皇はガイオニチェック氏への抱擁の中で示されたのだ。

私は再び、この章の書き始めたところに戻る。

私たちは限りなく凡庸な、弱い生を生きて当然だ。変えようとしても、性格など変わるものではない。自分が生きるためなら、簡単に人の生を奪う。そんなことはしません、と私は言ったこともなく思ったこともない。しかし同時に、命を賭けない人間の行動は、すべて大したものではないと知っている。

しかし神は実に寛大だ。そして思いがけない人間の使い方をする。その意外性だけを楽しみに私は生きて来た。

（二〇一一・二・二）

兵站《ロジ》とわが罪《メアクルパ》

二〇〇五年六月、結果的には約九年半勤めることになった日本財団を辞める時、私は最後に仕事として新聞記者たちと会った。

私が日本財団に行ったところ、財団とマスコミとの関係は決してよくなかった。財団は、ありもしないことを平気で書かれるので、とにかくマスコミを避けたいという姿勢であった。こういうふうに感じている会社や団体は多いだろうと思う。書く方と書かれる方との関係は、まずくすると、野生動物と人間の関係になってしまう。野生のライオンや象などに出会った時は、決して後ろ姿を見せて逃げてはいけないのだという。そんなことをすると、動物はいよいよ獰猛に襲って来る。前向きのまま、そろそろと下がるのがいいのだそうだ。

逃げると見れば追いかける動物本能がマスコミ人種にもあるのかどうか私にはわからない。しかし逃げ出して避けるという行為は、人間同士であるなら、説明能力をみずから放棄したもっとも愚かなやり方だろうと思う。一方には説明する権利があり、その説明を必要とするなら、マスコミには相手の言うことを正しく伝える義務がある。それだけである。

私はインタビューを受ける時は、たった一つの条件を出している。それは、相手が私のことをどう書こうが自由だが、鉤括弧、つまり「　」の中で私が言っている言葉だけは、私に完全な著作権があるのだから、事前に見せてください、ということである。それだけが私の言った通りなら、後は相手がこちらのことをどう書こうが口出しする権利はない。ただし、明らかに事実の相違があれば、それを注意することはすべきだろう。

事実マスコミはでたらめを書く時もある。日本財団を辞める時期に近くなった時、私は或る週刊誌で私が「もうあそこでは何も仕事がなくなっちゃった」と言っているという記事を読んだ。財団の仕事がなくなることなど、あり得ない。世界と人生には、問題がつきものだ。それは「生の躍動」そのものである。仕事は綿々として着実にある。しかもその記事を書いた人から、私は全くインタビューを受けたことがなかった。これほどマスコミの記事の中にはでたらめなものもあれば、こういう嘘を書きながらいっぱしのマスコミ人として通っている人もいるのである。

私は仕方なく、自分で自分の仕事の報告書を作って去ることにした。『日本財団 9年半の日々』という本である。最後の記者会見の出席者の中には、九年以上気持よく付き合っていっしょに勉強会、見学会に来てくれた人たちも多かったし、私は感謝を述べて、これからも財団がいい仕事をするようにあらゆる側面で助けてもらいたいと言った。マスコミの人たちは、日本の動きを見ている人たちだったから、あらゆる面で建言ができるはずなのである。

十年近くと一口には言うが長い年月であった。公的な話題の質問の後に、一人の若い記者が手を上げて、「ここを辞めた後、曽野さんは何をするんですか？」と尋ねた。私はほんの数秒間絶句していたが、すぐにその人は私が本来は作家だということを知らない新聞記者なのだ、ということがわかった。私は財団在職中も実はずっと書いていた。私の会長職の条件は無給で、交際費も全くなかったから、世間からあらぬ疑いをかけられないためにも、私は自分自身で働いて、相応の収入を得ておく必要があった。だからその間に長編を五本書いた。中の一本は全国紙に連載したものだったが、つまりこの記者は新聞連載など眼を通したこともなく、私が本来も現在も作家だということを知らないのだろう、と私はすぐに推察した。だから彼は私がどんな「天下り」的ポストに就こうとしているのか知りたかったのだろう。ところが、私は元通りただの作家と主婦（料理人）に戻った。

「財団を辞めたら何をしますか」の次に、私がそのころ受けた多くの質問は、「これからどういう小説を書きますか」であった。書けるかどうかわからない小説のことを口にするのは面はゆい。私の中で、テーマは充分な数だけ持っているような感じもあるが、どれから手をつけられるのかはわからない。それに私の退職時の年齢は七十三歳であった。生きる時間より、書ける時間がどれだけ残されているか、軽々には口にできない年である。

多くの質問者は、具体的な話、例えば「天正少年使節を書きます」とか「聖パウロの伝記を」というような答えを期待していたのだろうが、私はそのような内容ではなく、今後書きたいものの一つの角度は見えているような気がした。それは人生の悪を書きたい、ということだった。かなりの人が、私のこの答えを聞くと、びっくりしたような表情を示した。私は改めて現代の多くの人が、「善人病」に罹っているように感じた。作家は殊に善良なものであり、人道主義者であり、それを声高に言うべきだ、と感じているようだった。

善良な作家もいるだろうが、そうでない作家もいる。本性は善良なのだが照れてわざと偽悪家ぶる人もいる。おかずの種類だって多い方がいい。人もいろいろいればいいだけの話だが、私は当時から社会が善人病にかかっていることをいささか息苦しく感じるようになっていたらしい。

作家は平和を願うものだ。

作家は人道に徹するものだ。

作家は悪を憎むものだ。

作家は独裁を嫌悪するものだ。
作家は労働者の味方であるべきだ。
作家は貧困な人の立場に立つべきだ。
作家は弱者の友であるべきだ。

どんなことにせよ、人間にたがをはめられては叶わない。作家が偶然に、自然に、上記の条件の幾つかを、或いはすべてを備えていることはままあることだろう。しかしそんなことは、小説家の資質とはほとんど何の関係もない。

アフリカに行くようになってから、私はシュバイツァーの著作に新たな魅力を見出していた。こういう話をシュバイツァーは書いている。或る時ランバレネの病院の敷地内で、博士は一軒の古い建物を取り壊すことになる。患者の中には症状が軽くて少しは働けるので、入院料を軽労働で払う制度を利用している人々がいた。シュバイツァーは彼らに、その建物はシロアリが喰っているので、廃材をその辺に放置しておくとまた別の建物を喰うようになる。だから廃材は川に持って行って棄てるように言いつけてその場を離れた。しかししばらくして博士が現場に戻って見ると、古い建材はその辺に棄ててあった。シュバイツァーが患者を叱ると、彼らはこう言い棄てたのである。

「それは、我々を見張っていなかったあんたが悪いんでさぁ。あんたがちゃんと見張っていたら、我々は言われた通り川に棄てたですよ」

このエピソードに登場するアフリカの論理は、今でもそのままだ。登場人物たちは、善と悪について論争しているが、それは全く違った土壌でものを言っているのである。

日本人の多くは、人間の独立を信じ主張するが、ここに登場するランバレネの患者は、管理される側の人間の権利というものを主張している。日本の善良な知識人は、人はすべて独立した魂を持つべきだと言うが、アフリカの住人自身の中には、このような植民地的思考の立場の安楽さを軽々には手放したくないと考える人間も未だにいるのである。もちろん日本の良識ある進歩的な人々は、こういう思想を作ったこと自体が、すなわち植民地時代の残した悪だと言うだろうが、シュバイツァーの時代と違って、アフリカ諸国がもう独立以来半世紀近く経つようになっても、まだ自らの意志として、私たちとはかなり違う思考形態を持っている場合は実に多かった。

私はコンゴ（民主共和国）のカトリックの修道院で、八十歳を過ぎた老年の修道女から、一夜、彼女の生い立ちを聞いたことがあった。コンゴがまだベルギー領だった時代に彼女は生まれた。

「お父さんのお仕事は何だったのですか？」と私は尋ねた。

「父は農民、小作人でした。ベルギー人の地主の土地を耕していました」

「そのベルギー人は、どんな人でした？」

彼女は優しく過去を思い出すような眼つきをした。

「優しい人でしたよ。彼はいつも私たち兄妹を、近所に連れて行ってくれました。片手に自分の二人の子供、反対の手に私たち兄妹の手を引いていました。分け隔てはありませんでした」

二組のきょうだいたち、白い肌の地主の子供たちと黒い皮膚の小作人の子供たちには、しかし人種問題も、貧富の差も、雇い主と使用人の意識もなかった。それはただ一つのそれなりに穏かな時代の田園風景であった。もし問題になるとすれば、作家としての私は、その地主の男の性格に興味を持つだけだ。小作人の子供には優しくとも、彼は内面では変質者かもしれない、などと空想して書くのが文学である。

しかし今の日本では、地主がほどほどに優しい人であったり、人間的な優柔不断さを示すというだけで、それは文学ではない、と言われそうな空気さえある。地主は悪い性格として描かれねばおちつきが悪いという感覚がないとは言えないだろう。東京生まれ東京育ちの私が、自分自身の半世紀を超える体験として、「サンデー毎日」の連載の中で、東京の私の生活には、学校でも家庭でも、部落問題が話題に出ることは全くなかったと書いた時、そんなことはあり得ないから書き直すように、と編集長から命じられたのも、地主は悪い人でなければならないという固定した思想とどこかで相通じている。

シュバイツァーの怒りは、入院患者側から見れば、身勝手な悪である。シュバイツァー側から見たら、それはアフリカ人の中に染みついた狡さである。いずれにせよ、人間は悪をなすという地点から出発してものごとを考える時、初めて両者は人間性に到達すると私は考えていた。

或る時、私は、災害の義援金として集めた金を、被災国の団体に渡すという話に、思わず「そんなことをしたら向こうの組織の人が途中で盗みますよ」と口走ったことがあった。するとその企画に関係していた一人の男性は「彼らがそんなことをしますか?! 困っている人を助けるためのお金なんですよ」と私をたしなめたが、最近の私の疲労は時々こんな時に一挙に烈しくなる。被災民のための金であろうと何であろうと、相手が途中で盗むだろうと思うのは、一部の世界では常識だ、と私は現実と現地で働く人から教わった。しかしそこからが問題なのである。あなたは何の裏付けがあって、彼らは盗んだり騙したりすると思うのか、と言われると、誰にもその証明はできない。証明できなければ盗まない、と言うべきなのだろうが、日本人のような発想は途上国の風土の中では、「ばかか」というものなのである。

個人の金が盗まれるのなら、ほんとうに心おだやかなのである。私が自分の金を、誰か好きになった人に注ぎ込む。その人物が実は途方もないワルだったとしても、被害は私の愚かさの当然の報いという範囲で済むのである。しかし複数の人から預かったお金はそうは行かない。ことに国民の税金を使う立場になったら、ほんとうはどれだけでも相手を疑う義務があるだろう。しかし日本の風土の中には、人を疑うことは他者の金を扱う人の義務で必要悪と考える習慣は全くないように見える。

しかし考えてみれば、品物の買い付け、広い意味での興行やイベントの開催、建設事業、会社の経営、「作戦」という名をつけられてもいいあらゆる行動や企画、安全を目的とした運行事業、健康管理、そのすべてに必要なのは、人のやることと組織の機能は一応疑ってかかるという姿勢なのである。今まではうまく行っていた。当事者たちも、正直でいい人たちだった。しかしその状態が続くとは限らない。組織の細部が変われば、機能もどこかで破綻するかもしれない。

この春、私はアフリカに対する仕事の一つを手伝いに行く。無医村に医師を送る企画の、私はいわゆるロジに行くのである。英語のロジスティックスというのは「兵站」のことだ。その目的がうまくできるように、後方支援を行うことである。英語の辞典にはさすがにいい訳が書いてある。「兵站学を企業活動に応用し、物資の効率的な総合管理を行うシステム」なのだそうだ。

私の今回のロジはまことに簡単なことだ。要は医療器具全般が目的地まで安全に着くように、途中の乗り換え地点で積み残されないようにすることであり、現地で手術を行えるように患者たちの顔や手足の泥を洗い流したりすることだ、と今のところは考えている。しかし現場に行けば、もっと笑うような雑用が山のように出てくるだろう。

しかし自衛隊にも警察にも、商社にも銀行にも製造業にも必要なのは、相手がこちらの意志通りにしないだろう、という想定悪のもとに動くことである。簡単に言うと、ロジという仕事は、相手を信用しないことから原則として始まるのである。

最近私が心おきなく話ができるのは、途上国でその土地の人々のために、何十年と共に暮らして来た修道女たちだ。彼女たちは、土地の人たちのやることをそのまま鵜呑みに信じたりはしない。彼らが時には嘘をつき、狡くもあり、お金にはだらしなく、管理もいい加減だということを認識した上で、援助が機能するように働いている。何よりすばらしいのは、ずっと共に暮らしながら助けなければならない、という点では心に揺るぎを見せないことだ。私だったらすぐに匙を投げて、こんな人たちを相手にしていても仕方がないなどと思って、さっさと日本に帰って来てしまうだろうが、こういう人たちは電気もない村で土地で採れるものだけを食べ、決して見捨てるということをしないのだ。見捨てない、という言葉に、私は時々涙がこぼれそうになる。

昔カトリックのミサがラテン語で立てられていた時代には、中で私たちは三回自分の胸を静かに叩きながら、「おお、わが罪よ」と呟く部分があった。大声で公衆に懺悔をするのではない。しかしめいめいがそれぞれに自分の卑怯さ、後ろめたさ、時としては善には鈍感で悪にはすぐに惹かれた自分の浅ましさを神と語るのである。

「私はアフリカ援助の仕事をしてきて、ずっと人を疑い続けて、でもたいていの場合相手はいい人が多かったから、今でもその度に後でメア・クルパを唱え続けてます」と言ったら、シスターたちはその意味をよく知っていて、ほんとうに温かい笑いを送ってくれた。私はいつも期待していたより、現実の人々がいい人だということを知って、幸福な気分になれた。私には信じていた人に裏切られて愕然としたということがほとんどない。これを私は「幸福の足し算法」と言っている。しかしいずれにせよ、ロジという仕事と「メア・クルパ」を呟くこととはほとんど完全な対になっている行為なのである。

（二〇一一・三・二）

いきてるといいね

私はこの一連のエッセイを、一種の「創作の裏側」を書くつもりで続けて来た。ほんとうは、小説家はそんなふうに作品の舞台裏を明かすものではないという人もいるが、私はこの頃、こんなことはどちらでもいいのではないか、と思うようになったのだ。

世の中には大事と小事、さらに些事というものまである。小説の裏側など完全に些事の部類に入る。些事ではあるのだが、私は今回のまとめの部分も、できるだけ文学の本質を捉えて書きたいと考えていた。

そこへ二〇一一年三月十一日の東日本大震災が起きた。これは大事も大事である。そして私は（これこそ些事だが）現在使っているコンピューターに、地震発生の翌日、地震の公式な名称が東日本大震災と決まるや否や、その名称を短縮の形で登録した。「ひ」と打って変換キーを押せば、「東日本大震災」と間違いなく出るようにしたのである。

私は、地震にもその後の変化にもほとんど動揺しなかった。私は、剛胆なのではなく、鈍感な部分が生来あるのか、それとも年と共に鈍感になっていたのか、どちらかだと今のところは考えているが、地震後約三週間の時間の経過の後では、やはり原因は私の体験がそうさせたのではないかと思うようになっている。私の場合、十一歳くらいから第二次大戦の終戦時の十三歳を経て、戦後の十五、六歳くらいまでは暗澹とした毎日だった。戦争中は始終命の不安を感じ、戦後は日常的な貧しさを体験し続けて生きていた。空襲の時には防空壕に身を潜めながら、明日の朝まで生きていられるのだろうか、と怯えていた。食物を初めあらゆるものが不足していた。私たちは不潔だった。しかもその状態がいつ終わるのか、今よりもっと悪くなるのかどうか、全く予測がつかなかった。救いを待つという未来など皆目見えなかったのである。

正直なところ、戦争の荒廃の凄まじさは、地震の被害などの比ではない。あの時は全日本が被災地だったのだ。だから、これは別に誇るべきことではないが、私たちの世代は、地震の前後に慌てた人など一人もいなかったように見える。買いだめに走った人も知らない。私たちは淡々と日常生活を続け、若い世代を生かすことを考えていた。事故はあっても、日本全体を包む平和の保証があるからだった。

私の場合、それにさらに私を助けてくれたものがあった。ここ三十年近く、毎年のようにふれていたアフリカなどの貧困な土地での暮らしである。

電気が止まった、断水した、と日本では言うが、アフリカの田舎にはもともと電気がない。インドでは百万人に近い地方都市でも、貧民街の公衆水道の水は、週に二日或いは三日、それもほんの数時間しか出ない場合が決して珍しくない。女たちは何時間も水のポリタンクを持って列を作り、時にはケンカをし、そうでなくても険しい表情で眉間にしわを寄せて人生を生きていた。

それが人間の生活というものなのだ、と私はいつのまにか思うようになっていた。私は自分が日本に生まれた幸運の上に乗っかっているのは感じていたが、運命の不合理については、深くは考えないようにしていた。私の暮らしでは、いつでも常に安定した電気が得られ、水は蛇口からいつでもそのまま飲める。同じ人間として、毎日毎日、自分たち家族が使う水二十リッター（五人分）を、公衆水道の蛇口から自分の家まで、運ばねばならない女性は、どうしてそういう暮らしをしいられるのか。私はなぜその苦役を免除されているのか。私にはその理由が見つかるとは思えなかった。私がそうした幸運に恵まれているということの理由の説明がつかないから、考えないでいるほかはないのである。

私はいつも、地震前の日本を、世界的な幸運に恵まれた「夢のお国」と表現していた。講演で私がそういうのを聞いた人も実にたくさんいるはずだ。しかし日本人の多くはそう自覚していず、むしろ日本は格差の大きい、弱者切り捨ての社会だなどと言っていた人もけっこういたのである。

戦争とアフリカと、私は二つの体験から、この日本の安定を全く信じていなかったようだ。私は今度の地震が起きた時、実に多くの生活必需品を、長い年月の間にお金をかけずに備えていた。水は、数年間に飲んだペットボトルの空きビンを利用して、四百リッターを備蓄していた。使い捨てのガスボンベは二十本くらいあったが、これは非常時に飲料水が雑菌に汚染された時、最低限の殺菌をするのに役立つはずであり、お鍋でご飯を炊く時にも使えるはずであった。サハラ縦断をした時に体験した寒さ防ぎのための寝袋も人数分だけ備えてあり、それに入れる使い捨てカイロも特売の度に買い集めて数十個を保有していた。

それらは、私の小心さと疑い深さを示すものとして少し悲しかった。私はそんなにしてまで自分一人が生き延びたいという自覚はなかった。だから私は地震後、ほとんど何も買わなかった。予約があって歯科医に行った帰り、たまたま通りかかった店にあったゴボウとお豆腐と大根のキムチを買っただけであった。手抜き料理を信条とする私はゴボウ信者のようなところがあり、何にでもゴボウを入れればおいしくなる、と思っているのである。しかしミルクとか水とか米とか、ひとびとが烈しく求めるものを並んで買うようなことは一切しなかった。備蓄は、市民の義務である、ということを、私はスイスの連邦法務警察省が発行した『民間防衛』という本によって一九七〇年ころから知っていたのである。

私はあらゆる意味で、東京を脱出しようなどと、一秒たりとも考えたことはない。戦争の時には親に連れられて疎開し、それなりに便利さや安心感はあったようである。それから半世紀以上経って私のような年になれば、いつ死んでもいいのだから気楽なものなのだが、それ以外にもまだ作家として私は、この大きな変化の時を、普段の生活を続けることによって一人の市民の眼から見続けたいというのが本音であった。

そんな時、私は二冊の本を思い出していた。小松左京氏の『日本沈没』を思い出したという人が私の周囲には多いのだが、私はこの名作を読んでいない。私が思い浮かべた二冊のうちの一冊は、ネヴィル・シュートの『渚にて』であり、もう一冊は（とは言ってもこれは翻訳にして十巻もの長いものだが）『サミュエル・ピープスの日記』である。言うまでもなく、私はその膨大な日記全巻を子細に読んでいるのではない。興味に駆られて、ところどころ読みちらしただけだ、という方が正しい。

『渚にて』は第三次大戦の勃発によって、北半球が放射能に汚染され、それがどんどん南下して来ることによってもたらされる死の運命を、一隻の潜水艦に乗り組んでいてたまたま一時的に難を逃れた主人公が、受け止める話であったと記憶するが、肝心の本は書庫から見つけだせなかった。

『サミュエル・ピープスの日記』も、果たしてロンドンの大火を書いた肝心の一六六六年の巻がどこかに消えていて見当たらない。しかし大火以前にロンドン市民を恐怖に陥らせたのは、一六六五年から六六年にかけて流行したペストで、この方がはるかに命の危険を感じたのではないかと思う。火事は燃える範囲にいなければ安全だが、ペストは当時防ぎようがなかっただろう。

私はこの作家の存在を、大学で習った。私は実に教養をつけるのにいい大学で学んだのだ。私自身は大学では小説ばかり書いていて、講義をまともに聞いていなかったと自覚している。申し訳ない怠惰な学生であった。

サミュエル・ピープスは、仕立屋の息子という庶民の家庭に生まれたが、ケンブリッジを出てから海軍省で働き、後に海軍大臣にまでなったおもしろい人物である。日記は一六六〇年初頭から一六六九年五月まで書かれたものである。

十七世紀という時代はようやく個の確立ができた時代だと言ってもいい。軽薄に言うと、ピープスの日記を有名にしたのは、その中に出て来る赤裸々な情事の周辺まで彼が周囲に知られまいとして、暗号で書いていたのだが、後世になってそれが読み解かれたからでもある。私が decipher（解読）という普段ほとんど使う必要のない英語を覚えたのもこの時だったが、くだらないことを隠したがる人の心は、いつの時代も同じらしい。時代的には、ざっと半世紀しか古くないシェイクスピアの作品に登場する人物とは、全く違う生き生きとした現代的な人間性を描いている。筆者自身のことだけでなく、国王も王妃も、すべて私たちの知っている人たちのように描写されているのだ。

「国王と王妃はたいそう陽気だった。国王は皇太后に、王妃は妊娠中と思わせようとし、王妃がそういっている、といっていた。すると若い王妃は答えた、『うそつき』と。これは彼女が使うのを聞いた最初の英語である。これで国王はふざけて、彼女に英語で、『白状なんかするもんか』と、いわせようとした」

ピープスは初めて文学において、近代的な人間像を確立した人であった。

彼の文学の姿勢は、どこかで確かに私に大きな影響を与えている。どんな社会的に大きな出来事が起きても、公的な記録と個人の記憶とは別だ、ということだ。

私は地震も津波も、その後の原発事故も、個人の生活の視点から見ることを失ってはいけないと考えていた。小説家が大所高所からものを見るようになり、人道をしきりに口にし、公平や平等でない結果はいかなる混乱の中においても許されないことだ、などと言うようになったら、もう、作家の眼は濁っていると思うべきだろう。その結果、私の狡さ、卑小さ、計算高さ、同情のなさが露になることも、むしろ作家の使命と言わなければならない。

今回事件についてもっとも硬直した考えしかできない人種を生んでいたのはマスコミだったように見える。しかし私は彼らを非難することもできない。彼らの多くは若すぎたのである。つまり電気のない社会が、この地球上に存在することを理解できなかったのだ。

いつも私が繰り返し繰り返し言うように、停電と同時に民主主義が自動的に一時停止した状態など、彼らは見たことがない。民主主義が機能しなくなると、そこには一時的に族長支配が発生する。選挙という制度によらずに生まれた大小さまざまな指導者が、人間の生死を請け負うほかはない状態になるのだ。そして族長支配になれば、すべてのことは、私たちの日常からみて超法規になる。法に照らすひまもなければ、方法もない。生きるためと生かすために、公平と平等は機能しなくなるのである。つまり一人でも生き残るためならば、誰が何をしてもいいのである。

それが超法規だ。

新聞記者たちは、刻々と変わる情勢の中で、理由を確かめたり明日の予定を尋ねたりする。そんなことは平常時にすべき質問の形で、状況は一秒で違って来るはずなのだ。しかし彼らの硬化した頭は、非常時に対応し切れていないように見えた。彼らは平和の落とし子であった。

私は作家としてこの際、一九八六年のチェルノブイリの事故から十三年経った一九九九年に、私自身がベラルーシのゴメリ州に入ったことを書いておきたい。当時私は日本財団に勤めており、財団は事故直後に当時ゼロ歳から十歳までだった汚染地区の子供たちの健康診断を、五カ所のセンターで続けていたので、その業務の実態を見る必要があった。炉心から三十キロゾーン以内の残存放射能は当時まだ強かったので人が住むことは禁じられていたが、現実にはそこに暮らしている家族が何十組かいた。私たちは特別の許可証をもらい、パトカーに伴われて入ったのである。

汚染地区のあらゆる建物は廃墟になっていたが、人が強制的に引き上げさせられた後の自然は全く使われていないのではなかった。自然保護地区に指定されて一種の動物実験が行われていたのである。馬やイノシシや羊が飼われ、人工的に導入されたバイソンも元気に育っていた。狼もうんと増えたが、狼は年間一トンもの肉を食べるので、頭数が増えてエサが少なくなると近くの村で飼っているブタなどを襲うようになった。それでハンターたちが頭数を減らすようにさえなっていた。

私たちは居住禁止区域で何軒もの家を訪ね、歓迎されたり、金をねだられたりした。公然と金をねだったのはロシア正教の司祭だった老人夫婦である。車は少し走るとロシア領に入ったが、そこの小学校では女性校長から、「事故の後遺症として、現在子供の一人は白血病でもう一人は血友病です」と訴えられたりした。白血病は関係があるかもしれないが、血友病は違うだろう。すべてを原発事故に結びつけて、たくましく生きようとする人々は健在だったのである。

まるで上質のロシア文学の短編を読むような思いで、今でも私の記憶に鮮明に残っているのは、鼻の先が赤いので一目でアル中と思われる一人の老人であった。その人は放射能が残るという村に今も住んで元気いっぱいだったのである。事件後、キノコは今までになくたくさん生えるようになった。これは非常にうまい食材である。たくさん生えるというより、採る人が減ったから、彼の分が増えたのだろう、と私は思ったが、通訳を通すのも面倒なので黙っていた。ジャガイモもどっさり採れるし、言うことはないという。地中にできる作物は放射能の濃度が特に濃くなるので危険と言われていたが、彼は一向にそんなことを気にしている様子はなかった。

私たちの同行者が、「放射能が怖くないですか？」と聞くと「強いウォッカを飲めば大丈夫なんじゃ」と答えた。ウォッカが放射能の特効薬という話は聞いたことがないが、今でも私がこの赤鼻の老人を思い出すのは、彼が決して不幸ではなさそうだからだった。

政治家でもなく、医師でもない私は、その人が幸福と感じているなら、それでほっとする。反対にどんなに社会が整備されていても、その人が不幸なら、人生は失敗なのである。そうした作家の視線を、私は今回も敢えて失いたくはないのである。

三月三十一日付の読売新聞は、この災害の中でもっとも胸迫る詩を書いた四歳の詩人の作品を載せた。宮古市の津波で、両親と妹を失った昆愛海《こんまなみ》ちゃんは、避難先の親戚の家の炬燵で、長い時間かかって一人でまだ帰らないママへの手紙を書いた。

「ままへ。

いきてるといいね

おげんきですか」

ここまで書いて疲れてしまったのか、この少女は鉛筆を握ったままうたた寝をした。

（二〇一一・四・三）

「新潮45」二〇〇八年一〇月号（第一回）～二〇一一年五月号（最終回）
「作家の日常、私の仕事」より

堕落《だらく》と文学《ぶんがく》
作家《さっか》の日常《にちじょう》、私《わたし》の仕事場《しごとば》

二〇一二年四月二〇日 発 行

著 者／曽野綾子《そのあやこ》
発行者／佐藤隆信
発行所／株式会社新潮社
東京都新宿区矢来町七一
電話 編集部(03)三二六六—五六一一
読者係(03)三二六六—五一一一
http://www.shinchosha.co.jp
郵便番号一六二—八七一一
印刷所／大日本印刷株式会社
製本所／加藤製本株式会社
乱丁・落丁本は、ご面倒ですが小社読者係宛お送り下さい。送料小社負担にてお取替えいたします。

ISBN978-4-10-311420-8 C0095
価格はカバーに表示してあります。